The Pioneer Family and Picture Brides

곱슬머리 소녀

곱슬머리 소녀

발행일   2026년 2월 2일

지은이   신재동
펴낸이   손형국
펴낸곳   (주)북랩

출판등록 2004. 12. 1(제2012-000051호)
주소   서울특별시 금천구 가산디지털 1로 168, 우림라이온스밸리 B동 B111호, B113~115호
홈페이지 www.book.co.kr
전화번호 (02)2026-5777   팩스   (02)3159-9637

ISBN   979-11-7598-074-7 03810 (종이책)   979-11-7598-075-4 05810 (전자책)

작가 연락처 문의 ▸ ask.book.co.kr

전용 게시판에 문의를 남기시면 저자에게 직접 전달됩니다.

(주)북랩 성공출판의 파트너

북랩 홈페이지와 SNS에서 다양한 출판 솔루션을 만나 보세요!

홈페이지 book.co.kr   •   **블로그** blog.naver.com/essaybook   •   **출판문의** text@book.co.kr
카톡채널 북랩

신재동 소설

곱슬머리 소녀

🌿 북랩

곱슬머리 소녀

차례

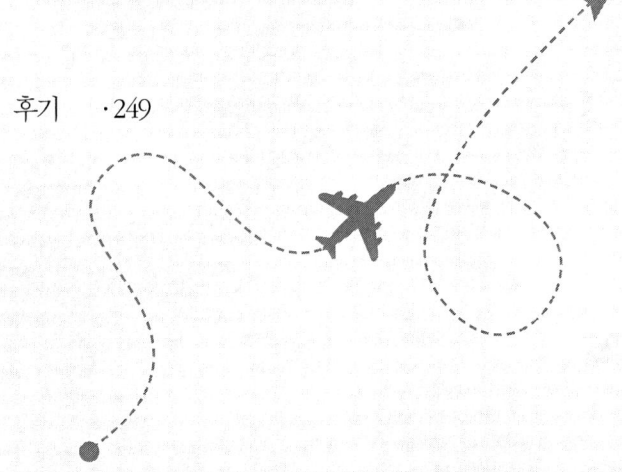

제 1 부

세 개의
이름을 가진 나

이철호, 제임스 광선 리, 유타 쇼헤이.

이름이 셋씩이나 되는 나는, 일본에서 태어나 자랐다. 일본인으로 살면서 왜 내 이름이 셋이나 되는지 궁금했지만, 구태여 긁어서 부스럼을 일으킬 이유도 없었고, 사는데 바빠서 그런가 보다 하며 눈감고 살았다. 거의 잊고 살다시피 했다.

법정 정년을 꽉 채우고 겨우겨우 떠밀리듯 물러난 게 그 지난해의 일이다. 은퇴 후, 소일거리로 뒷마당에서 작은 정원을 가꾼다. 처음에는 그냥 시간이 남아서 하는 일이었다. 그러나 해를 거듭하면서 정원 가꾸기는 단순한 소일거리를 넘어 마음을 다스리는 일상이 되었다. 흙을 만지고 식물을 돌보며 사계절의 변화를 따라가다 보면, 시간의 흐름이 한결 또렷하게 느껴진다.

계절의 변화 속에서 나 또한, 조금씩 나 자신을 돌아보고 있었다. 조용한 정원이라는 나만의 작은 세계에서, 잊고 지냈던 '나'를 다시 마주하게 되었다. 세 개의 이름에 대한 궁금증 역시 그 정원에서 싹을 틔우기 시작했다.

오래된 봉지 속에서 잠들어 있던 나팔꽃 씨앗을 심은 지 닷새, 조그만 새순이 흙을 밀고 나와 고개를 내밀었다. 그 순간, 내 안에 잠자고 있던 어떤 물음도 함께 꿈틀거렸다. 마치 그것도 오래전부터 싹틀 날만을 기다려왔다는 듯, 조심스레 마음을 두드렸다.

한 사람이 태어나 삶을 마감하기까지의 시간은 긴 것 같기도 하고 짧은 것 같기도 하다. 나는 그 시간이 길다고 믿는다. 그 긴 시간 동안 오로지 생계를 위해서만 산다면 그것은 너무나 허망하지 않은가.

그런 생각은 언제나 마음 한구석에 잊히지 않은 그림자처럼 머물러 있었다.

은퇴 후, 나의 또 다른 기쁨은 여행이었다. 여행을 통해 나는 많은 것을 배우고 느꼈다. 새로운 장소에서 새로운 사람들을 만났고, 그곳에서 나 자신을 되돌아볼 수 있었다. 특히 일본에서 20년 연속으로 정원 랭킹 1위를 고수하고 있는 시마네현의 아다치 박물관 정원(足立美術館 庭園)은 나에게 깊은 인상을 남겼다. 정원의 아름다움과 조화로움은 내 마음을 울렸고, 내가 살아온 시간, 내가 겪어온 삶에 대해 깊은 성찰의 기회를 주었다.

내 삶의 여정도, 내 이름의 과정도 이렇게 정원처럼 조화롭고 아름다운 것일 수 있지 않을까 하는 생각을 불러왔다.

박물관 설립자 아다치 젠코는 일찍부터 화가 요코야마 타이킨의 그림을 수집해 왔다. 그가 그림을 수집하기 시작한 이유는 단순히 미

술품을 모으는 취미에서 비롯된 것이 아니었다.

어린 시절, 아다치 젠코는 가난한 농촌 마을에서 태어나, 학교 문턱조차 밟을 수 없었다. 그에게 예술은 먼 나라의 이야기처럼 느껴졌고 그림은 꿈같은 것이었다. 하지만 가난은 그의 눈을 흐리게 하지 못했다. 젠코는 사업으로 부를 이루고 마침내 예술 앞에 당당히 설 수 있었다.

은퇴 후, 고향에 돌아온 젠코는 요코야마 타이킨의 그림들을 세상에 알리기 위해 박물관을 세웠다. 하지만 처음부터 성공이 따라온 것은 아니었다. 그림만으로는 사람들의 발길을 붙들 수 없었다. 고민에 빠졌다. 어떻게 하면 사람들이 연중 내내 끊임없이 박물관을 찾을 수 있을까? 그 답을 찾는 데는 오랜 시간이 걸리지 않았다.

"그림처럼 아름다운 정원을 만들어보자"

아다치 젠코는 일본의 정원 특히 계절마다 옷을 갈아입는 풍경을 사랑했다. 봄의 분홍빛, 여름의 짙은 녹음, 가을의 붉은 단풍, 겨울의 하얀 적막, 아름다운 변화 속에서 끊임없는 감동을 발견했다. 정원은 하나의 회화였다.

젠코는 일본 정원의 봄, 여름, 가을, 겨울, 사계절의 변화는 그 자체로 한 편의 예술이라고 생각했다. 정원을 통해 사람들에게 끊임없는 감동을 전달할 수 있다고 확신했다. 그리고 그것이야말로 사람들의 마음을 오래 머무르게 할 수 있으리라 믿었다.

하늘과 산, 나무와 돌이 조화를 이루는 장대한 캔버스. 그 속에 젠코는 자신의 꿈과 지난 시간들을 심었다.

젠코의 정원을 보면서 나는 정신 나간 사람처럼 넋을 잃었다.

정원은 마치 한 폭의 그림처럼 고요히 펼쳐져 있었다. 잘 다듬어진 잔디밭은 부드러운 녹색 융단처럼 깔려 있고, 그 사이사이에 자갈밭이 은은히 빛을 반사하며 맑은 강물의 흐름을 닮아 있었다.

정원의 주인공은 단정히 자리한 소나무들이다. 사람의 키에도 미치지 못하는 작은 일본 소나무지만, 단아한 자태와 고요한 기운으로 공간을 가득 채웠다. 짙푸른 바늘잎은 사계절 내내 싱그럽게 빛났고, 가지 끝마다 고운 잎이 부채처럼 퍼져 있어 햇살을 흩뜨렸다. 소나무는 절제된 아름다움과 깊은 사색을 불러일으키는 중심이었다.

나는 아다치 젠코가 만들어놓은 정원을 마주하면서 하나의 이치를 깨달았다. 삶도 결국, 하나의 정원이 될 수 있다는 사실을. 세 겹의 껍질로 감싸인 이름 아래서 나는 어떤 풍경을 가꾸어왔던가.

아다치 박물관 정원이란 단지 꽃과 나무가 있는 장소가 아니었다. 정원은 창을 통해 바라보는 하나의 '살아 있는 그림'이었다. 계절의 빛에 따라 색이 달라지고, 날마다 표정이 바뀌는 풍경은 마치 끊임없이 갱신되는 예술 작품 같았다.

그 '살아 있는 그림'은 자연의 아름다움을 보여줄 뿐 아니라, 사람들의 마음을 다독이고, 깊은 여운마저 남겼다.

정원이 완성되고 박물관의 문이 열리자 사람들은 아다치 젠코가

꿈꾼 '살아 있는 정원' 앞에서 숨을 죽이고 감탄했다.

　계절마다 옷을 갈아입는 나무와 꽃, 물과 돌, 빛이 빚어내는 조화는 타이킨의 그림들과 어우러져 마치 한 편의 대서사시처럼 다가왔다. 그 속에는 자연이 말없이 들려주는 삶의 진실이 있었고, 인간의 내면을 비추는 거울 같은 감동이 있었다.

　아다치 젠코의 아이디어는 적중했다. 박물관에는 끊임없이 사람들이 찾아왔고 그들은 눈앞에 펼쳐진 '살아 있는 작품'에 감탄했다. 꽃과 나무, 잔디와 돌만으로 이루어진 아름다움이 아니었다. 그것은 모든 요소가 저마다의 자리를 지키며 절묘한 균형을 이루었을 때, 비로소 완성되는 조화의 예술이었다.

　나는 아름다운 아다치 젠코의 정원을 바라보며 문득 깨달았다. 눈으로 볼 수 없는 또 다른 정원이 있다는 것을. 그 정원은 바로 '가족'이라는 이름의 정원이다.

　각기 다른 가족 구성원이 모여 하나의 가정을 이루고, 여러 가정이 함께 어우러져 대가족이라는 공동체를 이룬다. 나는 그 정원 속에 속해 있었다.

　그러나 정작 나는 그 정원이 어떻게 자라났는지를 알지 못했다. 나는 겉으로 드러난 꽃과 나무만을 보았을 뿐 그들이 어디서부터 어떤 뿌리로 얽혀 있는지, 어떤 역사를 품고 있는지 전혀 알지 못했다.

　가족은 그저 존재하는 것이 아니었다. 각자가 자기 자리를 지키고 서로를 지탱하며 살아가는 일. 그것이야말로 하나의 정원이 되어가는 과정이었다.

아름다운 정원을 위해 정성껏 돌보듯 가족이라는 정원 속에서도 나 역시 내 자리를 찾아야 하지 않을까. 그리고 나에게 주어진 배역을 충실히 해내야 하지 않을까.

*

중학생이던 나는 언제나 조용한 아이였다. 급우들이 왁자지껄 떠들면서 '조센징' 흉을 볼 때면 나는 말없이 책장이나 넘기며 침묵했다.

나는 일본에서 태어나 자랐지만, 써먹지도 못하는 한국식 이름, 미국식 이름 때문이었다. 내 존재를 드러내면 그 순간부터 집단에서 따돌림을 받을 게 뻔했다. 따돌림이 두려웠다. 그저 다른 친구들과 똑같이 보이고 싶었고 그게 내 안전을 지키는 길이라고 믿었다.

'정체성'이라는 단어를 처음 알기 전부터 나는 이미 알고 있었다. 내 절반은 한국인이고 절반은 일본인이라는 것을. 그러나 집에서 누구도 내 근본을 이야기하지 않았다. 내가 말은 하지 않았지만, 속으로는 은근히 한국인 친아버지의 존재를 지우려고 애썼던 것 같다. 김치 같은 한국 음식은 일부러 피하거나, 내가 한국 이름과 미국 이름을 가지고 있다는 사실을 숨기기에 급급했다. 서류상에는 일본 이름만 존재했기에, 굳이 내 정체성을 드러낼 필요는 없었다. 아무도 내 정체성을 의심하지 않았고 나는 그것이 편하다고 여겼다.

대학교 졸업을 앞둔 어느 날, 마음에 서서히 평온이 찾아오기 시작했다. 오랜 시간 나를 휘감았던 정체성의 혼란은 점점 옅어졌고 내가 누구인지에 대한 질문도 더 이상 날카로운 칼날처럼 다가오지 않았다.

한때는 혼란스러웠다. 나는 일본인인가, 한국인인가? 무엇을 원하는가? 어디에 서야 하는가? 하지만 시간이 지나면서 알게 되었다. 내 안에 흐르는 두 나라의 피는 그저 나의 일부일 뿐 숨겨야 할 것도, 과시할 것도 아니라는 것을.

나는 나로서 살아가기로 했다. 내가 나임을 받아들이는 순간 자연스럽게 한국에 대해 알고 싶어졌다. 나도 모르게 발걸음은 한국으로 옮겨졌고 그렇게 연세대학교 한국어학당에 입학했다.

한국어를 배우는 일은 쉽지 않았지만, 그것은 단순히 언어를 익히는 일이 아니었다. 문장을 따라 말하다 보면 한국의 온기와 문화 그리고 내가 잊고 지냈던 가족의 흔적이 묻어있었다. 매일의 수업이 곧 나의 뿌리를 찾아가는 여정이었다. 그 여정 속에서 가장 잊지 못할 순간은 할머니와의 재회였다.

어렴풋한 기억 속에 남은 할머니와의 첫 만남은 내가 여섯 살이던 오사카의 우마미 교로 공원에서였다. 그러나 그 기억은 안개처럼 희미했고 진짜 얼굴도, 목소리도 제대로 떠오르지 않았다.

그런 나에게 다시 찾아온 기회는 서울에서였다. 연세어학당에 다니던 어느 여름, 나는 을지로 입구의 반도 호텔에서 할머니를 다시 만났다.

호텔방 안의 따뜻한 조명 아래서 나는 일주일 동안 할머니와 함께 지냈다. 할머니는 그동안 내가 알고 싶었던 가족의 이야기, 특히 아버지에 대한 기억을 들려주었다.

할머니의 이야기는 마치 퍼즐 조각처럼 내 마음에 하나씩 맞춰졌다. 흩어져 있던 나의 정체성이 그때 처음으로 모양을 갖추기 시작했다. 할머니와의 만남이 없었다면, 지금의 나는 이 이야기를 쓰고 있지 않았을지도 모른다. 할머니와의 재회는 단순한 가족의 상봉이 아니었다.

그것은 내가 나를 찾아가는 여정의 시작이었고 내 뿌리를 향한 첫 발걸음이었다.

연세어학당에서 한국어 연수를 마쳤다고 해서 내 삶이 달라진 건 아니었다. 나는 여전히 일본에서 살았고 일본 사회의 리듬에 맞춰 숨을 쉬며 일하고 있었다. 한국인이라는 사실이 내 일상에 영향을 미친 적은 없었다. 그저 그런 사실이 내 안에 있었을 뿐 나는 내가 누구인지에 대해 깊이 고민하고 싶지 않았다. 공연히 문제를 일으켜 생계를 위협당하고 싶지 않았고 그 후엔 먹고 사는 게 우선이었다.

하지만 칠순을 넘기면서 마음의 결이 달라졌다. 내 정체성에 대해 고민할 여유가 생겼다. 나는 누구인지 스스로 물어보게 되었다. 여행을 다니며 새로운 경험을 쌓을 때마다, 새로운 곳, 새로운 사람들, 새로운 문화가 나를 자꾸만 되돌아보게 했다.

그러던 중에 가장 큰 전환점은 '아다치 박물관 정원'을 방문했을 때였다. 정원은 일본의 아름다움을 잘 보여주는 곳이었지만, 나는 내 마음속에 숨겨져 있던 어떤 정원을 떠올렸다. 정원은 그냥 생기는 게 아니라 바위, 잔디, 나무 하나하나를 옮겨 심으면서 아름다운 정원이 탄생한다.

내 가족 정원은? 나는 과연 누구인지, 내 뿌리는 어디에 있는지, 나는 그동안 왜 그것을 알려고 하지 않았는지 후회가 밀려왔다. 은퇴 후, 이제 나의 시간이 얼마 남지 않았다는 것을 깨닫고 더는 미룰 수 없다고 생각했다.

나의 두 아이가 궁금해하는 고통을 덜어주고 싶었다. 그들은 우리의 가족을 알 수 없다. 찾아보기도 어려울 것이다. 나는 그들의 궁금증을 해소해 줄 수 있는 시간이 아직 남아 있다는 사실에 위안을 느꼈다. 이제라도 친가족을 찾고 싶었다.

친가족을 찾아 우리가 얼마나 닮았는지, 아버지는 어떤 사람이었는지 알고 싶었다. 아버지를 한 번도 본 적은 없지만, 그가 내 이름을 지어준 것 하나만으로도 나에게 남긴 사랑과 흔적을 충분히 느낄 수 있었다.

이름이 셋이나 되는 나를 찾아가는 여정은 이루지 못하면 결국 영영 사라지고 말지도 모를 오래된 미스터리와도 같았다. 어디서부터 시작해야 할지 몰랐다. 과거는 늘 흐릿하고 기록은 단편적이었다.

하지만 이름 속에 남겨진 흔적들을 밝혀내고자 하는 마음만은 갈수록 또렷해졌다. 나는 존재가 확실한 단 하나의 인물 '아버지'부터 추적해 보기로 했다. 가장 먼저 떠올린 것은 인터넷이었다.

나는 미국 국방성의 한국전쟁 참전자 명단을 검색했고, 오래된 기록 속에서 실종자 명단을 하나하나 들여다보았다. 그러다가 섬뜩한 느낌 속에 멈추었다.

'U.S. Army Lieutenant Henry KyangSun Lee'

그 이름은 친근하고도 낯설었다. 그러면서도 이상하리만치 익숙했다. 마치 오랫동안 마음속 깊은 서랍 속에 넣어두었다가 우연히 다시 꺼내든 편지처럼.

나는 화면을 한참, 멍하니, 바라보았다. 그리고 피처럼 선명하게 마음을 찌르는 깨달음이 다가왔다.

'KyangSun'

중간 이름이 나와 아버지를 이어주는 연결고리였다. 그 순간, 수십 년 동안 구석에 숨어있던 내 이름이 다시 살아 움직이기 시작했다.

'광선' 내 미국 이름. 그리고 아버지의 이름. 더 나아가 할머니의 이름. 우리는 그 이름 하나로 이어져 있었다. 말 한마디 주고받지 못한 아버지였지만, 이름 하나가 우리 가족의 시간을 꿰뚫고 있었다.

이제 나는 그 이름 'KyangSun'을 중심으로 사라진 조각들을 찾아 나서기로 했다.

'광선'이란 이름을 좇다 보면 결국 나 자신에게 도달할 수 있을 것 같았다.

미국 국방성의 기록은 70년도 넘은 오래된 자료였다. 거기에 1942년 아버지가 미국 육군에 입대할 당시 그의 주소가 하나의 좌표처럼 있었다.

529 Jackson Street, Oakland, California.

그리고 인터넷에서 아버지의 삶에 대한 어떠한 정보도 더는 찾아볼 수 없었다. 인터넷에서 찾을 수 없는 정보라면 아버지가 살았던 옛집에 가 보면, 혹시 무언가 남아있지 않을까. 그가 살아 숨 쉬던 거리, 창을 열고 아침 햇살을 받았을지도 모를 작은 집, 그가 군대에 나가기 전 마지막 밤을 보냈을지도 모를 방. 공간이라는 것은 때로는 시간이 사라진 자리를 대신 품고 있으니까.

나는 기대를 품고 비행기에 오른 게 지난해 가을이었다. 샌프란시스코 공항에 내렸지만, 나를 기다리는 사람은 없었다. 베이 브리지를 건너 오클랜드 시내 중심가의 하얏트 호텔에 짐을 풀었다. 호텔 창문을 통해 보이는 광경은 다소 낯설었다. 나는 핸드폰을 켜고 구글 지도를 열었다. 주소를 입력하자 지도 위에 점 하나가 떠올랐다. 걸어서도 갈 수 있을 거리다. 설렘과 두려움이 뒤섞인 마음으로 나는 호텔을 나섰다.

하지만 오래된 시간은 생각보다 더 무심하고 냉담했다. 529 Jackson Street에는 어떤 집도 존재하지 않았다. 880번 고속도로가 놓이면서 주거지는 사라지고 주소도 존재하지 않았다.

도시는 변했고, 이름만 남은 거리에는 이제 과거의 그림자조차 없었다. 나는 한동안 길에 서서 소음 가득한 고속도로에 질주하는 자동차들만 바라보다가 발길을 돌렸다. 돌아오면서 이름 없이 사라져버린 집 하나를 마음속으로 그려보았다.

옛집에서 아버지는 어떤 소년이었을까. 무엇을 꿈꾸고, 무엇을 남기고 떠났을까. 그러나 돌아오는 대답은 없었다. 물음은 침묵 속으로 가라앉았다. 공허했고 망막했다.

내가 쓰지 않으면 쓸 사람이 없는 내 가족 이야기를 쓰려면, 1930년대 오클랜드의 한인 역사를 들춰봐야 했다. 오클랜드, 그곳에서 한국인들이 살았다는 흔적을 찾는 일은 마치 시장통에서 잃어버린 지갑을 되찾는 일처럼 막연했다.

당시 조선은 일제에 예속되어 있었고 미국에서는 일본이 조선의 외교권을 행사하고 있었다. 미국과 일본은 국교를 맺은 상태였고 식민지 백성인 한국인은 일본 국적자로 분류되어야만 했다. 그와 같은 시대적 배경에 따라 한국인들은 마지못해 일본 영사관을 드나들어야 했다. 여권을 만들기 위해서, 서류를 처리하기 위해서, 살기 위해서….

놀라운 건, 그때 일본 영사관이 100년이 지난 지금도 같은 자리에 있다는 사실이었다. 275 Battery Street, San Francisco.

일본 영사관 건물은, 한 번도 이사 가지 않았다. 그 자리에 그대로 있었다.

나는 어쩌면 한인들 삶의 마지막 기록이 남아 있을지 모른다는 희망을 안고 일본 영사관을 찾았다. 내가 찾고자 하는 것은 구체적인 이름이나 정확한 날짜를 찾고 있었던 것이 아니다. 이름도 잊힌 사람들이 살았던 시간이었다. 한인 이민자라는 말조차 생소하던 시절, 낯선 땅에서 매일을 버텨야 했던 사람들, 그들의 눈빛, 그들의 어깨, 그들의 하루하루를 찾아보고 싶었다. 어쩌면 역사 속에 잃어버린 많은 이야기가 영사관 어느 창고에 묻혀 있을지 모른다.

샌프란시스코 일본 영사관은 정리정돈이 잘 되어 있었다. 건물 안으로 들어서자 특유의 냉정하고 질서 정연한 분위기가 나를 감쌌다. 직원이 다가왔다. 단정한 정장을 입은 중년 남자였다. 공손한 미소를 지으며 물었다.

"무슨 일을 도와드릴까요?"

나는 망설임 없이 말했다.

"1930년대 오클랜드에 살았던 일본인과 한국인들에 대한 자료가 있을까요?"

영사관 직원의 얼굴이 순간 굳어졌다. 미묘한 정적이 흘렀다. 직원의 굳어진 얼굴과 정적은 그 시대를 말하는 데에 따르는 무게였고, 묻혀 있던 과거를 다시 불러오는 시간이기도 했다.

직원이 고개를 천천히 끄덕였다.

"그 시절의 자료는 찾기 쉽지 않습니다. 대부분 종이로만 남아 있고, 디지털화도 덜 되어 있어서요."

그러곤 다시 나를 바라보며, 조용히 말을 이었다.

"서류를 찾아보려면 시간이 좀 걸릴 겁니다. 이메일 주소를 남겨주시면 나중에 관련된 파일을 정리해서 보내드릴 수 있습니다."

나는 감사의 인사를 전하며 메모지에 이메일 주소를 또박또박 적어 건넸다.

"참으로 고맙습니다. 꼭 좋은 소식을 기다리겠습니다."

며칠 뒤, 일본 영사관에서 한 통의 이메일이 날아왔다. 조심스레 첨부된 파일을 열어본 나는 숨겨졌던 역사의 문을 처음으로 조금 열어본 기분이었다.

기록과 사진 속에는 1930년대 캘리포니아, 특히 오클랜드에 대한 정보들이 담겨 있었다. 놀랍게도 그 시절 오클랜드에는 무려 1,500여 명에 달하는 일본인들이 살고 있었다. 당시로서는 샌프란시스코나 LA, 심지어 산호세보다도 많은 숫자였다. 단순한 숫자가 아니라 그들의 존재가 이 도시의 풍경과 삶에 얼마나 깊게 스며들어 있었는지를 보여주는 증거였다.

기록을 읽으며 나는 오클랜드 차이나타운과 재팬타운이 서로 이웃한 지역이었고, 그곳에 많은 동양인의 삶이 얽히고설킨 마당이었음을 알게 되었다. 중국인, 일본인, 그리고 한국인. 서로 다른 언어와 문화를 가졌지만, 이들은 같은 '동양인'이라는 이유만으로 미국 사회의 한편에서 서로의 경계를 넘나들며 살았다. 나는 직감했다.

내 가족 역시 바로 그 경계 너머 어딘가에서 조용히 자신의 삶을 이어갔을 것이다.

오클랜드 재팬타운이 이렇게 번성하게 된 배경에는 1906년 샌프란시스코 대지진이 있었다. 도시는 폐허가 되었고, 집과 생계를 잃은 사람들은 샌프란시스코만을 건너 새로운 터전, 오클랜드로 옮겨갔다. 그들 중 상당수가 일본인이었고 그렇게 오클랜드의 일본 공동체는 더욱 커져만 갔다. 그러나 오클랜드는 단순한 거주지가 아니었다. 그곳은 문화의 마당이었고, 생존의 터전이었으며, 인종차별 속에서도 서로를 지탱하던 삶의 교차점이었다. 일본인들은 공동체를 꾸리고 상업과 무역으로 삶을 일구었고 중국인들은 전통을 지켜내며 뿌리를 내렸다.

한국인들은 고국을 떠난 이유도 이유였지만, 한일합병으로 돌아갈 고국도 묘연한 채 묵묵히 그들만의 삶을 이어갔다.

내 아버지도 할머니도 어쩌면 그들 속에서 함께 숨 쉬고 있었을 것이다. 일본인들의 생업, 공동체의 구성, 그리고 이름 없는 사람들의 이야기 속에서 내 가족을 찾아가기로 했다.

오클랜드에서 일본인들은 무엇을 하며 살아갔을까.

그들의 삶을 통해 어쩌면 내 가족 나의 뿌리로 이어지는 단서를 찾을 수 있을지도 모른다는 조심스러운 희망을 품고 기록을 살펴나갔다.

인종차별이 극심하던 시절, 동양인은 그저 '인간 이하'의 존재였다. 백인 중심 사회에서 중국인들은 힘든 노동으로 하루를 채워야 했고, 이름 없이 사라진 이들도 많았다.

하지만 일본인들은 달랐다. 그들은 이미 메이지 유신을 거치며 신문명을 받아들였고 백인들과 비슷한 수준의 교육과 감각을 갖춘 사람들이었다. 그래서였을까, 그들은 백인의 밑에서 일하기보다는 스스로의 삶을 꾸리는 쪽을 택했다. 자영업, 그것이 그들이 선택한 방식이었다.

특히 눈에 띈 것은 꽃가게였다. 당시 샌프란시스코, 오클랜드, 산호세 같은 대도시의 꽃가게는 거의 모두 일본인의 손에서 운영되었다. 일본인들이 꽃을 선택한 것은 단지 수익 때문만은 아니었다. 꽃은 그들에게 문화였고 자부심이었으며 고국의 정서를 이국에서 피워내는 하나의 방식이었다.

꽃을 팔려면 먼저 재배해야 했다. 그들은 이스트 오클랜드, 샌리안드로, 헤이워드 같은 교외 지역에 그린하우스를 짓고, 정성스럽게 묘목을 심고 꽃을 재배했다.

그들의 손끝에서 아프리칸 바이올렛스 같은 신종 꽃이 태어나기도 했다. 한 뿌리 한 뿌리에 혼을 담듯 그들은 그렇게 땅을 일구고 미래를 키웠다.

나는 이 이야기를 읽으며 문득 생각했다.

그린하우스 꽃밭 어딘가에서 내 가족도 함께 꽃을 심고 있지 않았을까. 할머니가 이름 없는 노동자로서 조용히 땀을 흘리며 꽃잎을 만지고 있지는 않았을까.

할머니가 심은 것은 단지 꽃이 아니라, 우리의 이름이었고, 존재였으며, 사라지지 않기 위한 몸부림이었는지도 모른다.

나는 이제, 그 기록 너머에서 피어나는 작은 숨결들을 쫓기 시작했다. 바람에 흔들리는 꽃잎처럼 보이지 않지만, 분명히 존재했던 할머니의 삶을 따라 조금씩 더 깊이 뿌리로 내려가고 있었다.

나는 일본인들의 새벽을 상상할 수 있었다.

먼동이 트기엔 아직 이른 새벽, 어둠이 짙게 깔린 농장의 온실 안에서 일본인들은 부지런히 꽃을 다듬었다. 차가운 물에 손을 적시며 줄기를 손질하고 꽃잎이 상하지 않도록 정성껏 박스에 담아냈다.

1936년 이전, 아직 베이 브리지가 놓이기 전의 시절. 오클랜드에서 샌프란시스코까지 꽃을 실어 나르는 유일한 방법은 페리뿐이었다. 꽃이 담긴 나무 박스를 등에 지고 손수레에 실어 부두로 나가는 그들의 발걸음은 무겁고도 분주했을 것이다.

바닷바람이 매서운 아침, 페리의 갑판 위에 꽃 상자들이 가지런히 놓이고 꽃향기가 엷게 바다로 퍼졌다. 일본인들에겐 하루의 시작이었고 꽃에겐 세상과 처음 만나는 순간이었다.

꽃은 단지 상품이 아니었다. 그것은 삶이었다. 뿌리 내릴 곳 없이 떠도는 이방인들에게 하루를 견디게 해주는 이유였고 고국의 기억이었고 정체성이었다.

샌프란시스코 시내 중심가의 꽃가게 진열대에 꽃이 놓이는 순간까지, 수없이 반복된 새벽과 연락선 그리고 노동이 있었다.

역사의 안쪽을 파고들다 보면 가끔은 오래된 진실이 조용히 얼굴을 내민다. 나는 아버지의 흔적을 따라가던 중 놀라운 사실을 마주하게 되었다.

지금의 오클랜드 차이나타운이 1930년대에는 차이나타운이자 동시에 재팬타운이었다. 그리고 내가 아버지의 옛 주소를 찾아갔던 바로 그곳이 재팬타운의 중심지였다는 사실이다. 나는 숨을 멈춘 채 오래된 거리 사진 속 풍경을 들여다보았다. 가게마다 매달린 일본어 간판, 유카타를 입은 여자아이, 목욕탕 입구에 늘어진 천. 그 모든 것들이 현실처럼 느껴졌다.

그 어딘가에 할머니도 있었다는 생각이 가슴을 조여왔다. 일본과 한국, 언어는 달랐지만, 문화의 결은 비슷했다. 오랜 역사 속에서 서로를 닮아가며 또 다르게 살아온 두 민족은 재팬타운이라는 작은 지역에서 얽히고설키며 하루하루를 살아냈을 것이다.

일본인들은 일본인대로, 한국인들은 한국인대로 살았겠지만, 그들의 하루는 늘 서로의 그림자를 드리우고 있었을 것이다.

나는 상상해보았다. 거리의 콘크리트바닥 위엔 여전히 누군가의 발자국이 남아 있을 것 같았다. 재팬타운 안에서, 일본 문화의 틈바구니에서 한국인들이 자신만의 고유한 방식으로 살아갔다는 사실은 그 자체로 소중한 증거였다.

오클랜드의 재팬타운은 일본인들이 중심이 되어 형성된 지역이었다. 그곳은 1900년대부터 40년대까지 일본인들의 상업과 문화가 꽃피던 곳이었다. 일본 불교 사찰을 중심으로 대중목욕탕까지 없는 게 없이 번창했었다.

오클랜드 재팬타운이 일본 불교 사찰을 중심으로 형성되었다면, 한국인들 또한 어딘가에서 기독교 중심으로 모였을 것이다. 그리고 마침내 한인 감리교회의 존재를 알아냈다. 그 뿌리가 1930년대로 이어진다는 사실을 들었을 때, 마치 천만 대군을 만난 것처럼 숨이 멎는 듯했다.

찾아간 한인 교회는 단순한 예배당이 아니었다. 나와 내 가족 그리고 미주 한인 이민자들의 시간이 살아 숨 쉬는 작은 역사관이었다. 나는 손끝으로 조심스레 1940년도 교인 명부를 넘겼다. 그리고 그 낡은 종이 위에 선명히 새겨진 이름 하나…

'메리 광선 리' 할머니였다.

할머니의 이름을 보는 것만으로도 심장이 터질 듯 뛰었다. 할머니의 따뜻한 품과 웃음, 부드러운 목소리가 그대로 되살아났다.

여섯 살, 일본 오사카의 우마미 교로 공원. 햇살 가득한 정오, 나는 할머니의 무릎에 안겨 있었다. 스무 세 살, 서울 반도 호텔에서 일주일간 함께 묶으면서 할머니가 나에게 들려주던 이야기가 다시 들려오는 것 같았다.

"너의 증조할아버지가 곱슬머리였단다. 나도 곱슬머리인데 네가 우리 가문의 곱슬머리를 닮았구나. 증조할아버지는 매우 훌륭한 분이셨어. 한국인의 얼이 무엇인지 늘 강조하셨지. 너는 네 아버지를 기억하지 못하겠지만 너의 아버지는 미국에서 태어났어도, 한국말을 유창하게 했단다. 내게 한글로 편지를 써 보내왔었지…"

그 순간, 나는 시간을 거슬러 그녀의 무릎에 다시 안긴 듯했다.

목사님은 잔잔히 웃으며 말했다.

"로린(Loreen) 리, 당신 아버지의 막내 여동생이 아직 생존해 있습니다."

그 말은 마치, 어디선가 하나님께서 조용히 내게 속삭이는 것 같았다. 할머니의 이름을 찾은 것도 기적이었는데 할머니의 막내딸 그러니까 나의 고모가 살아 있다는 사실은 운명이 내게 보내는 마지막 초대장처럼 느껴졌다.

나는 더 이상 주저할 이유가 없었다. 할머니가 마지막까지 살았던 오클랜드 힐의 옛집을 향해 달려갔다. 내 발목을 잠시나마 묶어놓는 교차로 신호등의 빨간 불이 그렇게 원망스러울 수가 없었다.

달리는 속도만큼 과거와 현재, 추억과 희망이 함께 스쳐 지나갔다.

*

고모는 올해 여든여덟이다. 그러나 나이에 비해 세월이 고모를 비켜 가는 듯했다.

은빛 머리에 구불구불한 웨이브는 은은한 품격 그 자체였다.

오클랜드에서 초등학교 교사로 40년을 근무하고 은퇴한 뒤에도 여전히 활발하게 살아가고 있었다. 지금은 버클리 대학교 캠퍼스에서 관광 안내 봉사활동을 한다고 했다.

노년에 여전히 활발하게 활동하는 고모의 모습은 정말 보기에 좋았다.

고모는 천천히 커피잔을 내려놓았다. 잔잔한 오후 햇살이 창가를 타고 방 안으로 스며들어 고모의 얼굴을 따뜻하게 비췄다. 그 모습은 오래된 사진첩 속 한 장면처럼 아름다웠다.

"고모, 한국어가 참 유창하시네요."

나는 고모의 유창한 한국어에 감탄하지 않을 수 없었다. 고모는
미소 지으며 대답했다.

"이게 다 너의 할머니 덕분이란다. 어머니는 항상 우리에게 한국말
을 가르쳤거든."

고모는 창밖을 바라보며 천천히 이야기를 시작했다.

"어머니는 아들 둘을 낳고 애너하임에서 과일 가게를 운영하셨어.
그 시절은 정말 힘든 시기였대. 몇 번이나 유산을 겪으신 끝에, 서른일
곱 살에 나를 낳으셨단다."

고모는 마치 내가 그 시대를 함께 살아낸 사람이라도 되는 듯 차
분하고 생생하게 말을 이어갔다. 고모와 나의 아버지 그러니까 그녀의
큰오빠와는 무려 열일곱 살이나 차이가 났다. 고모는 큰오빠에 대한
기억이 별로 없다고 했다. 그녀가 기억하는 큰오빠는 할머니에게서 들
은 이야기 속의 아버지였을 뿐이다.

"고모, 아버지는 어떤 분이셨어요?"

그래도 나는 조심스럽게 아버지에 관한 이야기를 묻지 않을 수 없
었다. 고모는 한참 생각하더니 말했다.

"어머니는 항상 큰오빠를 칭찬하셨어. 효자 중의 효자라는 말을
자주 하셨지. 인물도 잘생긴 큰오빠는 다정하고 책임감 있는 청년이었
대. 그런 큰오빠가 한국전쟁에서 행방불명되었다는 소식을 듣고, 어머
니는 완전히 무너졌어."

고모는 손끝으로 커피잔을 천천히 문질렀다. 작은 손동작 속에 깊은 슬픔이 깃들어 있었다.

"어머니는 말을 잃었어. 늘 창밖만 바라보면서 손톱을 물어뜯었지. 나는 어머니를 어떻게 위로해야 할지 몰랐어. 시간이 흘러도 어머니는 말을 하지 않았단다. 침묵 속에서 누구에게도 털어놓을 수 없는 고통을 견디셨지."

나는 고모의 말을 들으며 할머니가 겪었을 고통이 마치 오래된 편지처럼 내 안에서 서서히 펼쳐졌다. 고모는 잠시 눈을 감았다. 눈감은 얼굴에는 한 세대의 아픔과 사랑이 동시에 깃들어 있었다.

"어머니가 어떻게 그 슬픔을 견뎠을까… 그걸 생각하면 지금도 내 마음이 아파."

고모는 할머니의 슬픔을 스스로 표현하려는 듯 보였다. 고모는 내가 묻기도 전에 이야기를 풀어놓았다. 할머니가 들려주던 아버지의 어린 시절 이야기, 과일 가게를 운영하던 시절의 고생담, 이발소를 운영하던 할아버지 이야기까지 해주었다. 그 모든 이야기는 단순한 옛날이야기가 아니었다.

고모의 입에서 전해지는 순간, 이야기 속의 인물들은 살아 움직였다. 할머니와 할아버지, 아버지의 숨결이 내 앞에 되살아났다. 그들의 삶은 결코 가볍지 않았다. 가난과 이민, 전쟁과 상실이라는 거대한 시련 속에서도 그들은 사랑과 가족애로 서로를 붙들고 있었다.

나는 그날 고모와 마주 앉아 잃어버렸던 역사의 조각들을 하나하나 가슴속에 되새겼다. 그리고 깨달았다. 나의 존재는 결국 그들이 견

더낸 시간 안에서 태어났다는 사실을.

    고모는 서랍 깊숙이 감춰두었던 흑백사진 한 장을 꺼내어 내게 건 넸다. 사진을 받아 든 순간 나는 숨을 잠시 멈췄다. 사진 속에는 내가 알지 못했던 아버지가 서 있었다. 내가 기억하는 아버지, 아니 내가 상 상했던 아버지와는 전혀 다른 얼굴이었다. 그는 너무나 젊었다. 그의 얼굴에는 세월의 흔적이라곤 없었다. 부드럽고 순수한 눈빛, 희미하게 번지는 수줍은 미소, 아버지는 청춘 그 자체였다.

    "아버지도 이렇게 젊었을 때가 있었구나…"

    나는 속으로 중얼거리며 사진을 오래도록 놓지 못했다.

    나의 일본인 엄마가 보여준 사진 속 아버지는 갓 낳은 아기를 안고 있었고 말끔한 군복 차림이어서 듬직한 아버지였다. 그러나 지금 내 손안의 사진 속 아버지는 내가 알고 있던 아버지와는 또 다른 사람처 럼 느껴졌다. 한없이 부드럽고 가벼운 존재 같았다. 소년과 청년 사이 어딘가에 머물러 있는 사람처럼.

    아버지 바로 앞에는 할머니가 앉아 있었다. 그 모습 또한 내가 기 억하는 할머니와는 전혀 달랐다. 내 기억 속의 할머니는 구불구불한 회색 머리카락, 깊은 주름, 그리고 묵직한 존재감으로 남아 있었다. 그 러나 사진 속의 할머니는 포동포동한 두 볼에 생기 넘치는 미소를 머 금고 있었다. 애정과 희망이 넘치는 미소는 삶의 에너지가 가득한 사 람 같았다. 아버지와 할머니의 젊은 시절을 보면서 감회가 깊었다.

고모와 나는 묘하게도 닮아 있었다. 나고 자란 곳은 서로 달랐지만, 입맛만큼은 신기할 정도로 닮아 있었다. 고모는 미국 땅에서 태어나 평생을 살아왔고 나는 지구 반대편 일본에서 태어났고 자랐다. 그런데도 둘 다 김치를 좋아했다.

매번 식탁 위에 오르는 김치는 우리에게 단순한 반찬 그 이상이었다. 먹기 좋게 썰어 하얀 사기그릇에 담아놓은 포기김치가 밥상에 오르면 두 사람 다 저절로 미소가 번졌다. 고모가 나를 보며 혼잣말처럼 말했다.

"너나, 나나 식성이 닮았구나."

나는 웃으며 고개를 끄덕였다. 정말 그랬다. 고모는 흰 접시에 김치를 아낌없이 담아냈고 나는 쇠젓가락이 휘어질 듯 잔뜩 집어 입안 가득 넣었다. 한입 베어 물자,

매콤하고 새콤한 즙이 입안 가득 퍼졌다. 감칠맛이 혀를 휘감으며 퍼져나가는 그 느낌. 그 순간만큼은 먼 길을 돌아 다시 고향집에 돌아온 것처럼 따뜻하고 익숙한 감정이 일어났다.

참 이상했다. 나의 일본인 엄마는 김치를 별로 좋아하지 않았다. 우리 집 식탁에 김치가 올라오는 일은 없었다. 그런데도 내 입맛은 자연스럽게 김치를 찾아갔다. 마치 오래전부터 내 안 어딘가에 김치라는 맛이 뿌리내리고 있었던 것처럼.

나는 고모를 졸졸 따라다녔다. 고모가 하는 일이라면 무엇이든 눈을 떼지 못했다.

그녀가 손끝으로 만들어내는 작은 일상들은 내게 이상할 만큼 깊은 인상을 남겼다.

고모가 부엌에서 음식을 만들 때마다 나는 그녀의 뒤에 서서 모든 과정을 지켜보았다. 그녀가 음식을 준비하는 모습을 보고 있으면 이상하게도 편안함이 느껴졌다.

그날도 고모는 된장찌개 끓일 준비를 하고 있었다. 나는 부엌 한구석에 서서 조심조심 그녀의 손길을 따라갔다. 고모는 스테인리스 냄비에 멸치를 넣고 국물을 끓이기 시작했다. 감자와 애호박을 능숙한 손놀림으로 적당한 크기로 썰었다. 마늘, 고추, 그리고 두부까지 재료들은 준비가 끝난 듯 제자리에 가지런히 놓았다.

고모의 손놀림은 오랜 세월을 통과한 리듬을 타듯 자연스러웠다. 나는 그녀의 손놀림을 바라보는 것만으로도 저절로 군침을 삼켰다.

멸칫국물이 팔팔 끓자, 고모는 된장 두어 숟가락을 퍼서 국물에 풀어 넣었다. 진하고 깊은 된장의 향기가 부엌 가득 퍼지며, 마음까지 따뜻해지는 기분이 들었다. 준비된 재료들을 하나하나 냄비에 넣고 모든 재료가 잘 섞이도록 젓는 고모의 모습은 마치 오랜 세월 동안 쌓인 노하우에서 나오는 리듬 같았다.

잠시 후, 뜨거운 김이 무럭무럭 나는 된장찌개가 밥상 위에 놓였다. 옆에는 하얀 사기그릇에 소복이 담긴 포기김치가 있었다. 밥을 먹다가 고모가 말했다.

"내일은 할머니 산소에나 가자."

고모의 아들 데이비드가 차를 몰고 한 시간을 달려 도착한 곳은 고요한 분위기의 공동묘지였다. 입구에는 '천국에 들어가는 문'이라는 문구가 아치형 간판에 새겨져 있었다. 문을 지나자 넓고 푸른 잔디밭이 눈앞에 펼쳐졌다. 나는 주변의 고요함 속에서 이상할 만큼 아늑한 기운을 느꼈다.

영화에서만 보았던 미국 공동묘지는 예상보다 사람들의 출입이 많았다. 꽃을 든 사람들은 조심스레 묘비 앞에 서서 묵념했고 몇몇은 무덤 앞에 앉아 조용히 고인과 대화를 나누는 듯했다.

데이비드는 할아버지와 할머니 묘비 앞에 돗자리를 펼치고 정성껏 접시에 신선한 과일을 올려놓았다. 작은 술잔도 꺼내어 묘비 옆에 정갈히 놓았다. 준비 과정이 낯설면서도 어딘가 친숙했다. 내가 기억하는 한국의 차례상과 다르지 않았다.

낯선 미국 땅에서 미국인들의 시선이야 어떻든 전혀 개의치 않는 데이비드는 머뭇거림 없이, 큰절을 올리고 비석 주위에 술을 부었다. 데이비드의 동작은 정성스럽고도 진지했다. 고모도 조용히 데이비드를 따라 절을 올렸다. 그러고는 눈짓으로 나에게도 따라 하라고 했다. 나는 고모가 시키는 대로 큰절을 올렸다.

오늘따라 유난히 따사한 햇살을 받으며 우리 세 사람은 조상에게 예를 올렸다. 나는 마음속으로 나직하게 속삭였다.

"할머니, 할아버지, 저 왔어요."

*

고모와 함께 보낸 시간은 고모와 나 사이의 돈독한 친척관계를 회복시켜 주었고, 나름대로 깊고 묵직한 의미를 품고 있었다. 그저 일상의 연장이었을 뿐인데, 우리 사이에는 오히려 더 친근하고 굳건한 무언가가 자라나고 있었다. 아니, 돈독함을 넘어 어쩌면 우리 가족사에 한 줄 기록될 만큼 역사적인 순간이었다.

닷새째 되던 날, 고모는 조심스레 작은 마분지 상자를 들고나왔다. 누가 봐도 낡고 바랜 상자에는 소중한 것이 담겨 있을 법했다.

"고모, 그게 뭐예요?"

상자를 보자마자 내 입에서 무의식적으로 튀어나온 물음이었고, 고모는 잠시도 머뭇거림 없이 낮은 목소리로 대답했다.

"할머니 유품이야."

할머니의 유품. 그 말만으로도 상자 안에 무엇이 들어 있는지는 짐작이 가고도 남았다. 그것은 우리 둘 모두에게 할머니와 다시 이어지는 실 같은 존재였다. 고모가 상자를 열자 오래전 할머니 살아생전의 조각들이 하나씩 모습을 드러냈다.

먼저 꺼낸 것은 단정하고 소박한 디자인의 목걸이였다. 은은하게 빛바랜 금속이 세월의 무게를 고스란히 담고 있었다. 곁에는 작은 브로치가 놓여 있었다. 한때는 화려했을지도 모를 그 브로치는 지금은 낡고 바랜 채 조용히 시간을 건너온 흔적을 보여주었다.

고모는 다시 상자에 손을 넣어 이번에는 오래된 은반지를 꺼냈다.

검게 변색된 반지는 겉모습만 보면 초라했지만, 손에 쥐는 순간 묵직한 존재감을 뿜어냈다. 고모는 반지를 한참 들여다보다가 조심스레 이야기했다.

"할머니가 결혼할 때 할아버지한테서 받은 거야. 그때 두 분이 얼마나 가난했는지 이 반지가 말해주는 것 같구나."

고모는 감회가 깊은지 눈을 감았다. 마치 눈앞에 다시 펼쳐진 지난날을 더듬는 듯했다. 나는 아무 말도 하지 못한 채 고모의 깊은 표정을 바라보았다. 세상에 소중하지 않은 물건은 없겠지만, 할머니의 유품은 내게 귀한 보물처럼 다가왔다.

간단한 장신구들을 걷어내자 그 아래에는 빛바랜 노트들이 모습을 드러냈다. 처음에는 별것 아니라고 생각했다. 그저 오래된 공책들일 거라 여겼다. 하지만 직접 손에 쥐어본 순간, 나는 알 수 있었다. 이 노트들은 단순한 기록물이 아니라 무언가 소중한 것을 품고 있다는 것을.

노트들은 시대에 따라 서로 다른 크기와 모양을 지니고 있었다. 오래된 종이들은 가장자리가 너덜거렸고 귀퉁이는 닳아 떨어져 있었다. 찢어진 부분은 서투른 손길로 테이프가 덧대어져 있었다. 낡고 초라한 모습은 마치 할머니의 삶 자체를 닮아 있었다.

고모는 조심스럽게 노트 한 권을 꺼냈다. 손끝으로 겉장의 표면을 쓰다듬듯 더듬은 뒤 천천히 입을 열었다.

"이건 어머니가 한글과 영어로 메모한 노트들이야. 어머니는 평소 자신의 일정, 할아버지의 말씀을 꼼꼼히 적어 놓으셨어."

나는 잠시 말을 잃었다. 한글과 영어 두 언어로 남긴 메모라니…. 단순한 일상의 기록이 아니라 할머니의 마음과 생각을 들여다볼 수 있는 열쇠가 될지도 모른다는 예감이 들었다.

고모는 어릴 적부터 할머니에게서 한국어를 배워 나보다 훨씬 능숙했다. 그 모습을 바라보며 문득 한국어학당에서 한글을 배우기로 했던 그때가 떠올랐다. 단순한 호기심이었던 선택이 결국 이렇게 할머니의 흔적을 만날 수 있는 길이 되어주었다는 것은 어쩌면 하늘이 이끈 필연이었는지도 모른다.

고모는 하나하나 노트를 꺼내어 펼쳐보며 오래된 글씨를 한참이나 바라보았다. 할머니의 필적 속에는 시간이 흘러도 바래지 않는 정과 애틋함이 담겨 있었다. 고모는 노트를 들여다보는 것만으로도 할머니의 마음을 어루만지는 듯했다.

"어머니의 메모하는 습관은 목사였던 할아버지에게서 배운 거라고 하셨어."

나는 조심스럽게 말을 꺼냈다.

"고모, 제가 읽어볼게요."

손끝이 떨리는 것을 애써 참으며 노트를 펼쳤다. 거기에는 할머니가 쓴 한글이 가득했다. 글씨는 다소 삐뚤고 거칠었지만, 그 안에는 분명히 살아 있는 숨결이 있었다. 한 글자, 한 글자, 할머니의 목소리가 들려오는 듯했다. 페이지를 넘길 때마다, 따스한 온기가 손끝을 타고 전해졌다. 글자들은 마치 할머니가 살아 계실 때처럼, 나를 향해 다정하게 속삭이고 있었다.

나는 마치 첫 연애 소설을 읽을 때처럼 가슴이 설레고 두근거렸다. 설명할 수 없는 기쁨과 떨림이 마음속 깊은 곳에서부터 일렁였다. 고모와 나는 나란히 앉아 낡은 노트를 펼쳤다. 노트 속에는 오래전 할머니가 남긴 삶의 기록들이 빼곡히 적혀있었다. 우리는 글을 함께 읽으며 생각을 나누고 때로는 서로의 해석을 주고받으며 조심스레 페이지를 넘겼다.

하나의 목소리가 되어 글을 읽어 나가다가 우리는 고개를 끄덕이기도 하고 조심스레 질문을 던지기도 했다. 그렇게 생각을 나누며 읽다 보니 할머니의 삶이 어느새 내 눈앞에서 선명히 풀려나갔다. 더 이상 할머니는 먼 기억 속에 아득히 사라진 존재가 아니었다. 손을 뻗으면 닿을 수 있을 것 같은 가까운 거리의 살아있는 사람으로 다가와 있었다.

한 페이지, 또 한 페이지. 종이 위에는 할머니가 견뎌낸 고된 시절이 고스란히 담겨 있었다. 이민자로서의 험난한 삶, 지친 몸을 이끌며 버텨야 했던 끝없는 노동, 그리고 수없이 삼켜야 했던 눈물들. 글을 읽을수록 마치 할머니의 시간이 내 몸을 통과해 흐르는 듯한 기분이 들었다.

가장 마음을 울린 건, 삶이 아무리 고통스러워도 할머니는 한 번도 주저앉지 않았다는 사실이었다. 절망이 아무리 깊어도 그녀는 결코 무너지지 않았다. 오히려 고통 속에서 더욱 강해졌고 매 순간 삶의 이유를 찾아냈다.

할머니의 글은 그 어떤 책보다도 나를 깊이 흔들었다. 단순히 감동이라고 부르기에는 턱없이 부족했다. 그것은 말로는 다 설명할 수 없는 심장을 관통하는 듯한 강렬한 감명이었다.

때로는 이해할 수 없는 부분도 있었다. 어떤 단어들은 낯설게 느껴졌고 어떤 문장의 뉘앙스는 도무지 짐작할 수 없었다. 그럴 때마다 나는 노트를 들여다보며 고개를 갸웃거렸다. 옆에 앉아 있는 고모와 함께 우리는 생각을 모아 해석했다. 어렴풋한 기억과 짐작을 꺼내 들고 하나의 의미를 향해 조심스레 다가갔다.

고모는 할머니에 대해 아는 것을 모두 꺼내어 내게 들려주었다. 때로는 답을 찾기 위해 고모의 오래된 지인들에게 전화를 걸어 묻기도 했다. 그런 시간이 쌓일수록 나는 마치 과거의 할머니와 직접 대화를 나누고 있는 듯한 착각에 빠져들었다. 긴 세월의 강 너머에서 할머니가 나를 바라보며 미소 짓고 있는 것만 같았다.

시간이 흘러가면서 할머니와 나 사이의 거리는 점점 좁아졌다. 한 장, 또 한 장 노트의 페이지를 넘길 때마다 나는 할머니의 손끝에, 발끝에 닿아 있는 듯한 기분을 느꼈다. 할머니가 건너온 고단한 삶의 파도 속에서 나와 할머니의 마음은 끈적끈적하게 이어졌다. 동시에 마치 긴 꿈 같았고 하지만 선명한 현실이었다.

나는 할머니의 노트를 읽고 또 읽었다. 읽을 때마다 마음 한가운데에서 뜨겁고 단단한 확신이 차올랐다. 그녀의 삶은 단순한 개인의 기록이 아니었다. 그것은 고난과 성취, 사랑과 희생이 고스란히 깃든, 그 어떤 역사책에도 기록되지 않은 진짜 이야기였다.

할머니가 걸어온 길은 이름 없는 위인의 발자국처럼, 소리 없이 세상을 떠받치던 삶이었다. 나는 깨달았다. 이 이야기는 세상에 알려져야만 한다. 할머니의 숨결과 눈물, 웃음과 침묵까지 모두, 이 세상의 누군가에게 닿아야 한다는 사명감이 내 가슴을 가득 채웠다.

아다치 박물관의 '살아있는 액자 그림'을 처음 보았던 순간처럼 내 마음속에서도 뜨거운 소명이 솟구쳤다. 나 역시 우리 대가족의 이야기를 하나의 정원처럼 가꾸고 다듬어야 한다는 것이 결코 피할 수 없는 사명이 되었다. 할머니의 삶을 제대로 기록하는 일 그것은 단순한 기억의 복원이 아니었다. 그것은 역사적 진실을 세상에 알리는 일이었고 동시에 내 뿌리를 살아 숨 쉬게 하는 작업이었다.

내가 아는 것, 내가 기록하는 모든 순간은 결국 조상의 발자취를 눈앞에 되살리는 일이었다. 그리고 그 행위가 더는 내 개인의 이야기에 머물지 않았다. 그것은 이 땅에 뿌리 내린 이민 개척자들의 역사이자 그들이 고달픈 삶을 어떻게 견뎌냈는지, 그 과정에서 길어 올린 정신적 본질을 전하는 일이었다.

이민자들의 삶에서 강조되는 가치들… 자유, 평등, 평화, 공존, 존엄성, 그 모든 고귀한 이상조차도 할머니 세대에게는 단 하나의 염원에 비하면 부차적인 것이었다. 그것은 바로 '한국인의 얼'을 잃지 않는 것 그리고 '독립'을 향한 갈망이었다.

할머니는 견딜 수 없이 혹독한 삶을 살았다. 그러나 그 가슴속에는 언제나 꺼지지 않는 불꽃이 있었다. 한국인의 얼 그리고 조국의 독립에 대한 갈망. 그것이 그녀가 무너질 때마다 다시 일어설 수 있었던 이유였고, 삶을 붙드는 마지막 힘이었다.

만약 그런 소망이 없었다면 할머니는 결코 그토록 잔인한 세월을 이겨낼 수 없었을 것이다. 그녀의 삶은 단순히 물리적인 생존을 넘어섰다. 이민 개척자들은 몸은 땅에 부대끼며 살았지만, 마음은 언제나 미래를 향해 나아갔다. 거칠고 척박한 시간 속에서도 그들의 심장 속에는 얼이 흐르고 있었다. 독립을 향한 갈망은 개인을 넘어 민족을 위한 것이었다. 세대를 넘어 깊고 단단하게 뿌리내린 소망이었다.

내가 할머니의 과거를 기록하는 일은 단순한 개인의 전기가 아니다. 그녀가 흘린 눈물과 땀, 숨죽인 희망과 꺾이지 않은 자존의 무게를 이해하고 그것을 잊지 않도록 후세에게 전하는 일. 그것이야말로 내가 반드시 해야 할 일이다.

제 2 부

곱슬머리 소녀
백광선

제물포에서 호놀룰루까지

한반도에서 일로 전쟁(1904년 2월~1905년 11월)이 한창이었다. 하루 하루 전쟁의 기운이 거리를 채우고 있었고, 마을 사람들도 불안한 눈 빛을 감추지 못했다.

광선이네 집이 기와집은 아니었지만, 안채와 마당이 있고, 마당을 지나면 사랑채가 있었다. 주일마다 마을 사람들이 사랑채에 모여 예 배드리곤 했다. 동네에서 가장 번듯하고 앞마당이 넓은 집이었다.

할아버지는 뽕나무 농사를 크게 지었다. 뽕나무를 키워서 잎을 누 에 기르는 공장에 납품했다. 집에서 사십 리나 떨어진 강서 마을 입구 에는 실크 공장이 있었다. 실크 공장에서는 많은 누에를 기르기 위해 뽕나무잎을 원했고 동네 사람들은 뽕나무밭을 가꾸며 살았다.

어린 광선은 아버지에 대해 잘 알지 못했다. 아버지가 일상적인 일 들을 기록하는 습관이 있다는 사실은 훗날 커서야 알게 되었다. 아버 지가 남긴 노트를 우연히 들춰보고, 자신이 태어난 곳이 평남 강동군 원탄면 상리의 작은 백씨 집성촌이었다는 사실을 알게 되었다.

광선은 아버지의 기록을 하나하나 되새기며 점차 가족의 역사를 이해했다. 기록들은 단순한 일상 속의 기억들이 아니었다. 그것은 가족의 역사이며 발자취였다.

광선은 어린 시절부터 할머니가 절에 다니신다는 이야기를 들었다. 그러나 할머니의 신앙에 큰 시련이 닥쳤다. 막내 삼촌이 장질부사에 걸려 병세가 급속히 악화했다. 할머니는 아들의 쾌유를 위해 절에 가서 부처님께 무릎이 닳도록 간절하게 빌었건만, 아들의 병세는 점점 더 악화하더니 결국 세상을 떠났다.

광선은 그때의 할머니를 잘 기억하지 못한다. 그러나 그때의 공허한 분위기 그리고 집 안을 메운 슬픔의 기운은 그녀의 마음속에 남아 있다. 할머니는 "부처님도 다 소용없더라" 하시면서 개종했다.

광선의 부모님은 1890년, 평양에 도착한 언더우드(Underwood) 박사와 모피트(Moffett) 박사에 의해 처음으로 기독교를 접하게 되었다. 당시 평양은 외국 선교사들의 활동이 활발히 이루어지고 있었다. 새로운 종교와 사상이 불어닥치면서 광선의 부모님은 기독교 교리를 받아들였다.

한국 최초의 신학대학원이 평양에 설립되기 전, 사무엘 모피트 선교사는 성경 학습반을 운영했다. 그때 광선의 부모님은 모피트 선교사의 가르침을 받아들였고 아버지는 모피트 선교사에게서 목사 안수를 받았다. 아버지의 믿음은 더욱 깊어 갔다.

어머니도 기독교 학교에서 선생님으로 일했다. 그녀의 교육은 단순히 세상의 지식만을 전하는 것이 아니라 학생들에게 신앙을 통해 세상을 바라보는 시각을 가르쳤고 이를 통해 많은 이들이 기독교의 진리를 깨닫게 되었다.

모피트 선교사는 성경에 기록된 대로 가르쳤다. 광선의 부모님은 그의 가르침을 진지하게 받아들이며 성실하게 신앙생활을 실천했다. 그들은 모피트 선교사의 가르침에 따라, 매일 기도하고, 성경을 읽으며 자신의 삶을 신앙의 길로 이끌었다.

광선의 할아버지와 할머니도 모피트 선교사의 권유로 세례를 받고 새로운 신앙을 받아들였다. 오빠 명선과 광선이도 모피트 선교사에게서 세례받았다.

후일, 어머니는 모피트 선교사를 처음 만났던 날을 이렇게 기억했다.

"모피트 선교사는 키가 크고 말랐단다. 젊은 미남이었지. 콧수염을 길렀고, 머리는 갈색에다가 눈은 파란색이었어. 한국말을 유창하게 하더구나. 그것도 나는 들어보지도 못했던 유식한 말로 말이다. 유창하게 설교했으니, 평양과 근교에서 모여든 한국인들의 마음을 사로잡을 수 있었지."

광선은 어머니의 이야기를 들으며 그 시대에 기독교가 어떻게 퍼져나갔고 그 속에서 가족이 어떻게 살았는지를 점점 더 깊이 이해하게 되었다. 어머니가 말하는

"유식한 말"과 "유창하게 설교한" 모습은 단순히 모피트 선교사의

외적인 모습에 대한 기억이 아니라, 그가 전한 진리와 삶의 변화에 대한 깊은 인상이었다.

광선은 어린 시절, 할아버지에게서 많은 것을 배웠다. 할아버지는 한학을 공부하신 분이어서 서당을 차려놓고 동네 아이들을 가르치셨다. 광선이도 아이들과 함께 한문을 배우고 익혔다.

그러나 광선이 모피트 선교사를 만나면서 한글을 배우고 새로운 문물을 경험하게 되었다. 그녀는 한글로 된 성경을 접하면서 한글이 가진 힘과 의미를 몸소 체험하게 되었다.

광선의 어머니는 기독교를 받아들인 후, 마을의 여자들을 모아놓고 한글을 가르쳤다. 당시에는 연필과 종이가 없어서 글을 쓰려면 부엌 바닥에 부지깽이로 써야 했다. '가갸 거겨'라는 글자를 쓰고 지우기를 반복하는 가운데 어머니는 그들에게 성경의 말씀을 하나씩 가르쳤다. 마을 여자들은 글을 배우는 것 외에도 어머니의 가르침을 통해 기독교의 진리를 알게 되었다. 어머니의 가르침은 단순히 한글을 배우는 것에 그치지 않고 그녀들에게 삶의 방향을 제시해 주었다.

어머니는 성경을 어떻게 읽고 그 말씀을 어떻게 삶에 적용할 것인지도 함께 가르쳤다. 어머니는 마을 여자들에게 새로운 시각을 열어주었다. 사람들은 어머니의 가르침에 점점 더 끌렸고 이런 소문은 빠르게 퍼져나갔다. 남자들까지 모여들었다. 그중에는 나이가 많은 사람들도 있었다. 어머니는 그들에게 성경을 읽어주며 자신의 믿음과 지식을 나누었다.

더 많은 사람에게 기독교와 한글을 가르쳐주고 싶은 어머니는 매일 이웃 마을을 오가며 열심히 전도했다. 그녀의 열정은 때로는 지나치게 보일 정도였다. 결국 어느 양반이 어머니에게 당나귀 한 마리를 선사했다.

어머니는 당나귀를 타고 먼 마을까지 다니며 사람들에게 한글을 가르치고 성경을 전했다. 그녀의 발길이 닿는 곳마다 새로운 사람들이 기독교를 받아들였고 어머니의 영향력은 점점 더 커졌다. 마을 사람들은 어머니의 열정과 헌신에 감동했고 결국 어머니는 여자들만을 위한 학교를 세우게 되었다. 학교는 단순한 교육 기관을 넘어 당시 여성들이 가질 수 있는 지식과 믿음의 상징이었다. 많은 사람에게 새로운 희망과 비전을 주었고 여성들의 삶을 변화시키는 중요한 공간이 되었다.

광선이는 어머니가 가끔가다 하는 이야기를 들을 때마다, 그 시절의 조각들이 조금씩 맞춰지며 기억이 살아났다. 특히 할아버지와 함께한 순간들은 빛처럼 선명하게 되살아났다.

할아버지는 매일 아침 어린 손녀인 광선이를 업고 집을 나섰다. 할아버지 등에 업혀 시골길을 걸을 때면 광선은 세상의 온갖 소리를 들었다. 바람의 속삭임, 새들의 노랫소리, 개 짖는 소리까지. 할아버지 등에 기대어 있으면 세상은 그저 편안하고 안전하게 느껴졌다.

광선이는 엄마의 교실 맨 앞자리에 앉았다. 학교가 끝날 때면 할아버지는 교실에서 조금 떨어진 모퉁이에서 광선이를 기다렸다. 그녀는 번개처럼 달려가 할아버지 품에 안기면 세상에서 부러울 게 하나도 없었다. 그녀는 할아버지의 주머니를 샅샅이 뒤져 사탕을 찾아내곤 했다. 작은 손으로 사탕을 꼭 쥐고 있으면 큰 보물을 가진 것처럼 행복했다. 그때는 몰랐지만, 커가면서 그 작은 사탕 하나가 할아버지의 사랑이었었음을 깨달았다.

지금도 그녀의 기억 속에서 할아버지의 얼굴이 사라지지 않는 까닭은 할아버지가 건네주던 사랑의 사탕 때문이다.

그날은 성경 학교의 마지막 날이었다. 광선이는 성경 학교에서 나이가 가장 어린 학생이었다. 어머니가 교단에 올라서자 교실의 분위기가 순간 바뀌었다. 학생들이 일어나 선생님에게 인사했다.

"선생님, 안녕하세요."

"네, 잘 지냈지요? 찬송가 알지요?"

학생들은 익숙한 찬송가를 부르기 시작했다.

"예수 사랑하심은~"

어머니는 학생들과 함께 찬송을 부른 후, 그날의 중요한 이야기를 꺼냈다. 교실의 분위기가 무겁게 가라앉았다. 선생님의 목소리는 차분했지만, 어딘가 긴장감이 섞여 있었다.

"오늘은 좀 특별한 이야기를 해야 해요."

어머니가 말하면서도 매우 힘들어했다.

"우리는 당분간 공부할 수 없게 되었어요. 일본 정부에서 학교 문을 닫으라는 통보를 받았어요. 이제부터는 집에서 공부해야 합니다."

광선이는 어린 마음에 그 말이 무엇을 의미하는지 알지 못했다. 그저 눈앞에 있는 어머니와 다른 학생들의 표정을 보고 뭔가 중요하고 무거운 일이 벌어지고 있다는 것을 느꼈다. 그녀는 맨 앞자리에 앉아 고개를 들고 어머니의 말씀을 들었다.

"안타깝지만, 지금은 우리가 할 수 있는 일이 많지 않아요. 이제 잠시 학교를 쉬겠지만 시간이 지나면 더 좋은 날이 올 거예요."

이상하게도 그때의 일이 겨우 5살에 불과한 그녀의 기억에 생생하게 남아 있었다.

광선이가 기억하는 그 시절은 끔찍한 두려움의 시간이었다. 총을 든 일본 군인들이 마을에 들어오던 날, 마을 사람들은 무서워서 두려움에 떨었다. 어떤 사람들은 산속으로 피난 가서 숨어 살았다.

지방 관리는 마을 사람들에게 두려워할 필요 없다고 했다. 일본 군인들은 마을 사람들의 재산을 건드리지 않을 것이라고 했다. 그러나 관리의 말과 현실은 전혀 달랐다. 일본군은 마을을 점령하고 광선이네 집 앞마당에 천막을 쳤다. 그리고 마을 곳곳에 진을 치고 전쟁 준비에 열을 올렸다.

일본군은 조선 정부가 식량을 제대로 공급하지 않는다면서, 마을에서 무엇이든 공출해 갔다. 마을 사람들이 기르던 가축들까지도 그들의 손에 넘어갔다. 흉흉한 소문이 마을을 휘돌았다. 어젯밤 머슴살이하던 진국이 처가 일본군에 끌려가 만신창이가 되어 돌아왔다. 마을 사람들은 그 이야기를 듣고 경악을 금치 못했다.

일본군이 여성을 강제로 끌고 간다는 소문은 들어서 알고 있었지만, 그 소문이 현실로 다가왔기 때문이다. 지방 관리는 일본군은 마을 사람들을 해치지 않을 것이라고 했지만 다른 마을에서 벌어지고 있는 끔찍한 일들을 생각하면 그들의 말은 믿을 수 없었다.

할아버지는 부랴부랴 보따리를 꾸려주면서 말했다.

"빨리 피난 가야 한다. 아이들을 데리고 인천으로 가거라."

예수 믿는 사람들은 미국은 살기 좋은 나라이고 하와이로 가는 사람들이 많다는 소문을 들어 알고 있었다. 아버지와 어머니는 맏아들 명선, 맏딸 광선, 그리고 동생 길선을 재촉하며 떠날 준비를 했다. 광선이는 할아버지와 헤어지기 싫다면서 뒤뜰에 나가 숨었다. 어머니는 광선의 귀에 대고 속삭였다.

"인천에 가면, 아마 하와이로 가는 길이 열릴지도 몰라. 하와이는 미국이야. 새로운 세상인 거야."

하지만 어린 광선에게 하와이가 무슨 말인지 알 수 없었다. 막연했다. 아버지는 앞으로 어떤 일이 일어날지 모르지만, 신천지에는 희망이 있을 것이라고 했다.

광선이는 어렸기에 벌어지는 상황을 이해하지 못했다. 나중에 커서 어머니에게 그 시절의 이야기를 들으면서 어머니가 겪었던 고통과 아픔을 조금이나마 알게 되었다. 어머니는 그때의 상황을 이렇게 설명해 주었다.

"마을 사람들이 너무 무서워서 벌벌 떨고 있었잖니. 사람들은 이리저리 흩어져서 피난길에 올랐단다. 더러는 산속으로 들어갔고, 더러는 친척이 사는 다른 곳으로 피난 갔지."

광선이는 무서운 시절을 살아낸 어머니의 이야기에 귀 기울였다.

"아버지는 식구들을 데리고 밤낮으로 걸어간 곳이 인천항이었단다. 막상 인천에 갔지만 돈도 없고 직업도 없으니 당장 먹고 살길이 막막했지, 뭐냐. 부두에서 노동일을 해서 하루하루 끼니를 이어갔단다."

어머니는 아버지가 부두에서 일하며 가족을 먹여 살리던 어려운 시절을 떠올렸다.

"다행히 하와이 사탕수수 농장에서 일할 사람을 구한다는 소문을 듣고 지원했어."

어머니는 조금 더 부드러운 목소리로 이렇게 말했다.

"그것은 하나님의 인도하심이었고, 축복이었단다."

광선이네 가족은 인천 제물포항에 정박해 있는 거대한 배를 보고 놀랐다. 지금까지 보았던 모든 배들과는 달랐다. 크고 화려하고 유려한 선체는 마치 다른 세계에서 온 것처럼 보였다. 사람들은 그 배를 '부유한 나라의 배'라고 불렀다.

아버지와 어머니는 배의 크기와 희망이 맞물리면서 새로운 삶을 꿈꿨다. 가족도 데려갈 수 있다는 유혹은 매우 달콤하게 다가왔다. 광선이네 가족은 아무런 망설임 없이 계약서에 서명했다. 계약서에는 하와이 사탕수수 농장에서 1년 동안 일하기로 하는 조건이 적혀있었다.

그러나 그 계약서의 서명이 그들의 운명을 완전히 바꿔놓을 것이라는 예상은 전혀 하지 못했다. 아버지는 오직 하나님의 은혜로 광명의 세계로 간다는 꿈에 부풀어 있었다.

　　1905년 8월 8일, 광선이네 가족은 제물포항에서 마지막 이민선인 몽골리아 호에 올랐다. 어머니는 마음이 착잡하더라고 했다. 낯선 땅으로 가야 한다는 사실이 두렵기도 하고 새로운 삶에 대한 기대감도 있었다. 아버지는 항상 가족을 안심시키며 하나님의 은혜로 이 모든 일이 이루어졌다고 말했다.

　　다음 날 아침, 몽골리아 호는 일본 요코하마 항에 도착했다. 광선이는 처음 보는 풍경에 눈이 휘둥그레졌다. 항구에 있는 배들은 모두 큰 규모였고 사람들이 분주하게 오고 갔다.

　　한국인이 경영하는 '김준상 여관에서 하룻밤을 묵기로 한 광선이네 가족은 좁은 방에 다섯 식구가 서로 몸을 맞대고 잠을 청했다. 미국행 선박을 타기 전에 필수적으로 신체검사를 받아야 했다. 신체검사라는 것을 처음 받았지만, 모두 무난히 통과했다.

　　광선이는 뱃멀미를 심하게 했다. 며칠 후, 조금 기분이 좋아져서 어른들을 따라 갑판에 올라갔다. 어른들은 광선이를 등에 업고 돌아다녔다. 배가 앞뒤로 흔들릴 때 파도에 휩쓸릴까 봐 어린 소녀는 혼자서 갑판 걷는 게 금지였다. 며칠 동안 먹지 못했다고 말했더니 그들은 광선이를 식당으로 데려갔다. 중국 요리사가 따끈따끈한 국수 한 그릇을 끓여주었다. 맛있는 국수를 먹은 후로 기분이 훨씬 좋아져서 뱃멀미를 잊어버렸다.

3주간의 긴 항해를 마친 뒤, 마침내 하와이의 호놀룰루항에 도착했다. 하와이는 여름임에도 불구하고 온화하고 맑았다. 가벼운 러닝셔츠뿐이었지만 덥지도 춥지도 않다는 사실에 놀랐다. 신발은 거의 신지 않았다. 항상 자유롭고 신선했다.

몽골리아 호를 타고 온 노동자 중에서 가족이 함께 온 집은 불과 10집뿐이었다. 아버지는 하나님의 축복에 늘 감사해했다.

처음 하와이에 도착한 광선이네 가족에게 일상은 힘든 노동과 생계유지를 위한 고된 여정이었다. 아버지는 오아후(Oahu)섬의 사탕수수 농장에서 일하게 되었다. 매일 아침 4시 30분에 일어나 이른 아침을 먹고, 곧바로 궤도차 탑승 지역으로 가서 출근용 작은 궤도차를 타고 사탕수수밭으로 향했다. 일하는 시간은 10시간이 넘었고 아버지는 하루하루 힘겹게 노동을 이어갔다.

사탕수수 농장의 백인 감독은 프랑스 사람으로 일이 느리다며 끊임없이 노동자들을 독촉했다. 아버지는 노예 같은 대우를 받는 것 같았다. 더구나 농사일을 직접 해본 경험이 없었던 아버지는 더욱 힘들어했다. 하루에 56센트의 임금을 받았는데 그 돈으로는 간신히 가족을 부양하기에도 빠듯했다. 겨우 조금 남은 돈은 저축했다.

농장 노동자 중에는 기독교 신자가 많았기에 아버지는 주일이면 사람들을 모아놓고 예배를 인도했다. 차츰 시간이 지나면서 농사일에 조금씩 적응해 나갔다. 그 덕분에 아버지는 대우가 더 나은 카우아이

(Kauai)섬의 사탕수수 농장으로 옮길 수 있었다.

하와이에 도착한 한인들은 대부분 사탕수수 농장에서 일하며 힘든 시간을 보냈다. 그러다가 계약기간이 끝나면 더 나은 임금과 대우를 찾아 미국 서부로 이주해 갔다.

가족의 미래를 위한 일이라면 서슴지 않고 나서는 아버지로서는 고민할 것도 없이 서부 캘리포니아를 꿈꾸고 있었다.

광선이네 가족은 하와이에서 생활이 점점 익숙해졌지만, 아버지와 어머니는 여전히 더 나은 미래를 위해 계획을 세우고 있었다. 아버지는 먼저 하와이에 온 이민자들로부터 캘리포니아로 가서 정착한다는 이야기를 들었다. 캘리포니아의 삶은 하와이에서의 고된 노동과는 다른 차원의 노동으로 대우도 좋고 임금도 높다고 했다.

밤마다, 아이들이 모두 잠든 후 아버지와 어머니는 캘리포니아로 가는 계획을 세우며 무엇을 준비해야 할지 끊임없이 의논하곤 했다. 아버지는 한번 사귄 사람들의 주소를 꼭 기록해 두고는 편지로 연락을 주고받았다. 그중 한 사람은 캘리포니아 리버사이드에서 일하는 지인이었는데, 그는 하와이의 사탕수수밭에서보다 훨씬 더 나은 대우를 받고 있었다. 임금이 자그마치 3배나 높다고 했다.

1년 계약이 끝나자 아버지는 가족을 데리고 샌프란시스코로 가는 여객선에 몸을 실었다. 캘리포니아에서 펼쳐질 새로운 미래에 대한 기대와 부푼 꿈을 찾아 나섰다.

그게 1906년 12월이었다.

어떤 가족들은 하와이에 들르지 않고 곧바로 미국 본토로 들어갔는데 그들은 돈이 있거나 공부하러 가는 유학생들이었다. 그들과 같은 호강을 누릴 수는 없었어도 멕시코로 가는 대열에 끼지 않은 것만 해도 하나님의 축복이라고 생각하며 아버지는 매일 감사의 기도를 빼놓지 않았다.

찢어진 눈의 기억

1906년 12월, 백광선은 겨우 6살이었다.

6살은 많은 것들을 기억으로 남기기에는 너무 어린 나이였지만, 몇 가지 일은 어렴풋이 기억하고 있었다.

광선의 아버지는 목사다. 곱슬머리에 본관은 남포 백씨 가문이다. 어머니는 딸 광선의 머리를 자를 때마다 푸념처럼 말했다. "계집애가 닮을 게 없어서 아버지 곱슬머리를 닮다니?"라며 타박하곤 했다. 이상하게도 그녀의 집에서는 아버지와 광선이만 곱슬머리다. 광선은 곱슬머리라는 말을 들을 때마다 아버지를 닮았다는 것에 자부심을 느꼈다. 아버지는 언제나 사람들로부터 똑똑하다는 칭찬을 받았다. 그런 아버지를 닮은 그녀도 언젠가는 똑똑한 사람이 될 것이라는 기대 속에서 자랐다.

목사인 아버지에게 특별한 점이 있다면 바로 매사 기록하는 습관이었다. 일기를 쓰는 건 아니었지만, 무엇이든 기록으로 남겼다. 기록은 그에게 무의식적으로 반복되는 버릇처럼 여겨졌다. 이 습관은 그가 목사라는 직업 때문만은 아니었다. 기록으로 남기는 일을 그는 즐기고 있었고, 매일의 일상 속에서 남긴 수많은 기록은 광선의 어린 시절을 묶어주는 중요한 흔적들이 되었다.

호놀룰루에서 출발한 여객선이 샌프란시스코항에 막 도착했다. 광선은 엄마의 손을 잡고 하선하려는 승객들 사이에 섞여 있었다. 그녀는 키가 작은 어린애였기에 어른들 틈에서 주변을 제대로 살펴볼 수 없었다.

샌프란시스코 항구는 12월 한가운데의 흐린 날씨 속에 차가운 바람과 가벼운 안개와 이슬로 촉촉했다. 안개 낀 날씨에도 항구는 여전히 사람들로 붐볐다. 광선은 그저 낯선 환경에 압도당한 채 엄마를 따라 하선하려는 줄에 서 있었다.

하선하려는 승객들 속에는 한국인 노동자들도 있었는데 아버지도 그중의 한 사람이었다. 한국인들은 말없이 한데 몰려서 줄을 서 있었다. 그들이 한데 몰린 이유는 동양인으로서 같은 생김새끼리 서로 위안을 얻기 위해서였다. 긴장한 모습으로 줄지어 선 아저씨들은 모두 하와이 사탕수수밭 농장에서 계약기간을 마친 사람들이었다. 아저씨들은 긴장된 얼굴이어서 광선도 아저씨들을 따라 긴장했다.

하선이 시작되자 승객들은 일렬로 서서 한 사람씩 이민국 입국 심사관 앞에서 통관 수속을 밟았다. 사람들이 서류를 제시하면 심사관이 이를 확인했다. 아버지는 굳은 얼굴로 입국 심사관을 바라보고 있었다. 광선이도 심장이 두근거렸다. 어린 마음에도 불안한 기운을 온

몸으로 느낄 수 있었다.

마침내 광선의 가족 차례가 왔다. 아버지가 서류를 이민국 심사관에게 건넸다. 광선은 아버지 옆에서 아무 말 없이 상황을 지켜보았다. 심사관은 서류를 잠시 훑어보더니 말없이 스탬프를 찍었다. "쿵" 하고 스탬프 찍히는 소리가 울려 퍼지자 광선의 가슴이 뻥 뚫리는 기분이었다.

모든 것이 순조롭게 진행되었지만, 광선은 여전히 낯선 땅에서의 새로운 시작이 두려웠다. 안개 낀 하늘에서 가벼운 이슬은 여전했다. 샌프란시스코항 26번 부두, 시멘트 바닥은 비에 젖어 있었다. 사람들이 지나갈 때마다 곳곳에 고인 빗물이 작은 물보라를 일으켰다. 광선은 우산이 없어도 될 정도의 이슬을 맞으며 서 있었다.

먼저 하선한 아저씨들이 긴장된 표정으로 동료들을 기다리고 있었고 아버지도 그들 속에 합류해 동정을 살폈다. 아버지는 평소 조용하고 침착한 사람인데 그날만큼은 그의 표정에서 전에 보지 못한 불안감을 느낄 수 있었다. 엄마는 머리에 작은 보따리를 이고 등에는 하와이에서 태어난 어니를 업고 남동생 길선의 손을 잡고 있었다. 광선은 오빠 명선과 함께 아저씨들이 모여있는 곳을 바라보고 서 있었다. 이슬인지 안개인지 칙칙한 날씨는 걷힐 것 같지 않았다.

아저씨들 사이에서 우산을 들고 서 있는 사람이 마중 나온 양주삼 전도사라는 것을 한눈에 알아볼 수 있었다. 전도사는 아저씨들에게 손에 들고 있던 신문을 한 장씩 나눠주었다.

신문은 1906년 11월 20일 자 『공립신보』였다. 아버지는 한글 신문을 손에 받아 들고 무척 반가운 표정을 숨기지 못했다. 오랜만에 받아 든 한글 신문이 고향의 기억을 떠올리게 하는 연결고리로 생각하는 것 같았다. 아버지는 곧바로 신문을 펼쳤고 그의 눈빛은 진지하게 지면을 훑었다.

신문에는 1906년 4월 18일에 발생한 샌프란시스코 대지진에 관한 기사가 실려 있었다. 대지진으로 인해 3천여 명이 사망하고 30만여 명이 집을 잃었다는 참상을 전하고 있었다.

아버지는 신문을 넘기며 또 다른 기사를 읽었다. 그것은 공립협회가 발표한 포고문에 관한 내용이었다. 포고문에는 '한국 동포들은 일본 영사관이 주는 지진 구제금을 받지 않기로 했다'라고 적혀있었다. 아버지는 기사를 읽으면서 말없이 고개를 끄덕였다.

그러나 이어지는 기사에서 아버지는 잠시 멈칫했다. 충격적인 내용이 실려 있었다. '문경호라는 사람이 몰래 구제금을 받았다가 발각되어 응징을 당했다'라는 내용이었다. 기사는 일제와 타협한 자에 대한 강력한 대응을 보여주었다. 아버지는 신문을 읽다가 다시 눈을 들어 광선에게 잠시 고개를 돌렸다.

그날 오후, 아버지는 신문 기사에 대해 자세히 설명해 주었다.

"문경호라는 사람이 일으킨 사건은 단순히 포고문을 어긴 문제를 넘어서 많은 한국인에게 자긍심과 자존심을 지켜야 한다는 중요한 교훈을 일깨워 준 거야."

엄마는 진지한 표정으로 아버지의 설명을 듣고 있었다. 광선은 아직 어려서 아버지의 말이 무슨 의미인지 이해하지 못했다. 그러나 아버지의 목소리와 심각한 표정을 보며 마음속에 무언가 새겨지는 것 같았다.

1906년 샌프란시스코 페리 빌딩 앞. 120년이 지난 지금도 같은 건물, 페리 빌딩이 그 자리에 있고 여전히 선착장 역할을 한다.
사진 왼편에 케이블카(전차)가 있고, 자동차와 역마차가 함께 다녔다. 당시에는 교통법규가 없어서 전차, 역마차, 자동차가 뒤엉켜 다녔고 아무 데서나 마구 길을 건너다녔다. 자동차도 아무 데서나 유턴이 자유로웠다. 남녀 모두 정장과 드레스를 입었고 모자를 썼다. 신문팔이 소년도 흰 셔츠에 넥타이를 맨 정장 차림이다.

아버지가 양 전도사에게 길을 묻는 동안 광선이는 주변을 둘러보았다. 이슬은 여전히 내리고 있었고 공기는 차가웠다. 부두를 빠져나가는 사람들의 발걸음 소리만이 주변을 채우고 있었다.

"리버사이드에 가려면 기차를 타야 하는데 어디서 타야 하나요?"

양 전도사는 친절하게 안내해주었다.

"아, 대식구가 함께 오셨군요. 여기가 26번 부두니까 저쪽으로 쭉 걸어가시면 0번 부두가 페리 빌딩입니다. 거기서 연락선을 타고 샌프란시스코만(灣)을 건너 오클랜드로 가서야 합니다. 기차역은 오클랜드에 있어요."

광선은 아버지와 양 전도사가 주고받는 대화에 귀를 기울이며 주변을 돌아보았다. 열맷 명의 한국인 아저씨들만 빼고는 백인들이었다. 백인들이 걸어가면서 광선의 가족을 힐끔힐끔 쳐다보았다. 그들의 눈빛은 차갑고 낯설었지만, 피할 수 없었다. 광선은 그들의 시선이 불편한 만큼 자신이 낯선 이방인이라는 것을 몸으로 느꼈다.

아버지는 자그마한 보따리를 등에 메고 명선 오빠의 손을 잡고 앞장섰다. 엄마는 쪽 찐 머리에 작은 보따리를 이고, 치마저고리를 입었다. 한 살배기 남동생 어니는 업고 아버지를 따라갔다. 하와이에서 태어난 어니는 미국 이름이 어니스트(Ernest)고 한국 이름은 효선이다.

광선은 그때의 상황을 또렷하게 기억했다. 그녀는 두 살 어린 남동생 길선의 오른손을 잡고 길선의 왼손은 엄마가 잡은 채 나란히 걸었다. 세 사람이 나란히 걸어가자 인도교 폭을 거의 다 차지할 정도였다.

광선은 이슬을 맞으며 26번 부두의 코너를 돌아 나와 페리 빌딩 쪽으로 걸었다. 처음 보는 도시는 너무나 낯설고 어색했다. 도시만 낯선 게 아니라 사람들도 낯설었다. 길을 걷는 사람들은 모두 백인들뿐이었고 그들이 지나갈 때마다 광선은 이상한 기분을 느꼈다. 백인들은 정장으로 잘 차려입었고 하나같이 모자를 쓰고 있었다. 우산을 든 백인들이 우리를 지나칠 때마다 눈길을 주었고 눈길은 마치 너희들은 이곳에 있을 이유가 없다는 듯이 차가웠다.

엄마가 입은 낡은 흰색 치마저고리는 이슬에 젖어 꾀죄죄하고 초라해 보였다. 작은 보따리를 이고 아기를 업은 엄마의 모습이 어쩌면 백인들의 눈에는 우스꽝스럽게 보였을지도 모른다. 그들은 걸어가는 엄마의 모습을 힐끔힐끔 보며 비웃는 듯했다. 광선은 그런 시선들을 의식하며 엄마는 백인들과는 어울리지 않는 존재라는 느낌을 받았다.

갑자기 지나가던 젊은 백인 남자가 멈춰 서더니 엄마의 치마를 발로 걷어찼다. 치맛자락이 바람에 날리듯 올라갔고 백인 남자는 그 짓이 재미있다는 듯 킥킥 웃었다. 웃으면서 이번에는 더 높게 걷어찼다. 치맛자락은 하늘로 올라갔다가 다시 내려왔다. 깜짝 놀란 광선은 눈을 크게 뜨고 백인 남자를 쳐다봤다. 엄마는 그 자리에 멈춰 서서 뒤돌아보았다.

광선은 얼떨결에 백인 남자가 미친 사람 같아서 빤히 쳐다보지 않을 수 없었다. 그런데 이게 웬일인가, 쳐다보기만 했는데 백인 남자는 갑자기 광선의 얼굴에 침을 뱉었다. 그리고 곧바로 빤히 쳐다보는 동생 길선의 얼굴에도 침을 뱉었다. 일순간에 일어난 일이다.

광선은 눈을 동그랗게 뜨고 백인 남자를 똑바로 바라보았다. 백인 남자는 영어로 무언가를 말하며 양손 검지를 양쪽 눈가에 대고 찢어진 눈을 시늉하며 비웃었다. 그 표정은 광선의 뇌리에 상처처럼 박혔다. 백인들 눈에는 우리가 어떻게 보이는지 한순간에 깨닫게 되었다. 너무 충격적이고 너무 순식간에 일어난 일이어서 그 자리에 얼어붙었다.

앞서가던 아버지가 발걸음을 멈추고 뒤돌아서자 백인 남자는 아무 일도 없었다는 듯이 돌아서 가버렸다. 아버지는 상황을 파악하고 당황한 표정으로 엄마에게 다가왔다. 엄마는 치맛자락을 걷어들고 길선의 얼굴에 묻은 침을 닦아주며 분노가 가득한 표정으로 눈살을 찌푸렸다. 엄마의 표정에서 느껴지는 굴욕과 참을 수 없는 분노가 광선에게도 그대로 전해졌다.

엄마는 참다못해 고개를 쳐들고 아버지에게 물었다.

"왜 우리가 이런 수모를 당해야 해요? 우리가 여기에 뭐 하러 왔지요?"

아버지는 말없이 그녀의 얼굴을 보았다. 무거운 침묵이 흘렀고 마음속에 쌓인 미묘한 감정이 교차하는 듯했다. 아버지가 다시 걸음을 옮기면서 말했다.

"어서 가자. 기차에 가서 말해주마…."

그리고 그대로 앞서서 걸었다. 광선은 아버지가 왜 아무 일도 없었다는 듯이 그냥 가는지 이해할 수 없었다. 아버지가 나서서 백인 남자를 야단쳐야 하는 거 아닌가? 왜 아버지는 그저 조용히 가자고 하는 걸까?

광선은 아버지가 말하지 않는 이유를 알지 못했다. 그녀는 어떻게 해야 할지 몰랐다. 분을 사귀지 못하고 다시 발걸음을 옮겨야만 했다.

1906년 4월에 발생한 대지진의 여파로 샌프란시스코 시내는 폐허처럼 변해 있었다. 아름답던 도시는 불길에 그슬리고 다 무너진 흉물스러운 건물들 사이로 흉흉한 인심과 절망이 떠돌았다. 거리에는 천막을 치고 사는 사람들이 보였고 그들은 무너진 삶을 다시 일구려 애쓰며 하루하루를 힘겹게 살아가고 있었다.

광선의 가족은 양 전도사가 가르쳐준 대로 페리 빌딩을 향해 걸었다. 그들의 발걸음은 아직 낯선 이 땅의 신기한 풍경에 어리벙벙했다. 전차와 역마차가 바쁘게 지나갔고 한 번도 본 적 없는 검은색 승용차가 거리를 누비고 있었다. 광선은 넋을 잃고 새로운 문명 세계의 광경을 바라보았다.

거리를 메운 사람들은 모두 낯선 얼굴들이었고 그들의 옷차림과 표정은 광선에게 더욱 이질적으로 다가왔다.

샌프란시스코 페리에서 연락선을 타고 오클랜드로 향했다. 하와이에서 타고 온 거대한 증기 여객선과는 달리 샌프란시스코와 오클랜드를 연결하는 연락선은 작은 배였다.

광선의 가족은 오클랜드 항구에 도착하자마자 곧바로 기차역으로 향했다. 오클랜드는 교통의 중심지였고 기차역은 말 그대로 사람들의 흐름이 끊이지 않았다. 새로 건설 중인 오클랜드 유니온 스테이션은 아직 공사 중이었다. 임시로 마련된 역사는 여행객들로 바쁘게 움직였다. 광선의 가족은 밤 10시에 출발하는 리버사이드행 기차를 기다려야 했다.

광선이 처음 본 검은색 증기기관차는 그야말로 거대했다. 기차가 역으로 다가오며 내뿜는 연기는 하늘을 뒤덮을 듯 거세게 솟구쳤다. 요란한 소리는 온 세상을 들썩이고도 남았다. 기차가 플랫폼에 정차했을 때 흑색의 거대한 기관차는 마치 전설 속의 괴물처럼 위엄이 당당해 보였다.

승객들은 제각기 정장이나 드레스를 차려입고 네모난 가방과 짐을 손에 든 채 기차로 향하고 있었다. 그들의 모습은 뭔가 여유롭고 고급스러워 보였다. 그에 비해 광선의 가족은 지나치게 초라했다. 오로지 그들만이 동양인인 것도 눈에 거슬렸다.

광선은 가족들과 함께 기차역의 한 모퉁이에 모여 앉아 있었다. 마치 추위를 이겨내려는 병아리들처럼 서로를 의지하며 좁은 공간에 몰려 앉아 졸다가 다시 깨어나기를 반복했다. 밤 10시 기차를 기다리는 시간은 아득하기만 했다.

엄마는 낡은 치마저고리 차림에 졸고 있는 언니를 품에 안고 있었고 아버지는 땀에 찌든 셔츠에 꾀죄죄한 바지 차림이었다. 올망졸망한 보따리들이 있었고 광선이와 명선 오빠는 보따리들 옆에 앉아 있었다. 그들의 옷차림은 초라하고 가난해 보였다.

역 안에는 기차 여행자들을 위한 다양한 서비스와 상업 시설들이 줄지어 있었지만, 광선이네 가족을 위한 음식은 눈에 띄지 않았다. 광선은 배가 고팠지만, 먹을 만한 음식은 없었다.

아버지가 오클랜드 차이나타운에서 흰쌀밥을 사 왔다. 흰쌀밥은 광선에게 그 어떤 고급 음식보다도 맛있었다. 아버지가 가져온 소박한 흰쌀밥을 행복하게 먹었다.

광선이네 가족은 오클랜드 기차역에서 온종일 기다렸다. 날이 어두워지면서 역 안의 불빛은 점차 희미해졌고 사람들의 움직임도 뜸했다. 드디어 밤 10시가 되자 리버사이드로 가는 열차가 플랫폼으로 들어왔다. 기차는 거대하고 길었으며 승객들은 모두 백인뿐이었다. 광선이네 가족만 유일한 동양인이었다. 아버지는 광선에게 다가와 낮은 목소리로 당부했다.

"기차 안에서는 아무것도 먹겠다고 하지 말고, 말도 하지 마라. 그러지 않아도 우리 몸에서는 김치, 고추장, 마늘 냄새가 나는데 음식을 먹으면 얼마나 더 심한 냄새를 풍기겠니?"

광선은 아버지의 말을 듣고 당황했다. 아버지가 왜 그런 말을 하는지 이해할 수 없었다. 그녀에게 김치와 고추장은 늘 집에서 먹는 음식이었고 음식은 다 그런 거로 알고 있었기 때문이다. "우리 몸에서 냄새가 난다고?" 광선은 그 말이 무엇을 뜻하는지 알지 못했다. 나중에 엄마에게 물어보고서야 비로소 백인들은 우리가 먹는 음식에서 나는 냄새를 싫어한다는 사실을 알게 되었다. 어쩐지 백인들이 우리 옆을 지나갈 때면 이마를 찡그리는 이유를 알 것 같았다. 하지만 그녀에게는 너무나 낯설고 충격적인 것들뿐이었다.

산호세를 지나면서 밤 기차는 허허벌판을 가로질러 프레지노를 향해 달렸다. 차창 너머로는 끝없이 펼쳐진 어둠뿐이었다. 기차는 덜커 덩거리는 소리를 내며 진동했고 진동은 그녀의 가슴속까지 울렸다. 짐 은 선반에 올려놓았고 엄마는 언니를 품에 안은 채 조용히 앉아 있었 다. 광선은 길선과 나란히 앉아 기차의 흔들림에 맞춰 몸을 기댔다. 맞 은편에는 아버지와 명선 오빠가 앉아 있었다. 광선은 창밖을 내다보며 처음 타 보는 기차가 신기해서 가슴이 두근거렸다.

창밖은 깜깜했다. 보이는 것은 없었지만 달린다는 느낌은 분명했 다. 백인들 틈바구니에서 그녀의 가족은 말없이 앉아 있었다. 기차의 흔들림과 덜커덩거리는 소리만이 기차를 타고 간다는 사실을 상기시 켜 주었다.

영어가 아닌 다른 말을 하면 위험할 것 같다는 생각에 아무도 입 을 열지 못했다.

시간이 흐르고 밤 기차의 승객들은 하나둘 잠에 빠져들었다. 광선 의 가족은 오클랜드 기차역에서 충분히 자고 왔기에 눈이 말똥말똥했 다. 기차는 계속해서 어두운 벌판을 달렸고, 다른 사람들은 모두 깊 은 잠에 빠졌다.

아버지가 조용히 입을 열었다. 기차의 덜커덩거리는 소리 속에서 아버지의 목소리가 차분하게 들려왔다.

"오늘 아침에 벌어진 일에 관해서 이야기해 볼까?"

광선은 순간 가슴이 뛰었다. 아침에 벌어진 일이라면 백인 남자가 엄마에게 행패 부린 불쾌한 사건을 말하는 것 같았다. 그녀는 그때의 상황을 떠올리며 아버지가 뭐라고 말할지 궁금했다. 백인 남자의 얼굴이 떠올랐다. 그리고 엄마가 당황하고 불편해하던 모습도 떠올랐다.

기차는 여전히 덜커덩거리며 어둠 속을 달리고 있었다. 광선은 아버지의 다음 말을 기다렸다.

"사람은 다 똑같아. 사람의 본성은 어디에서나 똑같단 말이야. 예전에 선교사 게일 박사와 모피트 박사가 평양에 왔을 때 아이들이 모피트 박사 뒤를 쫓아다니면서 돌을 던졌단다. '하얀 악마'라고 놀려댔지. 왜냐하면 그는 우리와 다르게 생겼거든. 이상한 옷을 입었고 키가구 척 장신에다가 노랑 머리카락에 파란 눈이 낯설기만 해서 침을 뱉고 놀려댔던 거야."

아버지는 조용히 말을 이었다. 광선은 말을 듣기는 하지만, 무슨 뜻인지 이해할 수 없었다. 그녀는 아버지의 말을 알아듣기에는 아직 나이가 어렸다. 어린 마음에도 아버지가 무언가 중요한 이야기를 하고 있다는 느낌만이 다가왔다.

많은 세월이 흐른 뒤, 그녀가 성장해 가면서 어머니에게 물어보고 난 후에야 아버지의 깊은 의미를 이해하게 되었다.

한참 살고 난 후, 뒤돌아보니 세상이 변했고 사람들의 시선이 달라지는 것을 경험하면서 광선은 아버지의 말이 단순한 과거의 이야기가 아니라 지금도 여전히 유효한 교훈임을 깨닫게 되었다. 그때는 아버지가 했던 말들이 그저 무심코 던져진 말처럼 들렸지만, 그녀가 세상에서 겪은 수많은 차별과 편견을 마주하며 아버지의 진심을 알게 되었다.

아버지는 언제나 인내를 가지고, 사람들의 편견과 차별을 성경 말씀으로 풀어내며 그것을 승화시켰다. 분노를 표출하기보다는 차분하게 받아들이고 그것을 이해하려 노력했다. 아버지는 결코 외부의 불합리한 시선에 흔들리지 않았다. 자신이 처한 상황을 성경에서 배운 대로 해석하며 그 속에서 배울 점을 찾으려 했다. 아버지의 마음은 늘 넓고 깊었다. 그 마음은 가족들에게도 고스란히 스며들었다.

광선은 어렸을 때, 왜 그런 수모를 참고 살아야 하는지 이해할 수 없었다. 왜 사람들은 다르게 생겼다는 이유로 미워하고 괴롭히는지 그 이유를 알 수 없었다. 그러나 시간이 흐르고 성인이 되어가면서 점차 아버지의 마음을 이해하게 되었다. 아버지는 불리한 상황에서도 결코 증오나 원망을 품지 않았다. 그는 오히려 모든 것을 받아들이고 그것을 성경의 가르침대로 해석하며 자신을 더 나은 사람으로 만들어갔다.

아버지가 말했다.

"미국 선교사들이 평양에 왔을 때 지금 우리가 받는 대우보다 더 잘 대해주지 않았단다. 똑같았어, 지금 백인들만큼 고약하고 무지했지, 그때의 죗값을 되돌려받는 것 같구나."

아버지는 말을 계속했다.

"미국 선교사들은 위대한 사람들이었어. 그들은 한국이 어디에 있는지, 어떤 나라인지도 모르면서 한국에 선교하러 왔단다. 선교사들은 한국인들에게서 모진 멸시와 학대를 받아 가면서도 고개를 숙이고 한국어를 배웠지. 나중에는 우리보다 한국어를 더 잘했어. 그만큼 우리의 문화를 이해하려고 애썼어. 한국어와 한글을 익힌 선교사들은 성경을 한국어로 번역해서 널리 보급했단다. 그뿐만 아니라 현대적인 학교를 세워서 젊은이들을 교육했고 그들은 한국의 미래를 위해 모든 힘을 아끼지 않았단다."

광선은 아버지의 이야기에 깊이 빠져들었다. 아버지가 말하는 선교사들이 한국을 위해 했던 일들은 단순한 봉사나 친절을 넘어선 것이었다. 아버지가 말하는 선교사들은 단지 외국인이 아니었다. 그들은 한국을 위해 자신들의 지식과 사랑을 바쳤다. 그로 인해 한국은 한 걸음 더 나아갔다.

"그 당시 한국인들은 병에 대해 무지했어."

아버지가 말을 이어갔다.

"전염병이나 콜레라, 장티푸스에 걸리면 사람들은 귀신이 붙었다고 믿었단다. 무당이 써주는 부적을 등에 붙이면 병이 나을 거로 생각했지. 하지만 선교사들은 사리사욕 없이 병원을 세우고 한국인들의 건강을 돌보았어. 그들은 정말 진심으로 우리를 돌봐준 사람들이었단다."

광선은 아버지의 말에 깊은 감동이 일었다. 그때 그들이 했던 일이 단순한 의학적 지원을 넘어서 한국 사회 전체에 대한 사랑과 존경의 표현이었음을 깨달았다. 그들의 진심 어린 선행은 결국 한국인들의 존경을 얻어냈다. 사람들이 그들을 환영하며 그들을 먹이고 숙소를 제공해 주었을 정도였다. 그 모든 것이 단순히 의학적 도움을 넘어선 한국과 한국인에 대한 깊은 애정이었음을 광선은 이해했다.

아버지는 이 모든 이야기를 통해 하나의 중요한 교훈을 전하려 했다. 그것은 바로 우리가 받은 대로 다른 사람들을 대해야 한다는 것이었다.

"미국 선교사들이 한국에서 우리에게 보여준 것처럼 우리도 모범적으로 살아야 해. 그들에게 선(善)을 보이고 우리가 받은 사랑을 그대로 돌려줘야 해."

아버지가 전하려는 것은 단순히 외적인 행동이 아니었다. 그것은 마음속 깊은 곳에서 우러나는 존경과 이해의 태도였다.

닭장 속의 별들

광선이네 가족이 샌프란시스코에서 남쪽 리버사이드로 가기로 한 것은 편지로 미리 일자리를 알아보았기 때문이었다. 리버사이드 지역은 캘리포니아의 오렌지 생산지로 유명했고 오렌지 농장은 대규모로 운영되었기 때문에 당연히 농장에서 일할 노동자를 원했다.

편지에는 이렇게 적혀 있었다.

"백형께서 이리로 오기만 하시오. 일자리는 얼마든지 알선해 드리리다. 하와이보다 일도 수월하고 임금도 후하다오. 내가 미리 과수원 주인에게 말해 놓을 것이외다. 기차는 하루에 한 번뿐이니, 시간은 필요 없고 며칠날 도착한다는 날짜만 알려주시오."

이런 고마울 때가 있나! 아버지는 지인의 편지를 읽고 고마운 마음에 몇 번이고 감사기도를 되풀이했다.

리버사이드는 로스앤젤레스에서 동쪽으로 250리 떨어진 농촌이다. 캘리포니아에서 최초로 워싱턴 나벨 오렌지(Washington Navel Orange) 재배에 성공한 지역으로 오렌지 농장이 끝없이 펼쳐져 있었고 많은 일꾼이 필요했다. 일꾼 중에는 한국인 노동자들이 많았고 한국인 중에는 민족 지도자 안창호 선생도 포함되어 있었다. 아버지도 그런 노동자 중의 한 사람이었다.

리버사이드에서 동양인들이 할 수 있는 일은 농장에서 수확하는 일뿐이었다. 온종일 오렌지, 레몬, 호두 등을 따는 일이었다. 당시 동양인에게는 백인의 집 청소도 금지되어 있었다. 백인들은 동양인을 두려워하고 혐오했기 때문이다. 무서워서가 아니라 더러워서 더러운 때가 묻을까 봐 두려워했다.

그들은 동양인들을 더럽고 냄새나는 '칭크스(Chinks: 짱깨)'로 취급했다. 백인들은 한국인과 중국인을 구분하지 못했다. 그저 동양인은 모두 중국인으로 취급했고 중국인을 '칭크스'라고 불렀다.

광선이는 처음으로 기차를 보았고, 처음 타는 기차가 신기하고 무서웠다. 덜컹 덜컹대는 소리와 달리는 속도에 놀랐다. 밤 기차여서 창밖은 칠흑처럼 깜깜했으나 엄청난 속력으로 달린다는 것은 알 수 있었다.

기차는 꼬박 7시간을 달려 파차파(Pachappa)역에 도착했다. 새벽이었는데 리버사이드역이 아닌 파차파 역이어서 먼저 아버지 혼자 내렸다. 역에 마중 나온 아저씨 안내인을 만나고 돌아온 아버지가 말했다.

"빨리들 내려. 여기가 맞아. 꾸물대지 말고 빨리 내리라고."

아버지의 닦달에 광선이와 가족들은 아우성치듯 기차 칸을 빠져나왔다. 플랫폼에 서 있던 백인 차장이 출발을 알리는 녹색 깃발을 흔들었다. 기차는 목쉰 소리를 길게 지르며 서서히 굴러갔다.

기차는 떠났고 아저씨 안내인이 가자고 해서 따라가려다가 각자 들고 온 보따리를 기차 선반에 두고 내렸다는 사실을 깨달았다. 가지고 온 짐은 하나도 없다. 엄마는 너무 낙심해서 땅바닥에 주저앉았다.

"어휴. 이 일을 어떻게 해."

아버지는 그런 엄마를 보고 한숨을 쉬며 말했다.

"별걸 다 걱정하네그려. 아무러면 우리가 죽기라도 했단 말이요? 어서 갑시다."

아버지의 말을 듣고서 엄마는 몸을 일으켜 걸었다. 빈털터리가 된 광선이네 가족은 앞서가는 안내인을 따라 걸었다. 배고파서 뱃가죽이 허리에 닿을 것 같았다. 애꿎은 물만 마셨다. 엄마는 한 살배기 어니를 업었다. 아버지는 세 살배기 동생 길선을 업고 걸었다. 그만해도 컸다고 맏아들 명선과 맏딸인 광선은 걸어서 따라갔다. 명선 오빠는 8살이었고 광선은 6살이었다. 걷는 것보다 배고픈 걸 참는 게 더 힘들었다. 광선이는 어떻게 해서라도 참을 수 있었지만, 남동생 길선은 배가 고파서 징징 울어댔다. 아버지는 우는 길선이를 달래면서 계속 걸었다.

안내인은 저만치 앞서 걷다가 길가에 앉아 광선이네 가족이 올 때까지 기다리곤 했다. 1906년 그 시절에는 자동차도 귀했다. 도시에나 차가 있을까? 시골에는 차가 없었다. 안내인을 따라 걷고 또 걸으면서 날이 다 밝은 후에야 철길을 건너 도시를 벗어났다. 도착한 곳은 허허벌판에 허물어져 가는 닭장 같은 판잣집들이 길게 늘어선 곳이었다.

1900년대에는 동양인은 백인들이 사는 지역에서 살 수 없었다. 동양인은 부동산을 소유할 수 없었기에 농장이나 집은 백인들의 소유였다. 동양인들은 노예처럼 일만 했다.

미국에서 동양인 정착을 막는 차별 정책은 매우 엄격했다. 동양인과 백인의 결혼이 법적으로 금지였고 동양인은 시민권 취득도 허가하지 않았다. 도시는 그런대로 차별이 덜 심했지만, 시골에 가면 인종차별이 극심했다.

농장 노동자들의 숙소

황인종배척회 등이 주장한 황화론(Yellow Peril) 이론이 큰 영향을 미쳤다. 황화론은 유럽 중심주의 또는 백인 우월주의의 배경 속에서 나타난 주장이다. 이는 서구의 우월성을 전제로 하여, 아시아 국가들 특히 중국, 일본 등과 경쟁하거나, 심지어 아시아 국가들이 유럽 국가들보다 뛰어날 가능성을 주장한 이론이었다. 황화론은 서구의 패권을 위협하는 존재로 동양인을 주목했다. 특히 일찍이 깨어있던 일본인들을 두려워했다. 황화론에 입각한 일본인 배척 운동이 그래서 일어났다.

황화론의 직접적인 대상은 일본인이었지만, 한인들에게도 악영향을 미쳤다. 취업의 기회는 제한되었고 노동임금의 저하로 나타났다.

처음에는 닭장 같은 판잣집들이 왜 거기에 있는지, 무엇에 쓰이던 집인지 알지 못했다. 시간이 지나고 나서야 알게 된 사실인데 학고방 같은 판잣집들은 1859년 미대륙 횡단 철도를 건설할 때 중국인 노동자들이 묵었던 숙소였다.

백인들은 '써드른 퍼시픽 철도(Southern pacific railroad)' 건설 당시 중국인 노동자들을 쿨리(Coolies)라고 불렀다. 쿨리들이 살았던 집이다. 닭장 같은 판잣집의 오래된 송판은 마를 대로 말라서 뒤틀리거나 쪼그라들어 있었다. 송판 사이사이에는 틈새가 벌어져 밖이 다 내다보였다. 벌어진 틈새로 안이 들여다보이는 방은 사생활을 보호하기엔 턱없이 부족했다.

방이라고 해도 창문도 선반도 없이 그냥 네모난 공간이 전부였다. 가족 몇 명이 그곳에서 살든 그건 중요하지 않았다. 방바닥은 마루로 되어 있는데 거친 목재가 돼서 뒤틀리고 구멍이 숭숭 나 있었다. 오랫동안 비워뒀던 집이어서 귀신 딱지 같은 집에 먼지는 산더미처럼 쌓여 있었고 구석구석 쓰레기가 몰려 있었다. 집 청소하는 데만도 반나절을 소비했다.

판잣집들은 처음부터 임시 거주지로 지었기에 페인트는 칠했던 흔적조차 찾아볼 수 없었다. 조금 떨어진 곳에 펌프가 보였다. 다행히도 펌프는 제대로 작동했다. 근처에 강이 없는 것으로 보아 펌프가 유일한 식수처럼 보였다.

이웃에 중국인들이 살고 있었다. 아버지는 중국말은 못 해도 한문 공부를 했기에 글로서 소통했다. 중국인들에게서 밥과 채소를 얻어다 먹었다.

짐보따리를 통째로 잃어버린 광선이네 가족은 당장 덮을 담요도 없었다. 할 수 없이 맨바닥에서 자기로 했다. 명선 오빠, 광선, 동생 길선 그리고 하와이에서 태어난 어니가 나란히 눕고 양쪽 끝에 엄마와 아버지가 누웠다.

집이라는 거처가 정해지자 아버지는 기발한 생활 아이디어를 떠올렸다. 광선은 나이가 들어가면서 알게 된 사실인데, 아버지는 구시대 사람임에도 불구하고 대단한 인물이었다. 아버지는 기발한 아이디어가 샘 솟는 남자라고나 할까. 창의적이고 실용적인 아이디어를 끊임없이 떠올리는 재능을 타고난 사람이었다. 아버지는 일상적인 문제나 불편을 해소하는 데 탁월한 능력을 지니고 있었다. 집안일을 효율적으로

할 수 있는 도구나 방법을 고안해 내는가 하면 작은 불편함을 보고, 이를 해결할 수 있는 혁신적인 아이디어를 떠올리곤 했다. 그뿐만 아니라 기술적 지식과 창의력을 결합하여 새로운 발명이나 편리한 생활 아이템을 생각해 내곤 했다.

생활에서만이 아니라 생각하는 각도도 달랐다. 창의적인 아이디어를 떠올리는 과정에서 독특한 사고방식을 창출해 냈다. 때로는 웃기거나 기발한 아이디어로 다른 사람들을 놀라게 하기도 했다. 아버지는 문제를 해결하려는 방식에 있어 고정관념을 깨고, 평범한 해결책 대신 각별하고 예기치 못한 방식으로 접근하는 특이한 재능의 소유자였다.

광선이가 쓰레기장에서 깡통과 판자 조각들을 주워 오면 그것을 모아서 유용하게 활용했다. 아버지는 송판을 주워다가 이층 침대를 만들었다. 좁은 방에서 여러 명이 자려면 벙커 베드, 즉 이층 침대여야만 했다. 선반으로 이층 침대를 만들고 마른 갈대를 가져다가 판자 위에 깔았다. 폭신한 침대가 탄생했다.

방 벽에 벌어진 틈새에 판자를 덧대고, 칸을 막아 방을 둘로 나눴고 부엌도 이어 지었다. 한국인은 밥을 먹는 게 가장 중요해서 밥해 먹을 방도(方道)부터 찾았다. 진흙과 마른 짚을 섞어 아궁이를 만들어 솥을 걸고 부뚜막을 이어대서 음식을 끓일 수 있게 설계했다.

아버지는 중국인들과 글로 소통하면서 친해졌다. 냄비, 프라이팬, 그리고 요리 기구와 식재료도 얻어왔다. 전기나 가스 같은 건 있을 리 없고 물밖에 없었다. 그래도 불편한 것보다는 당장 먹고사는 게 더 시급했다.

아버지는 과일 따는 농장에 일하러 다녔고 광선은 매일 명선 오빠와 함께 땔감을 줍는 일이 일상이었다. 땔감이 있어야만 엄마가 밥을 지을 수 있었기 때문이다. 그 시절에는 근처에 사는 사람이 별로 없어서 나가면 마른 나뭇가지나 막대기, 장작 같은 나무들이 많았다.

한국에서 글만 읽다가 목사가 된 아버지는 노동이라는 걸 하지 않는데도 기발한 아이디어를 창출해 내는 데는 탁월한 능력이 있었다. 아버지는 눈썰미가 뛰어났다. 한 번 보면 무엇이든 해냈다. 더군다나 무엇을 만들거나 고칠 때마다 손놀림이 능숙해서 "뚝딱"하면 금세 만들었다.

아버지는 한국에서 어떤 수작업도 한 적이 없었다. 하지만 아이디어는 풍부했다. 부엌살림도 아버지가 다 만들었고 방도 넓히고, 이어 짓기도 했다. 이어 내 지은 방이 안방 말고도 둘이나 됐다.

광선이는 오빠와 함께 쓰레기장에 갔다가 작은 바퀴를 주워 왔다. 아버지는 바퀴를 이용해서 손수레를 만들었다. 손수레에 땔감을 주워 싣고 오곤 했다.

칭칭 차이나맨

리버사이드에서 살기 시작한 첫해와 다음 해는 무척 가난했다. 아버지와 어머니, 명선 오빠, 남동생 길선 그리고 하와이에서 태어난 남동생 어니(효선) 이렇게 6식구였다. 리버사이드에서 삶은 기대했던 것처럼 잘 풀리지 않았다. 과일 따는 농장에 일하러 다닌 지 불과 몇 달 되지 않았을 때였다.

어느 날, 갑자기 아버지가 허리 통증으로 걷지 못했다. 처음에는 일어서지도 못해 자리에 누워있었다. 아버지는 원래 몸이 약했는데 그동안 일을 너무 심하게 한데다가 무리하게 무거운 물건을 들어 옮긴 게 원인이었다.

듣기와는 달리 리버사이드 오렌지 농장에서 과일 따는 작업은 매우 힘들고 고단한 일이었다. 과일 따는 작업은 보통 하루에 10시간씩 이어졌다. 노동자들은 빨리빨리 정확하게 오렌지를 따야 했다. 이는 육체적으로 고된 일이었다. 온종일 계속해서 과일을 따고 나르면 몸이 까부라질 징도로 지칠 수밖에 없었다. 캘리포니아 기후도 한몫했다.

날씨는 매우 건조하고 더워서 매일 노동자들은 땀으로 범벅이 됐다.

거기에다가 오렌지 나무에는 가시가 많아서 손이 긁히거나 상처를 입었다. 무거운 바구니를 들고 다니며 과일을 따는 과정에서 팔과 다리에 큰 부담을 주었다. 잘못하다가는 허리를 다치는 게 다반사였다.

아버지의 허리 통증이 곧 낫겠지 하는 기대는 망상에 불과했다. 자리에서 일어나 움직이기는 했지만, 걷거나 물건을 들어 올리지 못했다. 제대로 된 영양가 있는 음식을 먹지 못한 아버지는 깡마른 체구에 횅한 눈은 어린 광선이가 보기에도 무척 아파 보였다. 아버지의 병은 낫지 않았고 수입이 없어진 집안은 가난으로 이어졌다. 광선이네 가족은 너무 가난해서 먹을 게 없었다.

그나마 하와이에서 꼬깃꼬깃 모았던 적은 돈으로 늘려 먹느라고 쌀보다 값이 싼 밀가루를 포대로 사다가 끼니를 이어갔다. 매번 끼니 때마다 엄마가 식구들 숫자대로 만든 빵 하나에 물 한 컵이 전부였다.

리버사이드에서 살면서 둘째 해에도 가난은 여전했다. 먹을 게 없어서 굶는 날이 먹는 날보다 많았다. 적어도 하와이에서는 밥은 굶지 않았는데 리버사이드에서는 매일 굶다시피 했다.

광선이네 집 주변에는 사람 사는 집이 거의 없었다. 벌판에는 시금치와 민들레, 나물들이 많았다. 나물을 뜯어다가 삶아서 무쳐 먹곤 했다. 광선이는 명선 오빠와 쓰레기장으로 출근하다시피 했다. 쓰레기장을 뒤지다가 온전한 깡통이라도 줍는 날은 횡재한 날이다. 삶은 콩이 들어있는 깡통, 삶은 옥수수도 있고 정말 재수 좋은 날은 소고기가 들

어있는 깡통도 있었다. 고기는 동생들 몰래 숨겨서 아버지에게 드리곤
했다.

어머니가 수제비를 끓이는 날은 잔칫날이었다. 동생들은 엄마 옆
에 붙어 앉아 언제 수제비가 끓여질지 눈을 끔벅이며 기다렸다. 엄마
는 국물 먼저 끓이다가 밀반죽을 먹기 좋은 크기로 떼어 국물이 끓는
솥에 넣었다. 식구가 많아서 수제비도 큰 솥에 넘칠 만큼 끓였다. 채
썰어 놓은 애호박을 함께 넣고 끓인 수제비는 호박 향기가 배어있었
다. 식구들이 모여 앉아 뜨거운 수제비를 먹었다. 그것도 풍족하게 먹
지는 못했다. 어머니는 거의 굶다시피 했다.

하지만 어머니나 형제들은 아버지를 원망한 적은 없다. 광선이네
가족은 항상 하나님께 감사했다. 목사의 자녀로서 매일 아침과 저녁
식탁에서 감사 예배는 빼놓지 않았다.

*

그날은 다른 날보다 햇볕이 유난히 따가운 날이었다. 엄마는 동생
들을 데리고 나물 캐러 들에 나갔고 광선은 오빠와 함께 쓰레기장에
가려고 작은 수레를 점검하던 참이었다. 아버지가 송 씨 아저씨 집에
다녀오겠다고 했다.

"애야, 내가 송 씨 집에 갔다 올 것이니 엄마더러 그런 줄 알라고
해라."

송 씨 아저씨는 멀리 떨어진 한인촌에서 살고 있었다. 한인촌은

1905년부터 리버사이드에 몰려든 한인들이 모여 살던 파차파 캠프를 말한다. 그곳에는 300여 명의 한인이 살고 있었다. 시내와 가까운 곳이어서 많은 뉴스며 한국 소식을 접하면서 살았다. 아버지도 한인촌에서 살고 싶었지만, 빈집이 없었다. 아버지는 가끔 송 씨 아저씨네 집에 가서 새로운 소식을 듣고 오곤 했다.

송 씨 아저씨네 집을 다녀온 아버지는 농장에서 일하는 일꾼들 밥 해주는 일을 하면 어떻겠느냐는 말을 들었다면서 엄마에게 물었다.

"오렌지 따는 농장에서 일하는 일꾼들이 모두 노총각들 아니오. 그들이 밥 먹을 곳이 마땅치 않다더군요. 송 씨 말로는 그 사람들 밥을 해주면 어떻겠느냐고 묻더이다."

엄마는 잠시 생각한 뒤, 고개를 끄덕였다.

"뭐, 못할 것도 없지요. 몇 분이나 오실 것 같아요?"

"어디 내가 알아보리다."

가난에 허덕이던 때여서 엄마라도 돈을 벌어야 했다. 밥을 해주고 식구 밥이라도 얻어먹자고 했다. 과일 따는 농장에는 한국인 일꾼들이 많았다. 대부분이 하와이 사탕수수밭을 거쳐온 노총각들이었다. 노총각들은 밥을 대놓고 먹을 집을 찾고 있었다.

처음에는 노총각 2명으로 시작해서 3명이 되더니 점점 늘어났다. 그리고 조금씩 받은 밥값으로 식구들 생계를 이어 갔다. 그렇게 하지 않으면 굶어 죽을 형편이었다.

일곱 살 광선이는 부모님이 시키는 대로 잘 따르는 순진한 아이였다.

아버지는 가난 속에서도 늘 긍정적인 생각을 잃지 않았다. 광선은 너무 어려서 집안이 가난하다는 사실을 알지 못했다. 그녀는 삶은 원래 이런 것인 줄만 알았다. 힘든 순간에도 서로를 챙기고 웃음을 잃지 않으며 언제나 함께하는 게 가족이라고 들었다.

돌아보면 그때의 집안 살림은 가난에 찌들어 있었지만, 그 속에서 행복을 찾으려 애썼다. 어머니는 작은 것에서 기쁨을 찾으라고 가르쳤고 아버지는 언제나 희망을 잃지 않았다. 가진 게 없었지만, 서로에 대한 사랑만큼은 풍성했다.

광선은 리버사이드에 있는 워싱턴 어빙 스쿨에 입학하게 되었다. 새로 시작하는 학교생활에 대한 설렘과 두려움이 그녀의 마음을 가득 채웠다. 하지만 입학의 길은 쉽지 않았다. 아버지는 영어를 할 줄 몰라서 그 대신 광선의 손을 잡고 학교에 데려다준 사람은 영어를 할 줄 아는 송 씨 아저씨였다. 송 씨 아저씨는 말따의 아버지이며 항상 밝은 표정으로 아버지를 도왔다.

광선은 송 씨 아저씨의 손을 잡고 학교로 향했다. 학교까지는 걸어서 30분 정도 걸리는 거리였다. 광선은 손을 잡고 따라가면서 오늘 아침 아버지가 기도드리면서 들려주신 말씀이 떠올랐다.

"광선이가 세상을 밝히는 사람이 되게 하소서" 그 말이 무슨 뜻인지 알 수는 없으나 광선의 가슴에 깊이 새겨져 있다는 것은 부인할 수 없었다.

광선이는 학교라는 곳에 처음 가 보았다. 그녀는 어머니가 밀가루 자루로 손수 만든 옷을 입고 있었다. 옷은 밀가루 포대에 찍힌 글자가 그대로 보이는 아주 특이한 디자인이었다. 어머니는 표백도 하지 않은 밀가루 포대의 겉면을 그대로 옷으로 만들었다. 집에 재봉틀도 없어서 손으로 한 땀 한 땀 바느질을 해서 만든 옷이었다. 그런 옷을 입고 학교에 갔다.

광선이네 집은 이웃들과 떨어진 외딴곳에 홀로 있었다. 외부인을 보지 못했던 광선이는 자신의 옷이 남들과 다르다는 사실을 알지 못했다. 밀가루 포대로 만든 옷을 입은 광선이가 교문으로 들어서자마자 그녀는 아이들의 시선을 독차지했다. 아이들은 광선이를 보자마자 놀림거리가 생겼다고 깔깔대고 웃었다.

"밀가루 자루 옷?"

광선이는 아이들이 왜 웃는지 전혀 눈치채지 못했다. 송 씨 아저씨를 따라 덜레덜레 교무실을 향해 걸어갔다. 아이들의 깔깔대는 웃음소리는 끊이지 않았고 힐끗힐끗 쳐다보는 눈빛을 보고 분위기가 이상하다는 것을 느꼈다. 광선이는 운동장을 가로질러 교무실에 거의 다가서야 비로소 자신이 입은 옷이 다른 아이들과 다르다는 것을 깨달았다. 창피했지만, 그녀는 단발머리를 흔들며 송 씨 아저씨의 손을 잡고 걸을 수밖에 없었다.

광선이는 영어를 한마디도 알아듣지 못했다. 하와이에서 유치원에 다니기는 했으나 백인 아이는 한 명도 없었다. 유치원이 사탕수수 농장에 딸려 있었고 유치원에는 모두 한국 아이들만 있었다. 광선이에게는 한국어가 전부였고 그녀는 한국어로 이야기할 수 있는 친구끼리만 어울리며 자랐다.

리버사이드 워싱턴 어빙 스쿨에 입학할 때까지만 해도 광선이는 백인 아이들을 가까이에서 본 적이 없었다. 먼발치에서만 보았다. 처음으로 백인 아이들을 가까이서 보게 되었을 때 그들은 광선이를 보고 손가락으로 가리키며 노래를 부르고 있었다. 그 노래가 무엇을 의미하는지 이해하지 못했다. 그저 이상하게 들렸다.

"칭칭 차이나맨, 백인이 차이나맨의 꼬랑지를 잘라 버렸네."

아이들은 노래에서 이 부분을 부를 때면 달려와서 광선이의 머리를 한 대씩 쥐어박고 도망갔다. 처음에는 깜짝 놀랐다. 얼떨떨했다. 아무것도 이해하지 못했다. 그들의 웃음소리는 광선이에게 분명히 이상하고 혼란스러웠다. 그녀는 그저 그 노래가 무슨 뜻인지 몰랐다. 하지만 시간이 지나면서 그 노래가 자신을 놀리는 표현이라는 걸 알게 되자, 화가 났다.

거기에 여선생님도 있었다. 짧은 갈색 머리에 키 큰 백인 여선생님이었다. 하얀 피부와 파란 눈을 가진 선생님은 해맑게 웃고 있었지만, 광선이의 눈에는 그 모습이 악마처럼 보였다. 독일에서 온 선생님이라고 했다. 광선이는 선생님이 말하는 영어를 전혀 알아듣지 못했다. 선생님이 뭔가 말을 건넸지만, 그 말이 무슨 말인지 이해하지 못한 광선이는 당황한 채 한국어로 크게 소리쳤다.

"난 몰라요!"

그리고 운동장을 가로질러 집으로 도망쳤다. 그녀는 송 씨 아저씨가 뒤따라오는 것도 모르고 그저 뛰어서 집으로 달음박질쳤다. 송 씨 아저씨는 그 모습을 보고 크게 웃었다. 학교에서 광선이가 어떻게 했는지를 아버지에게 말해주었다. 아버지는 송 씨 아저씨의 이야기를 심각하게 듣고 있었다.

"그러면 안 되지. 네가 선생님을 무서워한 것처럼 선생님은 낯선 네가 무서웠을 거야."

아버지의 대답은 의외여서 광선이를 혼란스럽게 했다. 아버지는 늘 그런 식이었다.

광선의 학교생활은 외로웠다. 반 아이들은 모두 백인이었다. 광선이는 그들 사이에서 유일한 한국 아이였다. 광선이에게 다가오는 아이는 한 명도 없었다. 그녀는 늘 구석진 자리에 앉아서 시간을 보냈다. 다른 아이들이 자기들끼리 웃고 떠들며 노는 모습을 멀리서 지켜볼 수밖에 없었다. 아무리 시간이 지나도 그들은 광선에게 말을 걸지 않았다. 그녀는 늘 혼자였다.

공부 시간에 선생님이 말하는 내용은 전혀 이해하지 못했다. 아무리 귀 기울여 들어도 그 말들은 마치 다른 행성의 언어처럼 들렸다. 교실에 가득 찬 백인 아이들의 웃음소리와 수다 속에서 광선이는 점점 더 소외되었다. 시간은 느리게 흘렀고 종이 울리기만을 바랐다.

광선이는 말 잘 듣는 아이였다. 학교에 가는 것이 싫어도 아버지의 말을 거역할 수 없었다. 아버지가 항상 말씀하시던 "학교는 중요한 곳"이라는 말이 광선이의 마음을 짓눌렀다.

광선이는 9살이 되면서 세상을 조금씩 이해하기 시작했다. 선생님의 설명도 점차 이해되었다. 아이들이 떠드는 소리도 알아차릴 수 있었다. 그러나 그 말들은 언제나 광선에게 상처로 다가왔다. 동양인을 깔보는 눈빛, 가난하다고 업신여기는 태도, 비웃는 소리가 다 귀에 들렸다. 그때까지도 광선이는 친구가 없었다.

"왜 난 아무것도 없이 가난해야 하지?"

광선이는 속에서 의구심이 일었다. 의문은 그녀를 화나게 하고 짜증 나게 했다.

"왜 다른 아이들처럼 풍족하게 살지 못하지?"

이해할 수 없었다. 매일 저녁, 가족이 모여서 함께 기도할 때마다 광선이는 그 기도가 믿기지 않았다.

"하나님 아버지 감사합니다."

모두가 입을 모아 말하지만, 그 기도 속의 은혜와 축복이 정말 우리에게도 해당하는지 의문이 들었다. 광선이는 세상에 대고 불만과 불평이 일었다.

"은혜는 무슨 은혜? 축복은 무슨 축복?"

짜증은 끝없이 그녀를 괴롭혔다. 학교에 가고 싶지 않았고, 집에 돌아가고 싶지도 않았다. 엄마의 말도 귀에 들리지 않았다.

하지만 시간은 속절없이 흘렀다. 광선이는 무럭무럭 성장해 갔다. 후일, 그때의 심정을 아버지에게 털어놓았다. 아버지는 그 말을 듣고는 웃으며 말했다.

"아이들은 다 그런 과정을 거치면서 성장하는 거란다."

아버지의 대답이 알 것 같기도 하고 모를 것도 같았다.

은혜와 축복이라는 것이 물질적인 것이 아니라 영적이라는 것을 깨닫기까지는 오랜 세월이 흐른 뒤였다.

광선이의 아버지는 목사였다. 가난한 생활 속에서도 아버지는 매우 꼼꼼했다. 비록 일기를 쓰지는 않았지만, 중요한 일들은 모두 기록으로 남기곤 했다. 가족의 일상, 사귀었던 사람들, 그리고 지나온 세월을 하나하나 차곡차곡 적어 놓았다. 그런 아버지의 기록은 광선이에게 매우 중요한 것이었지만, 그 당시 그녀는 그것이 얼마나 소중한 것인지 알지 못했다.

엄마나 오빠 그리고 광선이 자신도 그 기록들에 큰 관심을 두지 않았다. 이사 다닐 때마다 하나씩 잃어버리곤 했다. 그나마 광선이가 조금 더 깨어있었기에 아버지의 기록을 챙기기도 했지만, 그것이 얼마나 중요한 일이었는지 당시에는 미처 깨닫지 못했다.

시간이 많이 흐른 뒤, 광선이는 후회했다. 한국에서 살던 시절의 아버지 기록이 없다는 게 마음속 깊이 아쉬움으로 남았다. 일본의 침략으로 인해 가족과 친척들이 뿔뿔이 흩어졌지만, 그래도 친척들이 누구였는지, 그들의 이름과 삶의 흔적이라도 남겨두었으면 좋았을 텐데….

"아버지에게 세부 사항을 물어서라도 기록을 남겼다면 좋았을 텐데…"

광선이는 그런 생각을 자주 했다. 기록이 없다는 것은 일가친척도 찾을 수 없다는 것이다. 과거의 기록들이 사라진 것처럼 미래에는 그런 실수를 반복하지 않겠다고 다짐했다. 작은 것이라도 놓치지 않으려고 광선이도 메모하는 습관을 들였다.

그날, 총성이 울렸다

그날은 예전과는 달랐다. 송 씨 아저씨네 집에 갔던 아버지가 급히 돌아왔다. 엄마를 찾았다.

"애, 광선아. 너 빨리 가서 엄마 좀 들어오라고 해라."

광선은 무슨 급한 일이 생긴 것 같아서 엄마에게 달려갔다. 아버지는 엄마에게 꼬깃꼬깃 접어서 들고 온 '동포 신문'을 보여주었다.

"이게 동포 신문인데 말이요. 독립투사들이 샌프란시스코 페리 빌딩 앞에서 스티븐스라는 자를 쏴 죽였다는 소식이요."

아버지는 신문을 엄마에게 보여주었다. 신문에는 4면 모두 스티븐스 저격 사건에 관한 기사로 덮여있었다. 기사를 추려 보면 내용은 이러했다.

*

고종 황제의 외교 고문이라는 스티븐스가 샌프란시스코에 도착하자마자 샌프란시스코 크로니클지와 인터뷰했다.

《일본이 대한제국을 보호하는 것이 대한제국에 유익하다. 그로 인하여 한일 양국 사람들 사이에 교제가 친밀하고 밀접해졌다. 일본이 대한제국을 다스리는 것이 미국이 필리핀을 다스리는 것보다 나은 대우를 하고 있다. 일본의 보호정책을 반대하는 세력은 대한제국에 친일 정부가 들어서면서 기득권을 잃은 소수의 불평분자들이다. 농민들과 백성은 일본의 보호정책을 환영한다. 그뿐만 아니라 대한제국은 황제가 어리석어 생각이 어둡고, 정부 관리들은 부패해서 백성을 학대하고, 재산을 탈취하므로 백성의 원성이 심하다. 그리고 백성이 우매하여 독립할 자격이 없으니 일본의 보호가 아니면 러시아에 넘어갈 것이다》

1905년 을사늑약이 체결돼 대한제국의 외교권이 박탈되어 반일본 정서가 극에 달하던 때에 대한제국의 외교 고문 스티븐스의 샌프란시스코 크로니클 신문 기사를 읽은 교포들은 울분을 금치 못했다.

1908년 3월 22일 저녁 7시, 교포들이 공립협회에 모여 회의를 열었다. 토론 끝에 일단 스티븐스를 직접 만나 신문 기사가 잘못되었음을 시인하고 사과할 것을 요구하기로 의견을 모았다.

선출된 4인의 한인 대표 이학현, 문양목, 정재관, 최유섭은 스티븐스를 만나러 페어몬트 호텔로 향했다.

영어가 능숙한 이학현이 "신문에 실린 기사 내용이 사실과 다르니,

정정하고 사과하시오"라고 하였으나, 스티븐스는 천연덕스럽게 자기주
장이 옳다고 우기면서 사과할 뜻이 없다고 했다.

이에 격분한 대표 4인 중에서 분을 참지 못하던 정재관이 벌떡
일어서더니 스티븐스의 얼굴에 주먹을 날렸다. 곧이어 대표 4인은
그를 마구 내려쳤다. 의자를 집어 던졌다. 스티븐스의 얼굴에 피가
낭자했다.

페어몬트 호텔 로비에서 스티븐스를 구타한 4인의 한인 대표들은
그 길로 공립회관으로 돌아왔다. 어떤 소식을 가지고 올지 기다리던
40여 명 한인에게 스티븐스의 반복되는 망언, 그리고 호텔 로비에서
벌어졌던 일들을 보고했다. 자초지종을 듣고 난 한인들은 격분했다.
주먹으로 마룻바닥을 내려치면서 울분을 참지 못했다. 다시 대책 논
의에 들어갔다. 어떤 결단이라도 당장 내려야 했다.

"여러분 잘 들으셨지요? 이제 어떻게 하면 좋겠습니까?"

사회를 맡은 양주삼 전도사가 말했다. 불의를 보면 참지 못하는 의
리의 청년 전명운이 벌떡 일어섰다.

"두말할 것 없이 제가 해치우겠습니다."

결연히 외치는 전명운의 얼굴에는 심오한 각오가 엿보였다. 회의장
은 찬물을 끼얹은 듯 조용해졌다. 모두 전명운을 쳐다만 볼 뿐 입을
여는 사람은 없었다. "해치우겠다"라는 말의 뜻이 무엇을 의미하는지
자리에 앉아 있던 사람들은 모두 알고 있었기 때문이다. 잠시 침묵이
흘렀다. 회의를 주도하던 양주삼 전도사가 침묵을 깨고 말했다.

"어떻게 해치우겠다는 거요?"

한순간도 망설임 없이 전명운이 말했다.

"내게 보신용으로 사 둔 권총이 있습니다."

다시 회의장은 숙연한 분위기가 감돌았다. 누구도 '옳다' '그르다' 말하는 사람은 없었다. 숙연한 분위기 속에서 맨 끝 뒷좌석에 앉아 있던 장인환은 '권총'이란 말을 듣는 순간 머릿속에 퍼뜩 떠오르는 장면이 있었다. 옆방에 기거하는 백인 친구의 권총을 상기했다. 키가 크고 말수가 적은 청년 장인환이 일어섰다. 무거운 침묵을 깨고 나직한 목소리로 한마디 했다.

"나도 지원하겠소."

평소 조용하고 남을 비방하는 일이 없는 장인환이 나서자 사람들은 의외라는 듯 다소 놀라워했다.

샌프란시스코 페리 빌딩 시계 타워 앞은 연락선을 타고 내리는 사람들로 북적였다. 페리 빌딩 앞 도로에는 손님이 승용차를 타고 내리는 녹색 존이 따로 있다.

그날, 1908년 3월 23일(월요일) 아침 9시 30분 신사복에 중절모를 쓴 전명운은 녹색 존에서 불과 두어 발짝 비켜난 자리에 서 있었다. 오른손은 주머니에 넣은 채였다. 주머니에는 흰 손수건으로 감싼 권총이 손아귀에 잡혀있었다. 스티븐스가 타고 오는 승용차가 나타나기만을 기다리는 시간은 길기만 했다.

'나라를 위해 이 한 몸 바친다는 게 얼마나 영광이냐?'라는 생각을 되뇌며 적기에 권총을 마련한 것도, 적시에 스티븐스가 샌프란시스코에 온 것도, 다 조국을 위한 하늘의 뜻이라고 믿어 의심치 않았다.

한편 중절모를 쓴 장인환은 녹색 존에서 1차 영점(零點) 거리인 15m 떨어진 페리 빌딩 정문 사각기둥 앞에 서서 스티븐스가 탄 승용차가 나타날 방향을 예의 주시했다. 옆방 백인 친구한테서 빌린 권총과 배운 사격술을 써먹을 시간이 다가온 것이다.

눈부신 아침 햇살은 두 청년의 시선을 정면으로 비추고 있었다. 두 청년과 조금 떨어진 인도교 안쪽에서는 양주은 동지가 현장을 지켜보고 있었다.

장인환은 긴장하지 않았다. 차분한 마음으로 권총의 안전장치를 풀어놓은 상태로 왼쪽 옆구리 허리춤에 끼어놓았다. 양복을 입고 단추를 여미었기에 양복 앞자락이 허리춤의 권총을 숨겨주었다. 중절모 창으로 아침 햇살을 가렸기 때문에 시야는 지장이 없었다. 장인환은 녹색 존에 나타날 리무진에만 신경을 곤두세우고 있었기에 옆에 제복을 입은 백인 세관원이 서 있는 것도 의식하지 못했다.

드디어 스티븐스와 일본 총영사를 태운 리무진이 녹색 존에 차를 세웠다. 리무진은 컨버터블(convertible)로 지붕이 열려있었다. 총영사 소지 고이케(小池張浩)가 먼저 차에서 내려 스티븐스의 짐을 챙겼다. 리무진 뒤 트렁크를 열고 여행 가방 하나를 꺼내 인도교에 내려놓았다. 또 다른 가방을 꺼내려고 뒤 트렁크로 갔다. 고이케가 내리면서 열어놓은 리무진 승용차 문에서 스티븐스가 오른발을 내밀면서 밖으로 나왔다. 밖에 나와서 허리를 펴고 꼿꼿이 서려는 순간, 때를 놓칠세라 전명운이 바짝 다가가 흰 손수건에 싸인 권총으로 스티븐스의 가슴을 겨눴다. 한 발짝도 안 되는 지척의 간격이다. 스티븐스가 몸을 추스르는 사이를 놓칠세라 전명운의 오른손 검지가 방아쇠를 당겼다. "딱" 소리만 났다. 불발이다. 다시 당겼다. 총탄은 발사되지 않았다. 전혀 예상치 못했던 일이 벌어졌다.

스티븐스는 이상한 낌새를 감지하고 다시 차 안으로 들어가려고 하자 전명운이 달려들면서 권총 자루로 스티븐스의 얼굴을 가격했다. 스티븐스는 전명운의 공격을 피하려고 뒤로 물러서면서 두 손을 들어 권총이 들려 있는 전명운의 오른팔을 잡았다. 팔이 잡혔다고 해서 이십 대 혈기 왕성한 전명운이 가만히 있을 리 없다. 다시 덤벼들어 왼손 주먹으로 스티븐스의 턱을 한 방 후려쳤다. 스티븐스는 전명운의 주먹을 피하려고 옆으로 몸을 돌렸다. 그 바람에 서로의 위치가 뒤바뀌었다.

그때 전명운의 권총이 불발이라는 것을 알아차린 장인환이 권총을 꺼내 들었다. 오른팔을 높이 들어 스티븐스를 겨눴다. 스티븐스와 전명운은 둘이 뒤엉켜서 돌아가고 있었다. 스티븐스에게 영점을 맞췄다. 살며시 방아쇠를 당겼다. 요란한 금속성 파열음과 동시에 한 발 발사됐다. 발사 반동에 팔이 위로 올라갔다 내려왔다. 다시 숨을 죽이고 영점을 스티븐스에게 맞춤과 동시에 두 발을 연거푸 쏘았다. 일순간의 일이다.

불운하게도 첫발은 전명운의 어깨에 맞았다. 두 번째 실탄은 스티븐스의 등에 맞았고 세 번째 실탄은 스티븐스의 허리를 관통했다. 스티븐스는 그 자리에 꼬꾸라졌다.

리볼버 권총은 5연발이다. 아직도 2발이 남아 있다. 장인환의 계획대로라면 한 발을 더 스티븐스에게 쏘고 마지막 한 발로 자결할 작정이었다. 그러나 공교롭게도 장인환의 옆에 서 있던 세관원 색스톤(Saxton)이 권총을 들고 있는 장인환의 오른팔을 내려쳤다. 장인환은 들고 있던 권총을 바닥에 떨어트리고 말았다. 순식간에 벌어진 일이다.

장인환의 스티븐스 저격 장면을 지켜보던 양주은 동지는 홍분과 통쾌감과 불안감 그리고 우려가 뒤엉키면서 혼란스러웠다. 군중들이 모여드는 험상스러운 분위기를 뒤로하고 캘리포니아 스트리트 방향으로 내달렸다. 어서 가서 통쾌한 소식을 동포들에게 알려야 했다. 뛰다시피 달렸는데도 공립협회까지는 반 시간이나 걸렸다. 소식을 접한 '공립신보'는 재빨리 호외를 찍었다. 호외를 받아 든 동포들이 공립협회로 모여들었다. 양주은 동지는 모여드는 동포들의 손을 잡고 눈물을 흘렸다.

"오늘 아침 장인환, 전명운 동지가 드디어 해냈습니다. 여러분 다함께 대한 독립 만세를 부릅시다."

양주은 동지가 선창하고 그 자리에 모인 동포들이 모두 만세삼창을 부르고 또 불렀다.

부상의 상처를 확인한 의사들은 수술을 시도했으나, 스티븐스는 마취에서 깨어나지 못하고 그날 밤 11시가 조금 지나 사망했다.

*

"여보. 장인환 의사가 우리 고향, 평양 사람이라는 거 아시오? 아, 대단해요. 평양 보통 교회에 다녔다더군. 자랑스럽지, 자랑스러워."

아버지는 자기가 해낸 일처럼 자랑스러워했다.

"그러게요. 우린 그것도 모르고 있었으니…"

광선은 스티븐스가 누구인지 모르지만, 아버지는 잘 알고 있는 사람 같았다. 아버지와 어머니가 나누는 이야기를 들어보면 스티븐스는 나쁜 사람이고 독립투사는 좋은 사람처럼 들렸다. 아버지는 한국 사람들이 모여서 대책을 세우고 있다는 말도 했다. 대책의 일환으로 모금 운동이 진행 중이라고 했다. 아버지는 정확한 내용을 알지 못한다고 하면서도 그 운동이 우리나라를 위해 벌어지고 있다는 것만은 분명히 알고 있었다. 아버지는 모금 운동에 동참하지 못하는 것을 매우 부끄러워했다.

"성금을 내야 할 터인데 돈이 없으니 어찌하면 좋겠소?"

아버지가 한숨을 쉬면서 크게 낙담했다.

"기다려야지 어떻게 해요. 때가 되면 동참할 기회가 오겠지요."

어머니는 옆에서 아버지를 위로했다.

그날 이후, 미주 한인 사회는 1909년 하나로 뭉쳐 '국민회'라는 단체를 탄생시켰다.

우리 집은 하숙집

어느 날, 중국인들이 아버지에게 알려주었다. 고개 넘어 한길가에 도살장이 있다는 것이다. 그곳에서 매일 소를 잡는데 미국인들은 내장과 부산물들은 버린단다. 아버지는 영어를 못하니까 광선이더러 오빠와 함께 도살장에 가서 버리는 소 부산물을 얻어오라고 했다.

광선이는 오빠와 함께 도살장으로 향했다. 정강이까지 자란 마른 풀들로 뒤덮인 언덕을 넘어 한참 걸어 도로변까지 갔다. 도살장은 큰 창고 같은 건물이었다. 트럭이 드나들 만큼 커다란 정문은 굳게 닫혀 있었고 뒷문도 잠겨있었다.

광선은 오빠와 함께 뒷문이 열릴 때까지 기다리기로 했다. 기다리다 보면 누군가는 문을 열고 나올 것이다. 그저 기다릴 수밖에 없었다. 드디어 가슴까지 가린 흰색 앞치마를 두른 백인 남자가 문을 열고 나왔다. 앞치마에는 피가 묻어있어서 무서운 사람처럼 보였다. 오빠가 백인 백정(butcher)에게 말했다.

"한 가지 도와주셨으면 고맙겠는데요. 버리는 소내장을 우리에게 주실 수 없나요?"

백인 남자는 말을 듣자마자 기가 막힌다는 표정을 지으며 대답했다.

"그걸 무엇에다 쓰려고? 그런 것들을 먹냐?"

그의 눈빛은 비웃음과 멸시로 가득 차 있었고, 퉁명스럽게 말하는 그의 입술에서 침이 튀었다.

"더러운 짱깨들. 밖에서 기다려 봐."

불쾌한 감정이 밀려왔지만, 광선은 그저 기다릴 수밖에 없었다. 한참 동안 기다리고 나서 드디어 백인 남자가 다시 문을 열고 나왔다. 그러나 그가 던져준 것은 소 부산물이 아니라 차가운 비난과 험악한 소리뿐이었다.

"쓰레기 같은 짱깨들, 꺼져버려."

기대에 차 있었던 광선의 마음이 한순간에 무너져 내렸다.

광선은 아직 어린 소녀였지만, 세상의 차가운 시선은 이미 그녀의 마음에 깊이 새겨져 있었다. 백인들은 동양인을 인간으로 여기지 않았다. 동양인을 손가락질하며 서로 지껄이는 소리가 들렸다.

"저것들도 인간인가? 고양이를 잡아먹는다며?"

백인들의 소리는 광선의 마음 깊은 곳을 파고들었다. 듣기 싫은 소리였지만 항의는 엄두도 내지 못했다. 그나마 다행인 것은 한국인은 중국인보다 나은 대우를 받았다는 사실이었다. 나은 대우라는 것이 단지 우리를 용인해 주는 것이었다. 백인들은 우리를 때리거나 아니면

폭력을 행사하지는 않았다.

하지만 중국인들을 대할 때는 달랐다. 중국인들은 심각한 폭력에 시달렸다. 술에 취한 백인들은 중국인들을 마구 때리고 아무 이유 없이 총을 쏘았다. 토끼 사냥하듯 쏘아댔다. 술에 취한 백인은 중국인들을 향해 총을 쏘거나 죽이기도 했다. 죽이고는 그냥 웃어넘겼다. 아무도 중국인 살인에 대해서 말하지 않았다. 카우보이 영화의 한 장면 같았다. 정확히 그랬다.

당시 중국인들은 사람으로 대접받지 못했다. 중국인의 목숨은 중요하지 않았다. 만약 백인이 화가 나서 그냥 중국인을 죽여도 어디에다 대고 호소할 수 없었다. 정부도 중국인의 말은 들어주지 않았다.

여러 번 도살장에 가다 보면 그곳에서 일하는 백인 백정들이 광선과 그녀의 오빠를 쫓아버릴 때도 있지만, 때로는 그들이 소 내장과 간을 땅바닥에 던져주기도 했다. 흙 묻은 소 부산물을 주워 드는 광선은 자존심이 무너지는 것 같은 기분이었다. 그러나 살아남기 위해서는 버려진 내장과 간을 집으로 가져가야 했다.

엄마는 그날도 고단한 하루를 보내며 광선을 기다리고 있었다. 광선은 엄마에게 소 부산물을 땅바닥에 던져주더라는 사실은 숨기고 거짓말을 했다.

"엄마, 들고 오다가 떨어트려서 내장에 흙이 묻었지만 깨끗하게 씻으면 돼요."

엄마는 미소를 지으며 내장을 깨끗이 씻고 다듬어 국을 끓여 밥상을 차렸다. 그날은 고깃국을 먹는 유일한 날이었다. 노총각 아저씨들도 맛있다며 좋아했다.

밥을 대놓고 먹는 노총각 일꾼들도 늘어만 갔다. 광선의 집은 하숙집처럼 변해갔다. 아버지는 판잣집에 방을 하나 더 만들었고 방이 세 개로 늘어나면서 노총각 일꾼들에게 저렴한 가격으로 숙소와 밥을 제공했다. 처음에는 십여 명의 일꾼들이 밥을 먹더니, 시간이 흐르면서 그 숫자는 30여 명으로 늘어났다. 광선의 집은 이제 사실상 작은 하숙집처럼 운영되고 있었다.

그렇다고 집안 형편이 피는 것도 아니었다. 광선의 엄마는 일에 시달리며 고단한 나날을 보냈다. 새벽 3시에 일어나 아침 밥상을 준비하는 엄마는 고달팠다. 광선은 매일 새벽에 일어나 엄마를 도와주었고 설거지나 노동자들의 점심을 싸는 일도 광선의 몫이었다. 노동자들은 점심을 싸갈 만한 여유도 없어서 굶는 이들도 많았다.

과일 농장은 집에서 이십 리나 떨어져 있었고 그곳까지 가는 데 한 시간이 걸렸다. 여유가 있는 노동자들은 자전거를 타고 다녔지만, 자전거는 그리 흔하지 않았다. 실제로 자전거를 타고 다니는 사람은 몇 안 됐다.

광선은 열 살밖에 되지 않았지만 이미 많은 것을 견뎌내고 있었다. 아버지의 허리 통증이 사라지기까지 1년이 넘게 걸렸다. 다시 오렌지 따는 일을 시작한 아버지는 자전거 살 돈이 없어서 여느 노동자들과 함께 먼 작업장까지 걸어 다녔다. 그래도 몇 달 후, 아버지는 중고 자전거를 마련할 수 있었다. 아버지가 중고 자전거를 장만한 후, 점심은 작업장으로 배달해 주었다. 명선 오빠는 자전거에 노동자 아저씨들의 점심을 싣고 작업장에 가서 나눠주었다. 저녁때 집에 돌아오는 노동자 아저씨들은 점심 가방을 광선이에게 건네주었다.

광선은 일이 너무 많아서인지 종종 그냥 지나칠 수 있는 작은 일에도 짜증이 났다. 특히 아저씨들이 빈손으로 돌아오는 날이면 참을 수 없는 분노가 치밀었다. 아저씨들에게 신경질을 부렸다.

"온종일 과일 따는 일을 하면서 어떻게 빈손으로 올 수가 있어요? 빈 가방에 과일을 담아오면 안 돼요? 참말로 야속한 아저씨들이에요!"

광선은 아저씨들에게 화를 냈다. 자신도 모르게 속상함을 참지 못하고 울분을 터뜨렸다. 다음 날부터 아저씨들은 확실히 달라졌다. 과일이 넘쳐났다.

한번은 저녁에 아저씨가 건네주는 가방이 매우 무거웠다. 뭐가 들었길래 이렇게 무거운가 했다. 가방 안을 들여다보니 큰 돌덩어리가 두 개나 있었다. 묻지 않을 수 없었다.

"이건 뭐 하러 가져왔어요?"

"빈 가방을 돌려주면 나를 욕할 게 아니냐."

웃지 않을 수 없었다. 광선은 그만큼 집에 돌아오는 아저씨들은 누구라도 무엇이든 가져오는 게 옳다고 다그쳤다.

세월이 흐른 어느 날, 광선이는 LA에서 아저씨들을 만났다. 오랜만에 얼굴을 맞대고 앉자, 아저씨들은 웃음보가 터졌다. 그때의 이야기를 꺼내며 우리는 한참 즐거운 시간을 보냈다. 아저씨들이 술을 많이 마셨던 이야기, 목욕하던 이야기를 하면서 그 시절의 기억들이 선명하게 떠올랐다.

그때, 일꾼들은 온종일 땀을 흘려서 저녁이면 목욕을 했다. 아버지는 집에 큰 일본식 무쇠 가마솥 욕조를 설치했다. 오후 5시가 되면 나무를 때서 욕조 물을 덥혔다. 아저씨들은 식사하기 전에 목욕부터 했다. 그날도 욕조의 물을 덥혀놓았다.

하지만 갑자기 무슨 생각으로 그랬는지, 잘 마른 나뭇잎 한 자루를 아궁이에 넣었다. 나뭇잎은 순식간에 불이 붙으면서, 이미 덥혀놓은 욕조 물이 더 뜨거워졌다. 아저씨들은 "앗, 뜨거워!"라고 외치며 욕조에서 튀어나왔다. 광선이는 그 순간, '큰일 났구나' 하는 생각에 급히 방으로 뛰어 들어가 침대 밑에 숨었다.

수년이 흐른 후, LA에서 아저씨들과 다시 만났을 때, 아저씨들은 웃으면서 말했다.

"그때, 네가 일부러 우리를 골탕 먹이려고 그랬다는 걸 다 알았어."

모두 크게 웃을 수밖에 없었다.

그해 겨울, 클레어몬트(Claremont)

아버지는 목사이자 한국에서 한학을 공부하신 분이라서 노동에는 익숙지 않았다.

그것도 사다리를 타고 올라가서 과일을 따는 일은 모두 낯설고 힘든 일이었다. 리버사이드에는 과일 따는 일밖에 없었다. 과일 따는 일은 계절적인 일이라 봄과 여름에만 할 수 있었다. 늦가을이 되면 농장에서 일하던 일꾼들은 다 떠나버렸다. 그때부터 광선이네 가족의 일상은 가난으로 얼룩졌다. 먹고살 길이 막막해지고 하루에 빵 하나와 물만으로 버티는 삶이 너무 힘들었다.

할 수 없이 일년 내내 일할 수 있는 다른 일거리를 찾아야 했다. 클레어몬트로 이사했다. 광선의 가족은 힘을 모아 손빨래를 하기로 했다.

한국인이 운영하는 세탁소는 여러 군데 있었지만, 손빨래를 해주는 곳은 없었다. 큰 이불과 담요, 두꺼운 코트 등은 손으로 빨아야만 했다. 광선은 엄마를 도왔고, 온 식구가 손빨래 일을 해 나갔다.

클레어몬트에서 살기 시작한 지 얼마 지나지 않아, 1913년에는 뜻하지 않은 한파가 불어닥쳤다. 한파에 노출된 오렌지 나무들은 얼어 죽고 말았다. 리버사이드의 오렌지 농장은 그렇게 사라졌다. 오렌지 농장이 없어지자 한인들이 리버사이드를 떠났다.

다행인 것은 그보다 한발 앞서 광선의 가족은 리버사이드를 떠나 새로운 삶의 터전인 클레어몬트에 와 있었다. 온 가족이 힘을 합쳐 손빨래에 매달렸다. 광선에게도 손빨래 일이 점점 익숙해졌다.

아버지는 매일 아침, 한국인이 운영하는 세탁소에 들러 손빨래 감을 걷어왔다. 한국인들이 운영하는 세탁소 사장님들은 무겁고 힘든 세탁물들을 아버지에게 맡겼다. 걷어온 이불이며 담요 같은 손빨래 감은 물이 가득 찬 드럼통에 넣고 올라서서 밟아야 했다. 이불 밟는 일은 아버지가 맡았다. 아버지처럼 몸무게가 있는 사람이 해야 했기 때문이다.

클레어몬트에서 광선이네 가족은 과일 포장하는 거대한 창고 한 귀퉁이에서 살았다. 창고 안에는 오렌지, 복숭아, 레몬 등 다양한 과일들이 가득 쌓여 있었다. 냉장고가 발달하지 않았기에 과일을 오래 저장하는 것이 어려웠다. 아무리 서둘러 포장해도 일부 과일은 상해 나가곤 했다. 상해 가는 과일이 많아서 오렌지, 레몬, 복숭아 등 과일은 마음껏 먹을 수 있었다.

창고에서 2년을 살았다. 클레어몬트는 로스앤젤레스와 리버사이드 사이에 위치한 작은 마을이다. 도시로 승격하기에는 인구가 적고 산업이 없어서 이웃 도시의 협동 지역으로 남아 있었다. 여름엔 무척 덥고 겨울엔 비가 내렸다. 봄이면 태평양에서 밀려오는 구름으로 흐린 날이 많았다. 클레어몬트에는 리버사이드에서 생산한 과일을 포장하는 산업이 발달해서 포장 일하는 한국인 노동자들이 많았다.

*

광선은 클레어몬트 초등학교로 전학했다. 학교에는 한국인 아이들이 생각보다 많이 다녔다. 마조리, 말따, 조시, 루터 테오도르(Marjory, Martha, Josie, Luther, Theodore) 등 총 12명이나 되는 아이들이 학교에 다녔다. 우리는 모두 함께 놀고 함께 자랐다. 광선은 자연스럽게 그들과 가까워졌다. 좋은 친구가 됐다.

오랜 시간이 흐른 후, 세상에 널리 알려진 안창호 선생의 아들 필립 안(Philip Ahn)도 거기에 있었다. 필립은 1905년생으로 광선보다 다섯 살이나 어렸다. 광선은 아버지에게서 안창호 선생이 첫아들의 이름을 필립(必立)이라고 지은 이유는 한국이 반드시 독립해야 한다는 선생님의 신념에서 비롯된 것이라고 들었다.

필립 안은 후에 한국계 미국인 배우로, 주로 1930년대부터 1960년대까지 할리우드에서 활동하며 중요한 발자취를 남긴 인물이다. 그는 할리우드에서 활동한 최초의 아시아계 배우 중 한 사람이었으며 미국 영화 산업에서 중요한 역할을 해냈다. 그러나 광선이 기억하는 필립은 영화에서 활약한 배우가 아니라 어린 시절의 순수하고 착한 소년 필립이다.

어렸을 때의 필립은 언제나 여자아이들과 함께 놀고 싶어 했다. 그가 놀고 싶어 하는 아이들은 주로 광선이 친구들이었다. 그는 늘 우리를 따라다녔다. 그런 필립을 보고 그의 아버지는 "사내아이들과 놀아라"라고 타이르곤 했다. 그러나 필립은 전혀 거친 소년들과 어울리지 않았다. 그는 언제나 인형을 가지고 소꿉놀이를 하며 여자아이들과 함께 시간을 보냈다. 필립은 온화한 성격의 아이였다. 그런 성격 때문에 거친 아이들과는 어울리지 않았다. 그는 어머니의 말을 잘 듣는 착한 아이였다.

광선이 기억하는 필립은 온순하고 착한 소년이다. 필립은 본성이 여자아이들처럼 온순하고 부드러웠다. 그런 성격 덕분에 필립은 많은 사람에게 사랑받았다. 그의 따뜻한 마음은 언제나 주변 사람들을 편안하게 만들었다.

클레어몬트 초등학교로 전학한 광선은 새로운 학교, 새로운 환경에서의 시작이 설렘보다는 불안감과 두려움이 더 컸다. 인종차별이 심했던 시절이었기에 학교에 가면 매일 마주해야 하는 것은 차별과 편견이었다. 화장실 문에는 '백인 전용(For Whites Only)'이라는 팻말이 붙어 있었고 화장실은 백인에게만 이용이 허락되었다. 광선은 그 팻말을 볼 때마다 마음이 아팠다. 그녀와 동양인 아이들은 학교 울타리 밖이나 푹 파인 웅덩이, 숲속, 넝쿨 뒤에서 몰래 일을 봐야 했다. 그때는 그것이 당연한 일인 것처럼 여겼었다.

학교에서 차별은 그뿐만이 아니었다. 수영장이나 체육관 같은 시설은 백인들만 이용할 수 있었다. 그때는 아무도 차별에 대해 이의를 제기하지 않았다. 모든 것이 그저 그 시절의 규칙처럼 여겨졌고, 그것이 틀렸다고 생각하는 사람은 없었다.

기차나 버스를 탈 때면 아버지는 항상 당부했다. "맨 뒷좌석에 앉아라. 그리고 이동 중에 무엇이든 먹어서는 안 된다. 물도 마시지 마라." 아버지의 말은 백인들이 유색인의 냄새를 싫어한다는 이유에서였다. 아버지는 인종차별 당하는 우리를 보면서도 겸손하게 살라고 가르쳤다. 광선은 어릴 때 아버지가 하는 당부의 말을 잘 이해하지 못했다. 왜 그런 차별을 받아야 하는지, 왜 그런 부당한 대우에 순응해야 하는지 알 수 없었다.

어느 날, 광선은 흑인 아이에게 물어볼 기회가 있었다. 흑인 아이도 역시 유색인종으로서 차별을 받으며 살아가고 있었다.

광선은 아버지에게 차별 대우받는 이야기를 하면 아버지는 엉뚱한 말로 대답했다.

"차별 대우만 받고 살다 보면 잃기만 하고 얻는 게 없어 보이지만, 세월이 지나면 더 많은 것을 깨닫고 배우게 된단다."

광선은 아버지의 말이 무슨 뜻인지 이해하지 못했다. 차별받으며 살아가는 것이 어떻게 더 많은 것을 깨닫고 배운다는 건지 전혀 알 수 없었다. 하지만 시간이 흐르고 세월이 지나면서 광선은 아버지의 말이 참된 뜻을 담고 있었음을 깨닫게 되었다.

클레어몬트에서의 삶은 매우 어려웠다. 가게에서 일할 수도, 비즈니스를 열 수도, 심지어 청소일조차 구할 수 없었다. 아무리 천한 직업이라도 동양인에겐 열리지 않았다. 유일하게 할 수 있었던 일은 손빨래였다. 하지만 손빨래조차 백인 집에 가서 하는 것이 아니라 빨래를 우리 집으로 가져와서 해야만 했다. 백인들은 동양인들을 신뢰할 수 없는 존재라고 생각했기 때문이었다.

백인 집 청소나 백인 집에 가서 빨래하는 것이 허용된 것은 그 후로 15년쯤 흐른 후에야 이뤄졌다.

광선이 기억하는 엄마는 늘 임신 중이었다. 아버지는 항상 엄마를 배려하고 극진히 돌보았다. 산후 2주 동안 엄마가 자리에 누워있을 수 있도록 해주었다. 아버지는 정말 지혜롭고 좋은 사람이었다. 아이들 돌보는 일도 거침없이 맡아 했다. 광선은 명선 오빠와 아버지를 돕는 일에는 앞장섰다. 시간이 흐르면서 밥하고 설거지하는 일은 광선의 일이 되었다. 광선은 밥하는 일이 재미있어서 자청하기도 했다. 아기까지 업고 다니며 집안일을 돕는 것은 그녀에게 중요한 역할이었다.

광선은 클레어몬트 학교에 다니면서 자신이 가진 이름 때문에 마음이 착잡했다. 학교에 같이 다니는 다른 한국 아이들은 모두 미국 이름을 가지고 있었기에 부르기가 훨씬 편했다. 그러나 광선만은 한국 이름을 그대로 불러야 했다. 친구들은 그 이름을 제대로 발음하기 어려워했다. 광선은 이름 콤플렉스에 시달렸다.

"얘. 넌 이름이 왜 그래? 광선이 뭐니? 미국 이름으로 바꿔."

말따가 말했다.

"그래? 뭐라고 지으면 좋을까?"

"메리, 소피아 뭐 얼마든지 있지. 좋은 이름으로 하나 골라."

"나도 내 이름이 싫어."

광선은 자신의 이름이 부끄럽다고 생각했다. 그녀의 이름은 광선이고 오빠 명선의 이름도 마찬가지로 발음하기 어려운 이름이었다. 미국 사람들은 두 사람의 이름을 부르기 어려워했다. 광선은 발음하기 어려운 이름 때문에 친구 사귀는데도 방해받았다.

광선과는 달리 미국에서 태어난 동생들은 어니, 스탠포드, 아서와 같은 미국식 이름을 가졌기에 불편함 없이 불렸다.

하루는 오빠에게 물어보았다.

"오빠, 우리 이름을 미국 이름으로 바꾸면 어때? 난 광선이란 이름만 빼고는 어떤 이름도 괜찮아. 사람들은 내 이름을 부르기 어려우니까 깔보는 식으로 '헤이 유(hey you)' 한단 말이야."

명선은 잠시 생각하다가 대답했다.

"그래, 그게 좋겠다. 하지만 내 이름은 그냥 놔둬."

명선 오빠의 반응은 광선에게 어느 정도 힘을 줬지만, 결국 오빠가 자기 이름은 바꾸지 않겠다고 한 말이 이상하게 느껴졌다. 광선은 벼르고 벼르다가 결국 아버지에게 물어보았다.

"아버지, 내 이름을 미국 이름으로 바꾸면 어때요?"

아버지는 말을 듣자마자 충격을 받은 표정으로 잠시 나를 쳐다보다가 말했다.

"내가 고심해서 아름다운 이름을 골랐는데, 너는 그 이름이 마음에 안 든단 말이냐?"

그 말은 광선에게 너무나 큰 충격이었다. 아버지는 더는 말하지 않았다. 실망 어린 아버지의 눈빛을 보고 광선은 마음이 아팠다. 더는 묻지 않았다. 그러나 이름 때문에 당하는 일은 계속 이어졌다. 교실에서 선생님이 내 이름을 부를 때, 선생님은 미국식으로 첫 이름만(First name) 부르는데 "광"하는 발음을 미국 사람들은 너무 어려워서 "캉"이나 "깡"으로 발음했다. 그때마다 반 아이들은 까르르하고 웃었다. 광선은 그럴 때면 창피해서 쥐구멍이라도 찾아 들어가 숨고 싶었다.

광선은 초등학교 졸업을 앞두고 나이 많은 언니 마조리와 함께 영화관에 가기로 했다. 마조리는 광선보다 4살이나 많았지만, 두 사람은 같은 반에서 공부하며 특별한 우정을 쌓아갔다. 광선은 그동안 궁금했던 영화 'Unthinkingly(생각 없이)'를 보고 싶었다. 보고 싶은 마음이 너무 간절했다. 어찌나 보고 싶은지 꼬깃꼬깃 숨겨 두었던 돈을 꺼내들고 마조리와 둘이서 멀리 아나하임까지 갔다.

하지만 동양인에 대한 차별 대우가 극심했던 그 시절에는 영화관이나 수영장 같은 곳에서도 백인들과 동등한 대우를 받을 수 없었다. 영화는 개봉한 지 오래 지난 후에야 관람할 수 있었고, 그렇다고 해도 우리가 원하는 자리에 앉을 수 없었다. 그러나 어린 광선과 마조리는 그런 현실을 알고도 주저하지 않았다. 극장 안은 관객들이 드문드문 앉아 있었다. 마침, 빈자리가 많기에 불안한 마음을 떨쳐내고 객석 중간쯤 자리에 앉았다.

영화가 시작하기 직전, 극장 안내원이 다가왔다. 안내원은 그들을 아래위로 훑어보며 큰 소리로 말했다. 광선은 심장이 뛰었지만, 지켜볼 수밖에 없었다.

"도대체 너희들 여기서 뭐 하는 거야?"

마조리는 당황한 기색도 없이 시치미를 떼고 말했다.

"무엇이 잘못된 거지요?"

"너희는 저 구석이 네 자리라는 걸 몰라?"

"거기에 앉으면 아무것도 보이지 않아요."

"알 게 뭐야. 거기가 네 자리야."

마조리와 광선은 마치 아무 일도 없었던 것처럼 자리에서 일어났다. 그리고 입장료를 환불받고 그곳을 나왔다. 그날의 일이 광선에게는 뼈아픈 기억으로 남았다. 어렸을 때부터 이어진 차별과 억압의 일상 속에서 광선은 언제나 그런 부당한 대우를 당연하게 받아들여야 했다.

광선은 아버지에게 백인들에게 당하는 차별 대우를 말하면 아버지는 반대급부를 이야기해 주면서 관용을 심어주었다.

"한국에서도 똑같은 일이 벌어졌단다. 한국인들이 백인들을 대할 때 지금 네가 당하는 것보다 나을 게 없었어."

아버지는 차분하게 말을 이어갔다. 광선은 그 말을 들으면서도 여전히 억울한 마음을 떨칠 수 없었다. 그러나 아버지의 목소리는 그녀에게 힘을 주는 듯했다.

"그때 백인들은 괄시받으면서도 한국인들을 존중했지, 뭐냐. 그들은 싸우려 들지 않았고 묵묵히 옳은 행동을 했단다."

아버지는 자신의 과거 경험을 떠올리며 강조했다.

"우리도 그렇게 한다면 나중에 대우받는 날이 올 거야. 너도 알다시피 당장 우리는 흑인이나 멕시칸보다는 나은 대우를 받지 않니?"

광선은 잠시 눈을 감고 아버지의 말 속에 담긴 깊은 의미를 곱씹었다. 당장 눈앞에서 당하는 불합리함이 너무도 크게 느껴졌지만, 아버지가 말하는 관용과 인내는 그녀에게 새로운 시각을 열어주었다. 아버지는 언제나 그녀에게 세상의 복잡한 진리들을 풀어주곤 했다. 백인들에게서 당하는 차별 대우가 참을 수 없을 만큼 속상했지만, 아버지의 말에는 언제나 무언가 마음을 가라앉히는 힘이 있었다.

*

클레어몬트 과일 창고에서 엄마는 여섯 번째 아이 아서(Arthur)를 낳았다. 광선의 기억 속에 엄마는 늘 배가 불러있었다. 광선은 어린 나이라서 엄마는 애를 낳는 게 당연한 일인 줄만 알았다.

과일 패킹 창고에서 손빨래로 산다는 건 고달픈 나날이었다. 광선은 매일 반복되는 힘든 일들에 지쳐갔다. 빨래하고 나면 점심상 차리라는 엄마의 목소리가 들려왔다.

"얘 광선아. 너 고만 빨고 어서 가서 점심상 차려라. 아버지 시장하

실라."

엄마는 아기를 낳고 열흘 만에 나와 앉아 아버지가 드럼통 안 비
눗물에 담긴 이불을 밟고 또 밟으면서 힘들어하는 게 안타까운지
내게 점심상을 챙기라고 했다. 오빠도 나도 온 식구가 빨래에 매달
려 살았다.

"들어가서 쉬면서 몸조리나 하랬더니 왜 나왔어?"

아버지의 목소리가 다소 걱정스러웠다.

"빨랫감이 밀렸는데 어떻게 누워있어요. 명선이는 마른 이불 걷어
다가 차곡차곡 개야지. 이따 오후에는 배달해 줘야 하잖니?"

엄마는 지친 목소리로 일이 밀리면 안 된다고 말하고 있었다.

"염려 마세요. 작업복 빨래만 해놓고 이불을 걷어와야지요."

명선 오빠는 부드럽게 화답했다. 광선은 점심상을 차리러 부엌살
림이 몰려 있는 창고 구석진 자리로 가서 솥뚜껑을 열었다.

온 가족이 매달려 빨고 또 빨아도 겨우 먹고 사는 게 고작이었다.
한 2년여 빨래 일에 매달렸는데 아무리 애를 써도 집안 형편이 나아지
지 않았다. 빨래로는 돈을 벌 것 같지 않았다. 창고에서 일하는 사람
들 사이에서 한인들이 농사 일로 큰돈을 벌었다는 소문이 나돌았다.
소문은 수그러들 기세를 보이지 않았다. 소문이 사실로 드러나자 광선
이네 가족도 큰맘 먹고 농사를 짓기 위해 캘리포니아의 중부 농촌 도
시 스톡턴(Stockton)으로 이사 가기로 했다.

1910년대, 미국의 이민 정책은 갈수록 제한적이었다. 특히 아시아

인에 대한 차별은 극심했다. 1882년 중국인 배제법(Chinese Exclusion Act)이 통과되면서 중국인 이민이 끊겼다. 1907년 일본인과 한국인 이민 제한 조약이 체결되면서 일본인과 한국인 이민도 큰 영향을 받았다. 이민자들은 샌프란시스코의 이민국을 거쳐 미국에 입국했는데 당시 이민국 절차는 엄격하고 차별적이었다.

한국인들은 하와이 사탕수수 농장에서 계약이 끝나면 하와이에 머물거나 아니면 대부분 태평양을 건너 캘리포니아로 왔다. 사람들은 샌프란시스코 이민국에서 입국심사를 받아야 했다. 샌프란시스코만(灣) 앤젤 아일랜드의 이민국에서 심사받는 기간이 2주에서 때로는 수 개월이 걸리기도 했다.

샌프란시스코에 들어온 한국인들은 직업을 찾아 각지로 떠났다. 당시 동양인들이 할 수 있는 일은 대륙횡단 철로 건설 일이나 농사일 외에는 별다른 직업이 없었다.

목사인 광선의 아버지는 꼼꼼하고 신중한 성격이어서 여기저기 흩어져 있는 한인들의 주소를 노트에 빼곡히 적어 놓았다. 한인들이 많이 사는 곳은 LA에서 멀지 않은 디뉴바(Dinuba)와 리드리(Reedley) 지역이었는데 당시 한인이 400여 명이 살았다. 모두 농사일에 종사하며 삶을 꾸려갔다. 그곳에는 한국인들이 세운 교회도 있었고 한인들이 운영하는 호텔도 있었다.

리드리에서 김형순과 그의 아내 데이지는 넥타린(Nectarine: 천도복숭아) 농장을 개간하며 새로운 삶을 시작했다. 그들의 농장은 넥타린, 즉 털 없는 복숭아를 재배하는 곳이었는데 털 없는 복숭아가 인기를 끌면서 수요가 급격히 늘어났다. 막 개간을 시작한 농장이었음에도 그들은 금방 부를 일구었다. 넥타린 농장의 성공은 단순히 노동의 결실만으로 이루어진 것이 아니었다. 그들은 한국인들이 겪는 차별을 뛰어넘기 위한 투쟁이었고 차별과 문화적 장벽을 넘어서야 하는 일이기도 했다. 결국 그들은 농장의 성공으로 경제적 안정과 사회적 지위를 이뤄냈다.

아버지는 친구 김종림에게 편지를 썼다. 캘리포니아 북부 지역에 대해 잘 몰라서 선뜻 나서기가 어려웠기 때문이다. 친절하게도 김종림의 도움을 받아 스톡턴 (Stockton)으로 가게 되었다.

아버지와 김종림은 새크라멘토강을 따라 내려오다가 드넓은 분지인 스푸드섬(Spud Island)의 빈 땅을 보고 그곳에서 농사를 짓기로 했다. 말이 섬이지 사실 끝없이 펼쳐진 평야나 다름없다. 이미 한쪽에서는 일본인이 농사를 짓고 있었다. 광선의 가족은 그곳의 빈집에 정착해서 김종림과 함께 농사를 시작했다. 캘리포니아는 사계절 기온이 온화해서 가난한 사람들이 살기에는 안성맞춤이었다. 농토가 광활해서 들에는 나물이 많았다. 배추며 상추 아욱 같은 채소를 심으면 금세 먹을 만큼 자랐다. 감자며 고구마도 실컷 먹었다.

광선의 아버지와 동업하기로 한 김종림은 캘리포니아에 와서도 농사일에만 종사한 사람이다. 누구보다도 농사에 관해서 잘 알고 있었다. 버뱅크 감자라는 종자를 심었다. 버뱅크 감자는 굵고 팔뚝만큼 길어서 탐스러웠다.

농토가 비옥하고 일조량이 많아서 버뱅크 감자 농사는 풍작이었다. 첫해의 농사치고는 대성공이었다. 아버지와 김종림은 감자를 바지선에 싣고 스톡턴 농산물 시장에 내놓았다. 그러나 그때부터 모든 것이 예상대로 돌아가지 않았다. 불황이 전 세계를 휩쓸었고 시장은 차갑게 식어버렸다. 아무도 감자를 눈여겨보는 사람은 없었다. 단 한 톨도 팔리지 않았다. 단돈 10전에 가장 큰 자루 가득히 담아 주겠다고 해도 사 가는 사람이 없었다.

　　결국 바지선에 가득히 싣고간 그 많은 감자를 강물에 던져버리고 빈손으로 돌아왔다. 앞이 캄캄했다.

수은(Quicksilver)의 집

아버지는 이 선생이라는 지인과 편지를 주고받았다. 이 선생은 이드리아 수은 광산에서 일하고 있었다. 수은 광산은 위험한 광물을 다루는 작업이어서 백인들은 기피하는 작업장이다. 대신 임금은 매우 높았다. 하루에 5달러를 받을 수 있었다. 과일 따기에서 하루 1달러 50센트를 받던 아버지에게는 매력적인 제안이었다. 자그마치 임금이 3.3곱이나 많다. 하지만 이드리아의 수은 광산은 캘리포니아에서 가장 위험한 곳 중 하나로 수은이라는 독성 물질을 채굴하는 곳이다.

그래도 높은 임금의 매력을 저버릴 수 없었다. 현장을 충분히 파악한 아버지는 이드리아 수은 광산에 가기로 했다.

샌 베니토 카운티에 있는 이드리아(Idria)까지 가는 게 문제였다. 샌호세에서 남쪽으로 80마일 떨어진 곳이다. 시에라 산맥 방향으로 한 시간 정도 달리면 나오는 작은 광산 마을이다. 말이 좋아 광산이지 광산중에서도 가장 위험한 수은을 캐는 광산이다.

수은은 금을 채굴할 때 필요한 아말감(Amalgam)을 만드는 중요한 자원이지만, 그만큼 위험도 컸다. 그것을 다루는 사람들은 건강에 심각한 악영향을 받을 수밖에 없었다. 또한 수은의 배출로 인한 수질 오염과 토양 오염은 광산 지역 생태계 환경에 지대한 영향을 미쳤다.

아버지는 자동차가 없어서 바지선을 타고 새크라멘토로 향했다. 올망졸망한 아이들을 데리고 새크라멘토에서 기차를 타기 위해서였다. 갓 열네 살이었던 광선은 가족의 처지와 상황을 거의 다 알 수 있었다. 엄마는 만삭이었고, 6명이나 되는 아이들이 서로 손을 잡고 어릿어릿하면서 기차를 타기 위해 새크라멘토로 향했다. 새크라멘토에서 이응목이라는 한국인이 운영하는 작은 모텔에 들어갔다. 방이 몇 개 안 되는 모텔의 손님은 주로 동양인들이었다. 방 하나를 얻어 온 식구가 들어갔다. 아버지와 아이 6명이 오글대는 좁은 방에서 엄마는 출산을 준비했다. 겨울 날씨가 쌀쌀했다. 방이 추우면 안 된다고 해서 문을 꼭 닫고 히터를 높게 틀었다. 광선이는 큰 그릇에 더운물을 담아오고 아버지는 아기를 씻기고 포대기로 감싸놓았다. 아버지는 조산원 역할을 썩 잘했다.

여관집 주인네는 자식이 4명이었는데 광선이 또래의 윌리와 그 밑으로 조지, 찰리라는 남자아이가 있고 막내딸로 플로렌스가 있었다. 여관집 주인아주머니는 광선이를 붙들고 모텔에서 아기를 낳는 사람이 어디 있느냐며 낯을 붉히는가 하면 싫은 소리도 했다.

"너희 엄마도 그렇지, 오늘 낼 아기가 나오는데 길을 떠나는 사람이 어디 있니? 어휴. 난 못살아. 방 하나에 저 많은 식구가 꾸겨 자면서 좁아터진 데서 아기를 낳다니…"

광선이는 아주머니가 하는 소리보다 자기 또래의 사내아이 월리와 조지가 지켜보고 서 있는 게 더 창피했다.

날씨가 차가운 2월의 아침, 엄마는 아들을 낳았다. 아버지는 무엇이든 기록으로 남겼기에 아기가 오전 8시 30분에 태어났다는 것도 알 수 있었다. 아기 이름을 영선이라고 지었는데 우리는 부르기 쉽게 그냥 영(Young)이라고 불렀다.

엄마는 5피트도 안 되는 작은 체구에 바짝 마른 몸매였지만, 7명의 아이를 낳았다. 여관방에 오래 묵었으면 좋으련만, 돈이 없는 아버지는 다음 날 방을 비워줘야 했다. 갓 낳은 아기를 포대기에 돌돌 말아 싸 안고 대가족이 길을 떠났다. 그것도 추운 겨울날, 이드리아로 향했다.

수년 후, 새크라멘토 근처 월로우즈로 이사하면서 광선은 여관집 막내딸 플로렌스가 죽었다는 소식을 들었다. 갓 태어난 아기를 포대기에 싸서 길을 떠나야 했던 동생 영선과는 달리, 여관집 딸 플로렌스는 따뜻한 방에서 지냈건만 결국 죽었다는 말을 듣고 광선은 하나님의 축복을 실감했다.

*

이드리아 수은 광산에 도착한 광선이네 가족을 맞이한 이 선생은 삼십이 훨씬 넘어 사십에 가까운 노총각이었다. 이 선생의 이름은 이

관혼이었다. 아버지는 그를 이 선생이라고 불렀기에 광선이네 식구 모두 아버지를 따라 이 선생이라고 불렀다.

이 선생은 광산의 관사 2호에 살고 있었다. 그는 아버지에게 3호 관사가 비어 있으니, 그곳에서 살라고 했다. 관사는 방이 하나뿐이라 단출했지만, 판잣집치고는 나름대로 괜찮은 곳이었다. 부엌과 화장실이 따로 있는 전형적인 관사 숙소였다. 그곳에서 가족은 새로운 일상에 적응해 나갔다.

수은 광산은 산속 깊숙한 곳에 있어서 도시와 떨어져 있는 외딴 지역이었다. 광산에서 일하는 광부들이 사는 관사는 그리 많지 않았다. 그중에서도 가족이 함께 생활하는 집은 광선이네 식구뿐이었다.

처음에는 낯설고 불편했지만, 곧 익숙해졌다. 언제부터였는지 기억은 나지 않지만, 엄마 대신에 밥하고 설거지하는 일은 광선의 몫이 되었다. 어린 동생을 업고 다니며 집안일을 돌보는 일이 자연스러웠다.

이 선생은 아기를 무척이나 귀여워했다. 아기를 바라보는 그의 눈빛은 따뜻하고 자상했다. 이 선생은 아기만 귀여워하는 게 아니라 광선이도 예뻐했다. 무엇이든 먹을 것이 있으면 슬쩍 숨겨 두었다가 몰래 광선에게 건네주곤 했다. 몰래 받는 작은 기쁨은 그녀에게 큰 위안이 되었다. 이 선생의 사소한 배려는 외롭고 힘든 일상에서 따뜻한 햇볕처럼 다가왔다.

좁은 방에서 나누는 아버지와 이 선생의 대화는 엿들으려 하지 않아도 다 들렸다. 이 선생은 저금해 놓은 돈이 상당하다고 했다. 당시 한인 노총각들의 가장 큰 문제는 바로 '혼인'이었다. 한국 여자가 없는 세상에서 색시를 구한다는 것은 불가능에 가까웠다.

게다가 농장에서 일해 봐야 겨우 먹고 사는 정도여서 결혼은 먼 나라의 이야기 같았다. 그러나 높은 임금을 받는 수은 광산 광부들은 상황이 달랐다. 광부들은 한국에서 여자를 데려올 수 있는 여유가 있었다.

12호 관사에서 사는 김 씨 아저씨는 얼마 전 한국에서 색시를 데려왔다. 색시는 광산촌에서 유일한 한국 여자였다. 그녀를 보는 광부들은 부러움을 감추지 못했다.

이 선생도 김 씨가 가르쳐준 대로 사진을 통해 신부를 고르고 이민 신청까지 마친 상태였다. 오늘 내일이면 색시가 한국에서 올 것을 기다리고 있었다.

광선이네 가족은 식구가 많아서 방 하나로는 부족했지만, 원래 가난하게 살아온 생활이라 7명이 끼어서 자는 데는 그리 문제가 되지 않았다. 누운 채로 숨을 쉬고 서로 몸을 부딪치며 자는 게 오히려 자연스러웠다.

12호 집의 새댁은 엄마를 보고 매우 반가워했다. 그녀는 거의 19살의 어린 나이였지만, 신랑은 얼굴이 새카맣게 탄 서른아홉 살 아저씨였다. 엄마가 유일한 여자였기에 새색시는 엄마에게 친근하게 다가왔다. 두 사람은 평양 근교가 고향이라는 사실을 확인하고는 친척을 만난 듯 가까워졌다. 그들의 대화 속에서는 자연스럽게 동질감이 묻어났다. 새댁은 엄마에게 울면서 하소연했다.

"여기서 살다 죽을 생각을 하면 잠도 안 와요."

그녀는 고향이 얼마나 그리운지, 이곳에 대한 실망이 얼마나 큰지를 털어놓을 상대가 없어서 속을 태우고 있었다.

"공부하고 싶은데 여긴 공부할 곳이 아니잖아요. 미국에 공부하러 왔는데 다 틀렸어요."

새색시는 여러 번 엄마에게 울면서 속마음을 털어놓고 하소연했다.

남자들은 어두컴컴한 새벽에 일하러 갔기에 낮이면 관사들은 빈집처럼 조용했다. 새댁은 매일 엄마와 함께 지냈다. 살림살이에 관해서 묻는 게 많았고 현실에 대한 고충을 털어놓으며 도움을 청하기도 했다. 늘 광선이네 식구와 함께 점심을 먹었다. 새댁과 엄마는 서로 외딴 광산 마을에서 외로움을 달랬다.

수은 광산 마을에는 매일 트럭이 드나들었다. 트럭은 광산에 들어와 식량을 내려놓고 제련된 수은을 실어 갔다. 트럭 운전사는 백인이어서 엄마가 원하는 식료품을 제대로 구해오는 것은 거의 불가능했다. 그가 가져오는 것들은 대부분 엄마가 원하는 것과는 달랐다. 때때로 우편물도 트럭 운전사에게 부탁해야 했다. 그만큼 이곳은 외부와의 교통이 끊긴 고립된 산속 깊은 곳이었다.

사진 속 신부

새댁의 남편은 김 씨 아저씨이다. 김 씨는 1903년 1월 13일, 첫 번째 한국인 이민선을 타고 하와이에 도착했다. 그가 하와이에 왔을 때, 일본과 중국에서 온 많은 노동자가 이미 농장에서 일하고 있었지만, 여전히 노동력이 부족했기에 한국인들의 손길이 절실했다.

당시 한국은 일제 강점기에 있었고 경제적으로나 정치적으로나 어려운 시기를 보내고 있었다.

김 씨의 고향인 황해도에 흉년이 들면서 먹고 살기도 어려운 상황이었다. 김 씨는 홀어머니와 누이동생을 부양하기 위해 하와이 설탕 재배 협회와 노동자 계약을 맺고 선박에 올랐다. 그가 노동 계약서에 서명할 때만 해도 노동 조건이 그렇게 가혹하다는 사실은 알지 못했다.

하와이에 도착하자마자 한국인 노동자들은 여러 사탕수수밭으로 흩어졌다. 청년 김 씨는 사탕수수밭의 노동 환경이 힘에 겨웠다. 매일 반복되는 고된 일에 지쳐갔다. 그러나 어떻게 해서라도 살아남아야 했다. 중국인 노동자들과 일본인 노동자들이 남긴 판잣집에 살면서 김 씨는 적은 임금을 모았다. 비록 임금은 적었지만, 먹을 것을 줄여가면서 악착같이 모아야 했다. 빚으로 남아 있는 선박 요금을 갚아야 했기 때문이었다.

감독관의 경멸과 멸시의 시선을 견뎌내기란 여간 힘든 게 아니었다. 언어도 통하지 않는 환경에서 받은 모진 수모를 삼키며 일했다.

2년의 노동 계약이 끝나자 비로소 김 씨는 자유의 몸이 되었다. 새로운 꿈이 시작된 것이다. 샌프란시스코로 이주했다. 그가 품고 있던 꿈은 단지 자신의 삶을 일구는 것만이 아니라 고향의 가족까지도 살리는 것이었다.

샌프란시스코에서 돈을 번다는 것은 더욱 힘들었다. 영어도 못 하는 노동자가 할 수 있는 일은 농장에서의 저임금 노동뿐이었다. 김 씨는 선택의 여지가 없었다. 한국에 계신 홀어머니와 여동생을 책임져야 했고 앞으로 결혼도 하려면 돈을 모아야 했다. 농장과 농장을 떠돌다가 수은 광산으로 들어올 수밖에 없었다. 광산에서의 일은 위험하고 힘들었지만, 그렇다고 다른 묘책이 있는 것도 아니었다. 어느덧 수은 광산에 들어온 지 5년째였다. 광산에서 함께 일하는 사람 중에는 이 선생도 있었다. 이 선생은 김 씨와 절친한 친구로 지냈다. 서로 못하는 이야기가 없었다.

김 씨는 결혼에 대해 많은 조언을 해주었다. 심지어 결혼이 성사하게 된 일화까지 이야기해 주었다.

"색시한테 편지를 보내놓고 회신을 기다리는 시간이 너무 길었어요. 기다리고 기다리던 끝에 색시한테서 답장이 왔지 뭡니까. 영옥이란 아가씨의 편지에는 미국에 가서 공부해서 간호사가 되겠다는 꿈이 깨알처럼 적혀있더군요. 길고도 많은 사연 속에 결혼해서 아이 낳겠다는 말은 한마디도 보이지 않았어요. 편지를 받아든 나는 도대체 결혼하자는 건지 공부를 시켜 달라는 건지 알 길이 없었어요. 그렇다고 난생처음 알게 된 색시를 실망하게 할 수는 없잖아요. 나이는 먹어가고, 결혼은 해야 하는데, 고민 끝에 무엇이든 다 들어주겠다고 적었지요. 이 길만이 홀아비를 면할 것 같았기 때문이었어요."

김 씨는 그렇게 맞이한 영옥이란 여자가 지금 자신의 색시가 되었다고 말했다. 영옥은 광선의 어머니와 고향이 같아서 매우 친하게 지냈다. 색시는 매일 광선의 집에 와서 광선의 엄마를 자기 엄마처럼 여기고 별별 하소연을 다 털어놓았다.

주일마다 색시는 남편인 김 씨를 데리고 광선의 집에 와서 함께 예배를 드리기도 했다.

영옥은 평양 근교의 작은 시골에서 자랐다. 시골에는 병자들이 많았다. 눈에 띄게 아픈 사람들이었고, 피부가 열려있는 사람, 눈이 붓고 거의 감겨버린 아이, 그리고 파리가 들끓는 상처들, 영옥은 환자들을 보면서 너무 놀라웠고 가슴 아팠다.

병자들은 아무런 도움도 받지 못했다. 약이나 치료는 고사하고 상처를 치료할 방법도 몰랐다. 신발도 없이 맨발로 걷는 사람들을 보며 발에서 흘러나오는 피는 영옥의 마음을 짓눌렀다. 그녀는 무엇보다도 그리스도의 일을 하며 이 땅에 사는 불쌍한 사람들을 도와주고 싶었다. 그 길이 고통스럽고 험난할지라도 영옥은 꼭 그런 일을 하고 싶었다.

그러던 어느 날, 미국인 여성 선교사가 목사님과 함께 마을에 나타났다. 그것도 마을 사람들을 돌보러 매주 화요일마다 왔다. 여성 선교사는 피와 고름이 흐르는 열린 피부에 소독하고 약을 바르고 상처를 감싸 주었다. 열이 나는 환자에게는 약을 처방해 주었다. 영옥은 그 모든 걸 눈으로 직접 보았지만, 그게 무슨 일인지 정확히 알지 못했다. 다만 미국인 선교사가 하는 일이 사람들에게 큰 도움이 된다는 것만은 알 수 있었다.

시간이 흐르고 영옥은 자신이 해야 할 일이 무엇인지 점점 더 뚜렷하게 알게 되었다. 그녀는 간호사가 되어 가난한 사람들에게 의술을 제공하겠다고 결심했다.

그때부터 영옥의 꿈은 간호학을 공부하는 것이었다. 간호학을 공부하면 아픈 사람들에게 약을 줄 수 있을 것으로 생각했다. 영옥은 미국에 가서 그리스도 선교 공부를 하고 간호학을 공부할 방법을 모색했다.

영옥은 꿈을 이루기 위해서는 미국에 가야만 한다고 믿었다. 그리스도의 길도 함께 걸어야 한다는 생각으로 교회에 나가 성경 공부를 열심히 했다. 정식 학교는 아니었지만, 교회에서 공부할 수 있다는 사실이 영옥에게는 큰 희망이었다. 그곳에서 중학교 과정도 마쳤고 친구들도 만났다.

하루는 친구 순애가 새로운 이야기를 들려주었다. 순애는 결혼해서 미국에 간 친구가 있다고 했다. "미국"이라는 말이 영옥의 귀에 번쩍 들어왔다. 순애는 숭덕교회에 다니는 집사님이 중매쟁이인데 집사님이 여러 사람을 미국으로 보냈단다. 순애는 미국에 간 친구들이 잘 살고 있다고 덧붙였다.

영옥은 귀를 의심했다. 뭔가 새로운 희망을 본 듯한 기분이었다. 마치 구세주를 만난 것처럼 가슴이 벌렁거렸다. '미국에 갈 수만 있다면?' 그때부터 영옥은 순애와 함께 교회 뒤뜰로 나가서 중매쟁이의 소식을 주고받았다. 가능성이 눈에 보이는 것 같았다.

"너 중매쟁이 만나 봤어?"

"중매쟁이를 본 일은 없는데 미국에 간 친구한테서 들었어. 중매쟁이가 여러 사람 보냈대. 가서 잘 산다더라."

"너도 미국에 가고 싶어?"

"나도 중매쟁이를 만나볼까 해."

영옥은 그날 이후 고민에 빠졌다. 미국에 가고 싶은 마음이 굴뚝같았기에 집에서 보내는 세월이 더욱 따분하고 지겨웠다. 물동이를 이고 우물가에 가 보면 언제나 아낙네들이 모여 앉아 빨래하고 있었다. 아기를 등에 업고 빨랫방망이를 두드리는 여자들이 가련해 보였다. 먹을 게 없어서 배를 곯는 아이들이 우물가에서 빨래하는 엄마 곁을 떠나지 않았다. 날감자를 물에 씻어서 그냥 먹기도 했다.

아버지 없이 오빠가 집안의 대들보 역할을 대신하고 있었다. 오빠는 면사무소에서 임시 서기로 일하며 식량을 배급받아 왔다. 덕분에 영옥네 가족은 남들보다는 곤궁하지 않았지만, 그렇다고 풍족하지도 여유롭지도 않았다. 평양에는 여자 중학교가 있었고 조금 잘 사는 집 딸들은 중학교에 다녔다. 그러나 영옥은 국민학교만 나오고 중학교에는 가지 못했다. 중학교에 다니는 아이들을 보면 부러움이 밀려왔다. 그들의 세상이 부러워서 교회 학교에서 더 열심히 공부했다. 선교사가 영어도 가르쳤는데 영어를 배우면 배울수록 미국에 가고 싶다는 마음이 커져만 갔다.

고민 끝에, 순애와 함께 중매쟁이 집사님을 만나보기로 했다. 그때가 가을 초입이었다. 추석이 오려면 아직 멀었는데 벌써 벼 이삭은 고개를 숙이고 있었다. 영옥과 순애는 숭덕교회로 중매쟁이 집사님을 찾아갔다. 그날은 예배가 끝난 후 늦게 교회에 갔기에 중매쟁이 집사님을 만나지 못했다. 만나지도 못하고 돌아오는 발길이 의외로 홀가분했다. 마치 숙제를 다 해낸 것처럼 마음이 가벼웠다. 집에 와서 또다시 중매쟁이를 만나 볼까 말까 하는 고민은 계속됐다. 고민을 안고 일주일을 씨름하다가 다시 시도해 보기로 했다.

가을 햇살이 눈부시게 빛나던 오후, 순애와 함께 숭덕교회로 향했다. 숭덕교회 앞 길가에서 만난 중매쟁이 집사님은 달리 긴말은 하지 않았다. 그저 다음에 올 때는 각자 사진을 가지고 오라는 간단한 말만 남겼다.

"사진을 남자에게 보여줘야 해요, 잘 나온 사진으로 가져오세요."

사진을 남자에게 보여준다는 말에 영옥은 가슴이 두근거렸다. 영옥과 순애는 사진관에 들렀다. 처음 찍는 독사진이었다. 사진을 찍고 현상되기까지 며칠이 걸린다는 말을 듣고 사진관을 나왔다. 그날, 그녀의 마음은 묘한 감정으로 가득 차 있었다. 중매쟁이가 말한 대로 사진을 준비해야 하는 일이 조금씩 구체화 되면서 영옥은 이 길이 맞는 길인지, 아니면 다른 선택이 있는 건지, 그녀의 고민은 깊어만 갔다.

때때로 18살 그녀를 궁금하게 했던 것은 무엇이 자기를 유혹하는지 분명하지 않다는 사실이었다. 중매쟁이? 미국? 결혼? 무료 교육? 아니면 단순히 집을 뛰쳐나가고 싶은 마음? 영옥은 그것이 무엇인지 알 수 없었다.

영옥과 순애는 중매쟁이 집사님이 이끄는 대로 그녀의 방으로 들어갔다. 방 안에는 작은 밥상 같은 테이블이 놓여 있었다. 중매쟁이는 성경과 찬송가가 들어 있는 가방을 열고 그 속에서 흰 봉투 하나를 꺼냈다. 봉투를 열자 여러 명의 젊은 남자들 사진이 가지런히 들어 있었다. 중매쟁이는 사진들을 테이블 위에 쭉 나열해 놓고 말했다.

"고르세요. 마음에 드는 남자를 고르면 됩니다."

영옥은 얼굴이 달아올랐다. 사진으로나마 이렇게 직접 남자들 얼굴을 대하기란 처음이었다. 남자들 하나하나가 서로 다른 표정으로 사진 속에 있었다. 그 남자가 그 남자 같았다. 모두 다 낯설게만 느껴졌다. 사진 속의 얼굴들이 서로 겹쳐 보였지만, 영옥은 그들 중 누구에게도 제대로 눈을 맞추지 못했다.

옆에 있던 순애가 한 남자의 사진을 집는 바람에 순애의 존재를 의식했다. 영옥도 어느 남자이건 집어야 한다는 압박을 느꼈다. 얼떨결에 머리숱이 많아서 얼굴이 작아 보이는 남자를 집었다. 실은 넥타이를 매고 있기에 집었다고 하는 말이 맞을 것이다.

"이제 각자 고른 남자에게 여자의 사진을 보내고 답신을 기다리면 됩니다."

중매쟁이 집사님의 말이 선고를 내리는 판사의 말처럼 준엄하게 들렸다.

영옥은 순애와 함께 독사진을 중매쟁이에게 건네주고 남자 사진을 받아 들었다. 사진 속의 남자는 실물이 아니었지만, 그 존재가 진짜인 것처럼 느껴졌다. 그저 사진 하나로 가슴이 두근거렸다. 실물도 아닌 사진에 이렇게 마음이 떨릴 수 있다는 것이 이상야릇하고 놀라웠다. 영옥은 남자 사진을 깊숙한 곳에 감추고 중매쟁이와 헤어졌다.

사진과 함께 돌아오는 길이 마치 남자의 품에 안긴 것처럼 설레고 떨렸다. 가을바람은 차가웠지만, 그녀의 심장은 빠르게 뛰고 있었다. 무엇이 이렇게 떨리게 만드는지 알 수 없었다. 마음속 깊은 곳에서 울려오는 감정은 낯설지만 황홀했다. 단지 사진 한 장만으로 마음을 흔들리게 할 수 있다는 힘이 무엇인지 헤아리지 못했다.

그날 밤, 영옥은 자리에 누워 사진 속 남자의 얼굴을 떠올리며 자꾸만 미소 지었다. 사진 하나에 이렇게 마음이 설레는 것이 그녀에게는 조금 생소하고도 야릇했다.

영옥은 중매쟁이를 만났다는 사실을 엄마에게도 말하지 못했다. 집 안에는 아버지 대신 엄격한 오빠가 있었고 오빠는 무서웠다. 오빠가 이 사실을 알면 영옥의 다리몽둥이를 분지르고 말 것이다. 그렇다고 몰래 집을 나설 수 있는 상황도 아니었다.

중매쟁이는 영옥에게 호적등본을 떼 오라고 했다. 그 말은 마치 청천벽력처럼 그녀를 덮쳤다. 호적등본을 떼려면 면사무소에 가야 하는데 그곳은 바로 오빠가 근무하는 곳이었다. 어떻게 오빠 몰래 그런 일을 할 수 있을까? 영옥은 그저 생각만 해도 무서웠다.

애당초 되지도 않을 소리였다. 그것도 모르고 중매쟁이는 호적등본이 필요하다면서 설명도 하고 간청도 하면서 요구했다. 중매쟁이는 결혼이 성사되든 안 되든 수수료를 받는 일이어서 호적등본이 꼭 있어야만 했다. 끈질기게 재촉하는 중매쟁이의 압박을 견디다 못한 영옥은 결국 엄마에게 말하기로 마음먹었다.

한국의 가을 날씨가 늘 그러하듯이 그날도 쾌청하고 맑았다. 영옥은 마음을 다잡고 대청마루에 앉아 있는 엄마와 마주 앉았다. 상의할 일이 있다고 말을 꺼냈다. 엄마는 아무 생각 없이 마른 고추만 다듬고 있었다.

"엄마."

일단 엄마를 불러보았으나 다음 말은 나오지 않았다. 한참을 꾸물대다가 말했다.

"부탁이 있어."

엄마는 딸의 말을 듣는 둥 마는 둥 고추 다듬는 일을 멈추지 않았다.

"호적등본이 필요해."

"호적등본은 왜?"

그제야 엄마는 한마디 했다.

"나. 미국에 가는데. 호적등본이 있어야 한대."

떠듬떠듬 말을 이어갔다. 그때처럼 말하는 게 어려워 본 적은 없었다.

"미국에 가다니? 어떻게?"

엄마는 눈을 크게 뜨고 물었다. 영옥은 사실을 숨길 수 없었다. 좋게 좋게 말을 순화시켜 가면서 이야기했건만, 영옥이 미국에 사진 신부로 가겠다는 말은 엄마를 놀라게 하고도 남았다.

"엄마, 나… 미국에 가서 공부해서 간호사가 되려고 해. 중매쟁이가 그런 기회를 주겠다고 했어."

그러나 엄마는 얼굴이 하얗게 변하면서 눈이 동그래졌다. 목소리를 한껏 높였다.

"무슨 미친 소리야? 너!!!"

엄마의 목소리가 너무 크고 날카로워서 지나가던 사람들도 다 들을 정도였다. 영옥은 화들짝 놀라며 움찔했다. 이렇게까지 경악할 일인가? 하는 의문이 들었다. 하지만 엄마의 눈빛과 목소리에서 느껴지는 충격은 예상을 뛰어넘는 반응이었다.

"미쳤어, 정말! 그런 일은 있을 수 없어!"

엄마는 다듬던 고추 소쿠리를 세차게 걸어차며 소리쳤다. 고추들이 마루에 흩어져 굴러갔다. 영옥은 놀라움과 당황함 속에서 엄마를 바라보았다. 그녀는 엄마가 그 정도로 분노할 줄은 꿈에도 몰랐다.

엄마는 분노의 감정을 참지 못했다. 영옥이 방에서 나오는 것도 허락하지 않았다.

"넌 내 허락 없이는 아무 데도 못 가!"

중매쟁이를 못 만나게 했다. 영옥을 방에 가두고 밖에 못 나가게 감시했다. 방에 가두는 것만 아니라 엄마는 늘 화난 표정으로 무뚝뚝하게 말하거나 고함을 지르거나 방문을 세차게 닫음으로써 화가 났다는 걸 보여 주려 했다.

엄마는 오빠의 노여움이 두려웠던지 알리려 하지 않았다. 거의 한 달이 다 되어 가던 날, 드디어 엄마가 오빠에게 이 사실을 말해주었다. 아니나 다를까 오빠는 깜짝 놀라 입을 딱 벌렸다.

"어머니, 그런 말도 안 되는 소리 하지 마세요! 내 심장이 쿵 하고 떨어집니다! 그따위 말 다시 듣고 싶지 않으니 내 앞에서 꺼내지 마세요."

오빠의 얼굴은 순식간에 벌겋게 달아올랐고 목소리는 무겁게 가라앉아 있었다. 분노의 기운이 방 안을 가득 채웠다. 예상대로 오빠는 사실을 받아들일 준비가 되어 있지 않았다. 오빠는 그 말을 끝으로 방문을 세차게 열고 나갔다.

머칠 후 어느 날 밤, 영옥은 오빠의 방에 불러 갔다. 밤의 어둠이 집안을 감싸고 있었다. 침묵 속에서 그녀의 심장은 빠르게 뛰었다. 무슨 일이 일어날지 알 수 없었다. 그녀는 두려운 마음에 몸이 떨렸다.

오빠는 차가운 얼굴로 그녀를 기다리고 있었다.

"앉아."

오빠가 냉혹하게 말했다. 영옥은 고개를 들지 못한 채 무릎을 꿇고 앉았다. 그 순간 미국에 가고 싶은 열망은 어느새 사라지고 없었다. 그저 오빠의 노여움이 풀렸으면 하는 마음뿐이었다.

"너, 무슨 소리를 한 거야?"

오빠의 목소리는 예상보다 더 큰 톤으로 울려 퍼졌다. 영옥은 아무 말도 할 수 없었다. 모든 말은 입안에서 멈췄다. 오빠의 눈빛은 실망과 분노로 가득 차 있었다. 영옥은 두려움 속에서 숨조차 제대로 쉬지 못했다.

갑자기 오빠는 오른손을 뻗어 영옥의 뺨을 때렸다. 눈에서 불이 번쩍하면서 영옥은 세상이 멈춘 것처럼 느껴졌다. 영옥은 놀라웠지만, 이상하게도 마음은 가라앉았다. 오히려 후련했다. 오빠는 아무 말 없이 방을 나갔다. 영옥은 멍하니 그 자리에 앉아 있었다.

사실 한국의 봉건 사회에서 사진 신부가 된다는 것은 불명예스럽고, 수치스러웠고, 자랑할 만한 일이 못 된다. 그런데도 오빠는 여동생이 일으킨 집안의 굴욕스러운 스캔들을 참아주는 인내심 있는 오빠였다.

한 달이 거의 다 되어갈 무렵, 호적등본을 본인의 손으로 떼어다 주면서 그녀가 떠날 수 있도록 도와주었다. 영옥이 떠날 때가 되었을 때 오빠는 영옥에게 양장 한 벌을 마련해 주었다. 떠나는 날 평양 기차역까지 함께 갔다. 기차를 태워주면서 눈물까지 흘렸다. 둘이서 엄청나게 울었다.

영옥은 기차 타고 부산까지 가는 내내 울고 또 울었다.

*

제1차 세계대전이 발발하면서 수은의 수요가 급증했다. 이로 인해 수은 광산에서 일하는 인력도 급격히 증가했다. 특히 한인 노동자들이 중요한 역할인 채굴 작업을 도맡았다. 채굴 노동자 10명 중에 한국인이 6명이었다.

수은 광산에서 일하는 한인 노총각 중의 한 사람이었던 김 씨는 이제 겨우 노총각을 면했다. 옆집에 사는 이 선생도 곧 노총각을 벗어날 것이다. 이 모든 것이 높은 임금 때문에 얻은 혜택이었다. 하지만 하루에 5달러라는 높은 임금 이면에는 위험이 도사리고 있었다.

노동자들은 다 알고 있었다. 수은을 덥힐 때 발생하는 수증기를 장기간 흡입하면 사망할 위험이 있다는 사실을. 그런데도 많은 사람이 높은 임금 때문에 위험한 작업에 종사할 수밖에 없었다.

미국에는 당시 수은 광산이 두 군데밖에 없었다. 하나는 로키산맥에 있었고, 다른 하나는 이드리아 캘리포니아의 수은 광산뿐이었다. 이 광산들은 미국 내에서 중요한 수은 공급처였다. 제1차 세계대전 동안 수은의 중요성이 더 커지면서 이곳에서 일하는 노동자들도 증가했다.

수은 채굴은 매우 위험한 과정이었다. 그중에서도 '황화수은(Cinnabar)'을 채굴하여 수은을 추출하는 작업은 특히 고된 일이었다. 황화수은은 붉은색을 띠어 비교적 쉽게 식별할 수 있지만, 이 광석은 매우 단단해서 분쇄기를 사용해 작은 조각으로 부수어야 했다. 광석의 크기가 작을수록 수은 추출 효율이 높아지기 때문에 작업자는 더 작은 조각으로 만드는 과정에 신경을 써야 했다.

분쇄한 황화수은 광석을 용광로에 넣고 고온에서 가열해야 한다. 이 과정에서 황화수은이 증발하며 수은 증기가 방출된다. 이 증기를 냉각시켜 액체 수은을 수집한다. 액체 수은은 매우 무겁기에 손으로 들어 올릴 수 없을 정도다. 액체로 정제된 수은은 중요한 산업 자원으로 활용했다.

수은 채굴과 추출 작업은 매우 위험해서 전문 장비와 안전 관리가 철저히 요구되었다. 고온에서 일하는 작업은 특히 위험을 동반했다. 아버지는 바로 이 가장 위험한 과정 즉 용광로에서 작업하는 일을 담당했다.

광선은 자나 깨나 늘 아버지가 걱정됐다. 불안한 마음을 떨칠 수 없었다. 아버지가 일하는 용광로는 아무리 생각해도 너무 위험해 보였다. 뜨거운 불길 속에서 수은을 추출하는 작업은 말 그대로 사투였다. 아버지는 용광로 앞에서 15피트 길이의 긴 철봉으로 용광로를 계속해서 휘젓는다. 불을 관리하고 수은을 잘 추출하려면 일정한 온도를 맞추는 게 관문이다.

작업장에서 마스크를 착용해도 용광로에서 나오는 강력한 수은 증기를 막기엔 역부족이었다. 광선은 아버지가 이런 위험을 감수하는 이유를 알고 있다. 돈이 없으면 가족이 먹고살 수 없기 때문이었다.

수은 광산이 위치한 산은 주변의 모든 생명을 빼앗아 갔다. 나무한 그루 자라지 않았다. 온통 벌거숭이 민둥산이 되어버린 풍경은 광선에게 너무나 낯설고 서늘했다. 산에서 자주 불어오는 바람은 죽은땅 위를 스치는 냉기처럼 느껴졌다. 수은의 독성은 사람만이 아니라모든 생명에게 치명적인 위협이 되었다.

아버지가 일하는 광산에서 생산된 수은은 금 채굴을 위한 아말감, 거울, 나침반, 온도계 등으로 사용되는가 하면 우리가 모르는 군사 분야에서도 귀중한 광물로 쓰이고 있었다.

아버지는 수은 광산에서 2년 반 일했다. 광선은 어린 마음에도 늘아버지가 힘들게 일하는 모습을 보고 자랐다.

어머니는 1915년, 샤롯(Charlotte, 혜선)을 낳고, 2년 후에 에디(Eddie, 락선)를 낳았다. 형제가 9명이 됐는데 한 살 터울도 있고 두 살터울도 있다. 아버지가 한학을 공부했기에 형제들은 '선(善)' 자 돌림의이름을 가질 수 있었다. 에디는 한국 이름으로는 '락선(樂善)'이고, 샤롯은 '혜선(惠善)'이다.

에디는 귀여운 아이였다. 광선은 항상 에디를 업고 다녔기에 사람들은 에디를 그녀의 아이로 착각하곤 했다.

김 씨네 새댁이 임신하면서 엄마에게 물어보는 게 많았다. 아기를 어떻게 출산하는지, 산후조리는 어떻게 해야 하는지, 육아 문제까지 묻곤 했다. 아기 안는 실습도 한다며 에디를 안아보고 업는 연습을 하기도 했다.

"아기띠를 높게 매야지요. 아기 목 부러지게 생겼어요."

"그래? 그러면 이쯤 올려 매면 될까?"

"조금 더 치켜올려 매세요."

광선은 새댁보다 나이는 어리지만, 아기를 기르는 일에 경험이 많았다. 아기 안는 방법이나 업는 요령이 풍부했다. 광선은 새댁이 그런 걸 모른다는 사실에 조금 의아했다. 무슨 여자가 그런 것도 모르나? 하는 의문이 들었다. 새댁은 자주 아기를 안아보는 연습을 했다.

광선은 아버지가 앓고 있는 모습을 보며 마음이 무겁고 조마조마했다. 아버지가 수은 광산에서 일한 지 2년이 넘으면서 몸이 점점 쇠약해졌다. 지난밤에는 심하게 기침하더니 자리에서 일어나지 못했다.

어머니와 광선은 걱정스러운 마음을 숨길 수 없었다. 아버지가 아프면 큰일이다. 돈 벌어오는 사람은 아버지뿐인데. 집안은 어떻게 될까? 걱정이 태산 같았다.

"광선아, 냉수 한 대접 떠와라."

엄마가 말했다. 광선이가 방문을 열고 들어섰다.

"아버지. 여기 물 있어요."

아버지는 냉수 한 사발을 숨도 안 쉬고 벌컥벌컥 마셨다.

"어휴. 시원하다."

한마디 하고는 자리에 누웠다. 아버지가 이드리아 수은 광산에서 일을 시작한 지 2년이 넘으면서 병이 났다. 시름시름 몸이 쇠약해지면서 더는 광산 일을 할 수 없게 되었다. 아버지가 아프다는데 광선이는 엄마보다 더 걱정이 앞섰다. 이미 여러 번 겪어 봐서 아는 건데 아버지가 돈을 못 벌면 집안이 파탄 난다는 걸 알고 있었기 때문이다.

아버지의 건강이 안 좋다는 건 이미 여러 번 겪어봐서 알고 있었지만, 이번에는 다르게 느껴졌다. 아버지가 건강을 회복하지 못한다면 집안은 더는 버틸 수 없다는 생각에 밤마다 잠이 오지 않았다.

아버지의 건강 상태는 날이 갈수록 증상이 두드러지게 나타났다. 이빨이 빠지고 혀는 검게 변해갔다. 눈이 급격히 침침해져서 세상이 뿌옇게 보였다. 건강은 날이 갈수록 나빠져만 갔다.

그러던 중에 광선은 한 가지 소문을 들었다. 한국인들이 북부 캘리포니아 윌로우즈에서 쌀농사를 지어 큰돈을 벌었다는 이야기가 돌고 있었다. 그중에서도 아버지의 친구인 김종림이 콜루사에서 큰돈을 벌었다는 소문이 자자했다. 윌로우즈와 콜루사는 지척 간의 거리다. 아버지는 친구 김종림에게 간절한 바람과 희망이 담긴 편지를 썼다.

광선은 다음날 식료품을 싣고 온 트럭 운전사에게 편지를 부쳐달라고 부탁했다.

태극 마크 하늘로 날다

백형, 고생하지 말고, 이리로 오시오. 나는 지금 쌀농사를 짓는
데 내 농장에서 일하는 사람만도 50명이 넘소이다. 백형도 이곳
에 와서 나와 함께 쌀농사나 지읍시다.

아버지는 김종림의 편지를 보고 광산 일을 그만두고 농사로 전환
할 결심을 굳혔다.

더군다나 아버지의 건강이 나빠지면서 더는 광산 일을 할 수 없다
는 것을 알고 있었기에 쉽게 받아들였다. 이번 결정은 광선에게 새로
운 희망을 안겨주었다. 아버지가 말한 대로 도시에 나가서 공부할 기
회가 생길지도 모른다는 생각에 마음이 설렜다.

"여보, 김 형한테서 온 편지 좀 보시오. 김 형이 크게 성공한 것 같
소. 우리도 대처에 나가 농사를 지읍시다."

아버지가 말했다. 광선은 아버지의 말을 듣고 가슴이 설렜다. 아버
지가 농사로 전환하겠다고 결심한 것은 단순히 일이 잘 풀리기 때문

만이 아니었다. 아버지와 어머니는 그동안 아이들을 위해 어떤 선택을 해야 할지 고민해 왔다. 광선은 그 고민을 이미 엿보고 있었다. 아버지가 가기로 한 농장은 김종림의 큰 농장이었다. 50여 명이 넘는 사람들이 일하는 농장이라니, 그 규모도 대단했다. 그리고 그곳에서의 새로운 삶은 그들에게 필요한 변화였다.

"당신 몸도 성치 않은데 광산 일은 그만해야지요. 아이들 교육도 그렇고 도시로 나가야 해요. 명선이, 광선이가 고등학교에 갈 나이가 지났는데 공부해야지요."

어머니는 아버지의 건강을 걱정하며 아이들이 더 나은 환경에서 교육을 받아야 한다고 했다. 광선은 희망에 부풀었다.

"맞아요. 그동안 너무 가난해서 아이들 공부도 못 시켰는데 이제는 조금이나마 살 만하니까 눈 딱 감고 대처로 나갑시다."

광선은 가슴이 벅차올랐다. 산골 마을을 떠나 도시에 나가 학교에 다닐 수 있을 거라는 생각에 흥분이 가라앉지 않았다.

광선은 십 대였던 만큼 어머니와 아버지가 나누는 이야기를 듣고 그녀는 바로 상황을 파악했다. 항상 답답하게 느껴졌던 이드리아 수은 광산에서 학교가 있는 도시로 나갈 수 있다는 것은 그동안 꿈꾸었던 일이었다. 광선은 친구 한 명 없이 외롭고 심심한 생활을 보내야 했던 자신을 생각하며 도시에 가면 친구들도 사귈 수 있을 것이라는 기대에 부풀었다.

3년 만에 돌아온 농촌 지역은 광선에게 낯설지 않았다.

광선이네 가족은 월로우즈에 도착하자마자 가장 먼저 살 집을 찾느라 고생했다. 동양인은 백인들의 거주지에서 살 수 없었기 때문이었다. 시내를 벗어나 철길을 넘어가면 비로소 중국인들이 모여 사는 동네가 나왔다. 중국인 동네 한쪽에는 '홍등가'로 불리는 곳도 있었다. '홍등가'가 들어서면서 원래부터 살던 중국인들은 동네를 떠났다. 중국인들이 떠난 동네는 빈집들이 남아돌았다.

아버지는 그곳에 자리 잡기로 했다. 그 지역에서 살던 중국인들은 거의 다 떠나고 없었다. 유일하게 남아 있는 집은 늙은 중국인 부부가 운영하는 '차우메인'과 술을 파는 집이었다. 동네야 어떻든 광선이네 가족은 어쩔 수 없이 빈집에 들어가서 살기로 했다. 방이 셋이나 있는 큰집이었다. 집은 괜찮은데 밤이면 동네가 시끄러웠다. 집안에 붉은 등을 켜놓고 젊은 중국 여자들이 앉아 있었다. 밤새도록 불을 끄지 않았다. 밤이면 와자지껄 떠드는 소리로 늘 소란했다.

아침에 나가 보면 언제 그랬더냐는 식으로 조용한 동네다. 아무튼 광선이네는 그곳에서 살기로 하고 집 청소부터 했다.

광선이는 명선 오빠와 함께 고등학교에 입학했다. 동생들도 모두 학교에 다니게 되었다. 하지만 학교생활은 생각만큼 순탄치 않았다. 백인 선생님은 물론 같은 반 아이들까지 광선을 바라보는 시선이 냉랭하고 불편했다. 학교에 다녀본 경험이 있었던 광선이는 그 시선들이 얼마나 날카롭고 불편한지 잘 알고 있었다.

다행히 광선이 외에도 한국인 학생들이 두 명 있었다. 도로티(Dorothy)와 수잔(Susan)이었다. 두 친구 덕분에 조금은 위안을 얻을 수 있었다. 동양인으로서 혼자만이 아니라는 사실은 그만큼 겪어야 할 위험 요소가 줄어들었다는 의미다. 거기에다가 광선이는 덩치가 커서 아이들이 함부로 무시하거나 덤벼들지 못했다.

1912년, 감자 농사에 실패한 후, 아버지는 이드리아 수은 광산으로 들어갔고 파트너였던 김종림은 윌로우즈(Willows) 근처의 콜루사(Colusa)에서 벼농사에 뛰어들었다. 당시 동양인은 땅을 살 수 없었다. 김종림은 '십분경작' 방식으로 농사를 짓기 시작했다. 이 방식은 농부가 백인의 땅을 임대받아 경작하는 것이었다. 소출의 10%만 취득하고 나머지 90%는 땅 주인에게 돌아가는 계약이다. 그런데도 김종림은 이를 통해 첫발을 내디뎠다.

김종림은 차츰 농지를 넓히며 성장했다. 2년 후, 그는 100에이커(13만 평) 규모의 논에서 벼농사를 짓기 시작했는데 해를 거듭하면서 풍작으로 큰돈을 벌었다. 이를 바탕으로 재배농지를 더 확장했다. 3,400에이커(420만 평)에 달하는 넓은 논에 볍씨를 뿌렸다. 엄청난 양의 쌀을 생산하게 되었다. 소문의 속도는 빨라서 그의 쌀농사 성공담은 한인 사회에 급속도로 퍼져나갔다. 김종림은 '쌀의 대왕'이라는 명성까지 얻게 되었다.

때마침 제1차 세계대전(1914~1918)이 겹치면서 쌀값이 폭등했다. 김종림은 이 기회를 놓치지 않았다. 사업가로서의 기반을 확고히 다지며 대부호로 성장했다. 그의 재산은 이제 상상을 초월할 정도로 많이 불었다. 그리고 1918년 3월 10일, 그는 백 엘리스와 결혼했다. 두 아들과 딸 하나를 둔 가정을 꾸렸다.

김종림의 삶은 정말로 엄청나게 풍요로웠다. 대저택을 소유하고 고급 승용차를 타고 다니는 모습은 그의 경제적 성공을 잘 보여주었다. 사생활보다 그가 진정으로 큰 인물로 여겨진 이유는 독립운동에 기여(寄與)했기 때문이다.

그는 이승만 독립운동가에게 거액을 기부했다. 독립을 위한 투자에는 아끼지 않는 모습이었다. 김종림에게 있어 재정적 성공은 단지 개인적인 이익을 위한 것이 아니었다. 그는 대한민국의 독립을 위한 기부에는 누구보다도 앞장섰다.

김종림의 성공적인 쌀 농업 경영은 단순히 개인의 성공을 넘어 다른 농민들에게도 큰 영향을 미쳤다. 한인 사회는 그의 성공을 통해 자신들의 꿈도 실현 가능하다는 믿음을 가지게 되었다. 그를 본받아 농업에서 성공할 수 있다는 자신감을 얻었다.

1920년 초, 대한민국 임시정부는 독립을 위한 투쟁을 한층 강화하기 위해 '독립전쟁의 해'를 선포하고 비행사 양성소를 설립할 방침을 세웠다. 이 소식이 미주 한인사회에 전해졌다. 김종림은 임시정부 군무총장인 노백린과 함께 비행사 양성소를 설립하기로 했다.

김종림은 단순히 자금 지원에 그치지 않았다. 그는 이 사업에 거금

3만 달러를 투자했다. 자신이 가진 자산을 전부 쏟아붓기로 마음먹었다. 비행사 양성소 설립을 위해 미국인 교관 1명과 한국인 교관 6명을 고용했다. 비행기까지 주문했다. 김종림은 비행기 훈련이 독립을 위한 중요한 무기라고 믿었다. 그것이 한국인들에게도 실질적인 힘이 될 것이라고 확신했다.

그가 설립한 비행학교는 단순히 훈련소 이상의 의미를 지니게 되었다. 김종림은 이 학교의 총재로서 학교를 이끌었다. 총무는 노백린(상해 임시정부 요원)이 맡았다. 서기에는 강영문이 선임되어 임원진을 구성했다. 비행학교는 그들의 열정과 노력으로 점차 확장되어 나갔다. 그들은 19명의 학생을 선발하여 훈련을 시작했다.

김종림은 이 양성소가 단순히 비행사를 양성하는 곳이 아니라 독립운동의 중요한 전초기지가 될 것이라 믿으며 한층 더 강한 의지를 다졌다.

광선이는 김종림이 어떤 결단을 내렸는지, 그가 어떤 열정과 신념으로 비행학교 설립을 추진했는지 많은 이야기를 들어서 잘 알고 있었다. 그가 아버지의 친한 친구라는 사실에 광선도 자부심을 느꼈다.

1920년 6월 22일, 첫 번째 비행기가 도착했다. 이틀 뒤에는 두 번째 비행기도 도착했다. 두 대의 비행기에는 선명한 태극마크가 그려져 있었다. 그 옆에는 'K.A.C.'라는 글자가 적혀있었다. 'K.A.C.(Korean Aviation Corps)'는 대한민국항공클럽의 약자였다. 이는 대한민국 최초로 태극마크가 그려진 비행기가 하늘을 나는 역사적인 순간을 의미했다.

광선이는 아버지와 어른들이 모여 앉아 "이 비행기들이 단순한 기계가 아니라, 독립을 위한 꿈과 의지를 실은 상징적 존재"라고 하는 말을 들었다. 교포들은 마음이 설레고 들떠있었다. 곧 비행기들은 독립 전쟁에 투입될 것으로 믿었다.

비행기 수는 점차 늘어났다. 6대까지 증가했다. 비행사 양성소는 단순히 훈련만을 목표로 한 것이 아니었다. 노백린은 학생들에게 항상 강조했다.

"우리의 최종 목표는 도쿄 시내를 쑥대밭으로 만드는 것이다. 일본 제국에 대한 공중 전투 능력을 확보하는 것이 우리가 해야 할 일이다."

그는 또 다른 꿈을 품고 있었다. 바로 만주 독립군을 지원할 수 있는 공군력을 양성하는 것이었다. 그 꿈은 당시 많은 사람에게 커다란 희망을 안겨주었다. 한인 사회에서 이 비행학교는 그 자체로 중요한 상징이었다.

하지만 비행학교는 의욕만큼이나 큰 어려움에 직면했다. 계획과 설계가 부족했던 탓에 많은 문제가 발생했다. 특히 1920년 추수기에 대홍수가 닥쳐 김종림의 쌀농사가 큰 피해를 입었다. 결국 1921년 4월 중순, 비행사 양성소는 문을 닫을 수밖에 없었다. 비록 비행학교는 단기적으로 실패했지만, 그 시도는 대한민국의 독립을 위한 중요한 노력으로서 큰 의미를 지녔다.

광선이는 커가면서 아버지 친구 김종림과 노백린이 품었던 꿈과 열정을 생각해 보지 않을 수 없었다. 그들이 남긴 흔적은 한인 사회와 독립운동 역사에 큰 발자국을 남긴 게 분명했다.

광선이는 아버지가 김종림의 쌀 농장에서 일을 시작한 뒤, 그 변화가 일상에 미친 영향을 잘 기억하고 있었다. 쌀 농장에는 많은 한국인이 일하고 있었지만, 드넓은 농지에 흩어져 일하느라 서로 만나 보지는 못했다. 광선이 역시 일하는 한국인들의 얼굴이나마 볼 기회도 드물었다. 그저 아버지가 일하고 있다는 사실만은 분명했다.

그 시기, 독립을 위한 주요 세력들은 이승만 계열의 동지회와 안창호 계열의 국민회로 나뉘어 심하게 대립하고 있었다. 아버지는 분명히 안창호의 국민회를 지지했고 김종림은 이승만을 지원하는 사람이었다. 두 독립지도자의 관계는 말로 표현할 수 없을 만큼 복잡했다. 그러나 아버지는 언제나 독립을 위한 신념을 잃지 않았다. 매달 독립금을 10달러씩 국민회 본부로 보내는 것을 잊지 않았다. 아버지는 독립금 납부를 단 한 번도 거르는 일이 없었다.

광선이는 어릴 적부터 아버지의 독립에 대한 헌신을 보며 자랐다. 밥은 굶을지언정 독립금을 거르는 일은 없었다. 아버지는 명선 오빠가 18세가 되자 명선의 이름으로도 독립금을 내기 시작했다. 그것은 단지 돈을 보내는 일이 아니라 아버지에게 있어서 독립은 민족의 얼을 계승하는 것이었고 삶의 일부분이었다. 그에게는 매우 중요한 의식이었다.

광선이는 그런 아버지의 모습을 보며 자랐다. 독립을 향한 아버지의 확고한 신념과 헌신은 그녀에게 큰 영향을 미쳤다.

　광선이는 밤마다 일어나는 소란에 익숙해져 있었다. '홍등가'라는 동네는 백인 젊은이들이 노동을 마친 뒤 자주 몰려드는 곳이었다. 그날 밤도 예외는 아니었다. 백인들이 소리를 지르며 난리법석을 피우고 있었다. 광선이는 그저 그런 거려니 하고 별로 신경도 쓰지 않았다. 그곳에서 일어나는 소동은 이미 일상처럼 느껴졌기 때문이다.

　그러나 그날 밤은 달랐다. 갑자기 여자의 비명이 들렸다. 비명은 짧고 절박했다. 찢어지는 여자 목소리, 곧 죽어가는 소리였다. 광선은 무슨 일이 일어났나 싶어 창문을 열고 내다보았다. 그곳에서 예상치 못한 장면을 목격하게 되었다. 바로 고등학교 역사 선생님이 거기에 있는 게 아닌가.

　역사 선생님은 평소에 매우 고약한 성격으로 유명했다. 언제나 엄격하고 학생들에게 냉정하게 대하는 그였다. 하지만 그날 밤, 그는 전혀 다른 모습을 보이고 있었다. 중국 아가씨를 이리 밀치고 저리 밀쳐대며 난폭하게 행동하고 있었다. 평소와는 전혀 다른 상황이었기에 엄청난 충격을 받았다. 몸이 얼어붙는 것 같았다.

　선생님이 그런 모습으로 그곳에서 그런 일을 벌이고 있다는 사실이 믿기지 않았다.

　매일 매일 학교에서 겪어야 하는 고통스러운 현실에 광선이는 치를 떨고 있었다. 학교에는 러시아계와 독일계 선생님들이 몇 명 있었는데 그들은 동양 학생들에게 매우 거칠고 악독한 태도를 보였다. 그들은 미국 선생님보다도 훨씬 더 거칠었다. 특히 역사 선생님은 동양인을 업신여겼다. 입버릇처럼 비하하는 말을 쏟아냈다. "더러운 칭크들", "더러운 잽들"이라며 대놓고 욕했다. 그의 욕을 듣는 동양 학생들은 큰 상처를 입었다. 광선이도 그중 한 명이었다.

그날도 마찬가지였다. 공부 시간이었다. 선생님은 광선에게 모욕적인 말을 하면서 "더러운 칭크, 더러운 잽!"이라고 불렀다. 갑자기 광선의 가슴속 깊은 곳에서 불길이 일었다. 평소 부모님과 주변 사람들은 광선이를 똑똑하다고 칭찬했지만, 사실 광선이는 그저 입바른 소리를 잘하는 편이었다.

선생님이 하는 말을 듣자마자 광선이는 자리에서 벌떡 일어섰다. 마음에 억누르고 있던 분노가 치고 올라왔다.

"선생님, 선생님은 제가 중국인인지, 일본인인지 어떻게 아십니까?"

광선이의 목소리는 떨리면서도 확고하고 날카로웠다. 그러자 선생님이 말했다.

"그러면 너는 어디서 왔느냐?"

"나는 한국인입니다."

선생님은 광선이를 빤히 쳐다보고 있었다. 광선이는 다시 선생님에게 말했다.

"한국인도 모르면서 어떻게 역사 선생님을 하시지요?"

빈정대는 말에 교실 안의 공기는 일순간 정적이 흘렀다. 선생님은 화난 얼굴로 광선에게 욕을 해댔다.

"너 자리에 앉아. 못돼먹은 것. 지옥에나 가라."

광선이를 꾸짖었다. 선생님은 학생들에게 거칠고 폭력적인 어투를 자주 썼다. 툭하면 욕도 하고 소리를 "꽥" 지르기도 했다.

"내가 싫으면 나가. 꺼지란 말이야."

선생님이 하는 소리가 들렸지만, 광선이는 꾹 참고 자리를 지켰다. 수업이 끝난 후 급우들이 모두 나가기를 기다렸다가 선생님과 마주 섰다. 마주 서서 선생님이라고 부르지 않고, 그의 첫 이름을 불렀다. 그의 이름은 해리 던컨(Harry Duncan)이어서 학생들은 "미스터 던컨"이라고 불러야 "던컨 선생님"이 된다. 하지만 광선이는 일부러 친구의 이름을 부르듯 첫 이름을 불렀다.

"해리! 해리는 수업 시간에 다시 한번 나를 모욕주었다가는 내가 어떻게 나올지 미리 말해두겠습니다. 급우들이 다 듣는 자리에서 당신이 매주 토요일 밤마다 어디에 가는지 말할 거예요. 왜 '홍등가'에 가시지요? 당신 같은 위선자는 학생들에게 존경받을 자격이 없습니다. 나는 가난해서 그곳에서 살지만, 당신은 스스로 그곳을 찾아가잖아요."

그게 광선으로서는 미국에서 10년 넘게 살고 난 17살 때의 일이었다. 광선이는 올바른 말을 하지 못하면 잠이 오지 않는 성격이었다. 사실 역사 선생님은 동양인에 대해 잘 모르는 것 같았다. 지도도 보지 않은 게 분명했다. 한번은 학생들에게 이렇게 말했다.

"한국은 아직 미개하고 야만적이어서 일본이 개화시켜야 하는 나라다."

뉴스만 들어온 미국인들이 그렇게 알고 있던 시절이었다. 광선이는 즉석에서 선생님에게 말했다.

"무슨 말씀을 하시는 거예요? 중국은 수천 년의 역사를 지닌 문화국입니다. 그다음이 한국이라는 사실을 모르시나요? 한국이 일본에 문화를 전수해 줬던 겁니다. 정말 아무것도 모르시는군요. 역사 선생님이신데 공부 좀 하세요."

그 후로 선생님은 광선이에겐 아무 말도 하지 않았다.

*

윌로우즈에서의 동생들 학교생활도 순탄치 못했다. 동생 어니스트가 초등학교를 졸업하고 중학교에 입학했다. 광선은 어니가 학교에서 겪을 고난을 이미 예상하고도 남았다. 초등학교 시절, 어니는 늘 학교에서 괴롭힘을 당했다. 매일 방과 후, 네 명의 아이들로부터 얻어맞고 때로는 그들이 던진 돌에 맞기도 했다. 그때부터 어니의 얼굴에는 항상 상처와 멍이 가득했다. 그런 그가 이제 중학교에 갔으니 광선은 마음이 무겁고 걱정이 앞섰다.

중학교는 초등학교보다 더 잔혹했다. 학교폭력은 일상이었고 어니는 또다시 폭력의 대상이 되었다. '이번엔 좀 나아지겠지'라는 희망은 다시 싸늘한 현실로 나타났다. 겨우 12살인 어니는 학교에서 상처를 입지 않은 날이 없었다.

그때 광선은 어니의 숙제를 도와주며 그가 힘든 시간을 보내는 것을 지켜볼 수밖에 없었다. 어니는 학교에서 상처를 받았지만, 집에 돌아오면 식구들로부터 조금이나마 위안을 얻었다. 우리 가족은 그때마다 서로 말은 하지 않았지만, 묵묵히 옆에 있어 주는 것만으로도 큰 힘이 되었다.

어니가 다니는 글렌 중학교는 교복을 입어야 했다. 교복은 정장에 넥타이를 맸다. 광선이네는 가난해서 자식들을 위해 돈을 아껴가며 살아가고 있었다. 어니의 교복을 마련하는 것은 정말 큰 부담이었다. 그러나 어니의 학교생활에 꼭 필요하다고 생각한 어머니는 허리띠를 졸라매며 교복 중에서 가장 싼 교복을 마련했다. 어니가 새 교복인 정장을 입고 넥타이를 맨 모습은 자랑스러우리만치 멋져 보였다.

비록 그의 학교생활은 힘들고 고통스러웠지만, 우리가 조금이라도 그에게 힘이 되어 주고 있다는 사실이 큰 위안이었다.

어니가 등교하던 첫날 오후 방과 후에 광선은 마음이 불안했다. 어니를 지켜봐 주지 않으면 무슨 일이 일어날 것 같았다. 광선은 교문 앞에서 어니가 나올 때까지 기다리기로 했다. 기다리나 마나 일은 이미 벌어지고 있었다.

예닐곱 명의 아이들이 어니를 끌고 교실 뒤로 데려가더니 무자비하게 밀가루를 온몸에 뒤집어씌우기 시작했다. 어니는 아무리 버둥거려도 그들을 막을 수 없었다. 밀가루 범벅이 된 어니는 엉엉 울었다. 울고 있는 어니에게 호스로 물을 쏟아부었다.

어니가 입고 있던 교복은 가장 싼 양복이었는데 양복에 젖은 밀가루가 덕지덕지 묻었다. 양복은 줄어들고 볼품없이 변하고 말았다. 광선은 어니를 보자마자 달려갔다. 너무 화가 나서 참을 수 없었다. 어니를 데리고 교장실로 향했다. 교장 선생님의 이름은 차일더스(Childers)였다.

"교장 선생님, 동양인을 싫어하는 건 알지만, 무슨 학교를 이런 식으로 운영하십니까?"

광선은 동생 어니에게 일어난 일을 모두 이야기했지만, 차일더스 교장 선생님은 눈 하나 깜빡이지 않았다. 교장 선생님은 그저 '어니가 맞는 것이 어쩌면 당연한 일'이라도 되는 것처럼 고개를 끄덕여 보였다.

그때 그가 무심코 광선이에게 던진 말은 너무나 큰 충격이었다.

"학교가 싫으면 오지 않으면 되지 않느냐!"

그날 이후로 광선은 차일더스(Childers)라는 이름을 떠올리면 가슴이 싸늘해졌다. 그 이름은 어니와 같은 아이들이 겪는 억울함과 부당함을 대표하는 이름이 되었다.

*

교실에서 광선이의 짝은 마가렛 핀치라는 백인 소녀였다. 마가렛은 항상 광선에게 그녀의 교회에 나오라고 초대했다. 광선은 미국에서 10년 넘게 살았지만, 한 번도 백인 교회에 출석해 본 적이 없었다. 그 이유는 너무도 분명했다. 동양인은 백인 사회에서 환영받지 못한다는 사실을 잘 알고 있었기 때문이다. 백인 교회는 자신에게 멀고 낯선 존재였고 그런 곳에 가는 건 상상도 할 수 없었다. 그러나 마가렛이 초대할 때마다 광선의 마음은 조금씩 흔들렸다. 궁금한 마음이 들었다. 백인들이 다니는 교회는 어떤 곳일까? 그곳에서 어떤 이야기를 들을 수 있을까?

"무슨 교회니? 나는 한국에서 장로교회에 다녔는데."

"그래, 맞아. 장로교회야."

마가렛이 반가운 표정을 지으며 대답했다. 광선은 잠시 생각했다. '장로교회'라는 말에 조금은 안도감이 들었다. 비록 백인들이 다니는 교회일지라도 장로교라는 점에서 그나마 익숙하게 들렸다. 그날 저녁, 광선은 아버지에게 마가렛의 이야기를 전했다. 아버지의 대답은 간단했다.

"가 보는 게 좋겠다. 걔가 널 초대하고 있잖니."

주일 아침, 동생 어니와 스탠포드를 데리고 처음으로 백인 교회에 가기로 했다. 교회를 향해 걸어가면서도 광선의 마음은 여전히 불안한 감정이 잔류해 있었다. 하지만 무엇인가 새로운 것을 경험해 보고 싶다는 호기심도 그만큼 컸다.

광선이 동생들과 교회에 도착했을 때 교회 문밖에서 그들을 지켜보던 백인 목사님의 얼굴에는 놀라움이 가득했다. 그는 다가오는 광선 일행을 보고 갑자기 손바닥을 펴들고 큰 목소리로 말했다.

"내 교회에 '쩹'들은 안돼. 더러운 인간들은 원치 않아."

백인 목사님의 말은 비수처럼 광선의 마음을 날카롭게 찔렀다.

"쨉"이라는 말은 일본인을 비하하는 표현이었지만, 그 순간 광선은 그 말이 자신이라는 느낌을 직감했다. 충격적인 말에 그녀는 급히 되묻지 않을 수 없었다.

"내가 일본인이 아니라면 어떻게 하시겠어요?"

광선이 물었다. 백인 목사님은 광선의 말에 침을 튀겨가며 대답했다.

"다르긴 뭐가 달라. 내가 보기엔 다 똑같은데."

광선의 마음속에서 무언가 끓어오르는 감정을 참을 수 없었다. 하지만 침착하게 말을 이어갔다.

"우리는 장로교 교인입니다. 장로교 목사님이 한국에 최초로 부임하셨는데 그분들은 한국인들한테 존경받고 있습니다. 장로교 목사님들은 우리를 좀 더 친절하게 대할 것으로 믿었습니다."

광선의 떨리는 목소리에는 억울함과 분노가 섞여 있었다. 그러나 백인 목사님은 단지 고개를 돌린 채 아무 말도 하지 않았다.

다음 날 월요일 아침, 마가렛은 광선을 보고 화가 난 얼굴로 말했다.

"어제 왜 교회에 안 왔니?"

그녀의 목소리에는 실망과 분노가 섞여 있었다. 광선은 당황한 듯 대답했다.

"내가 안 갔었다고? 넌 모르고 있구나."

그녀는 마가렛에게 지난 주일 교회에서 일어난 일을 설명해 주었다. 설명을 듣던 마가렛은 믿을 수 없다는 표정을 지으며 말했다.

"정말? 그런 일이 있었던 거야?"

The Court House at Willows California 1920s

마가렛은 다음 날, 자기 아버지가 광선이를 만나보고 싶다고 말했다. 광선은 그녀와 함께 몇 블록을 걸어갔다. 그들이 도착한 곳은 윌로우즈 카운티 법원이었다. 법원의 계단을 올라가는 광선의 마음은 긴장을 감출 수 없었다. 사무실 문에는 '고등법원 판사 핀치(Finch)'라는 팻말이 걸려있었다. 마가렛의 아버지가 고등법원 판사였다. 광선은 얼떨떨한 기분을 느꼈다.

핀치 판사는 친절하게 광선을 맞아주었다.

"마가렛한테 들어서 알고 있단다. 어디, 어떤 일이 벌어졌는지 자세히 말해보렴."

광선은 지난 주일 교회에서 일어난 일을 하나도 빠짐없이 이야기했다. 그녀의 목소리에는 여전히 당황스러움이 묻어있었지만, 동시에 자신의 이야기가 누군가에게 제대로 들리기를 바라는 마음도 있었다. 핀치 판사는 고개를 끄덕이며 말했다.

"이번 주에 꼭 교회에 나오거라. 내가 보증하지. 교회 출석을 환영하고말고."

광선은 입이 딱 벌어진 채 법원을 나왔다. 집으로 가는 발걸음이 정말 가벼웠다. 이제는 뭔가 긍정적인 일이 있을 것만 같았다. 집에 돌아오자마자 광선은 아버지에게 자랑스럽게 그 이야기를 들려주었다. 아버지 역시 기뻐하며 말했다.

"당연히 교회에 가야지. 세상에는 좋은 사람과 나쁜 사람이 있는데 운이 좋게도 좋은 사람을 만났구나."

광선의 틴에이져 시절은 참으로 운이 좋았다. 매번 위기 때마다 운 좋게도 좋은 미국인을 만나곤 했다. 주일이 기다려졌다. 학교에 가는 것도, 부엌에서 일하는 것도, 그 어느 때보다 즐겁게 느껴졌다. 그리고 드디어 기다리던 주일이 왔다.

그날 교회에 갔을 때 새 목사님이 부드러운 시선으로 광선과 동생들을 바라보았다. 목사님은 교회 계단을 뛰어 내려와서 그들을 맞이하며 말했다.

"환영합니다. 우리 교회에 온 것을 진심으로 환영합니다."

그는 반복해서 인사를 건넸다. 광선은 그 따뜻한 환영을 받으며 조금씩 마음의 안정을 찾았다. 그동안 자신을 홀대했던 이전 목사님은 다른 곳으로 전근 갔는지 보이지 않았다. 그 대신 새로운 목사님과 함께하는 따뜻한 분위기 속에서 광선은 조금씩 마음을 열기 시작했다.

월로우즈는 광선의 생애에서 가장 큰 의미를 지닌 곳이 되었다. 미국에서 20년 가깝게 살았지만, 이곳에서의 경험은 그녀에게 특별하고 깊은 추억을 남겼다. 월로우즈에서 1917년부터 1921년까지 4년 넘게 살았다. 광선에게 가장 소중한 시간이었다.

광선이네가 사는 집은 옛날 중국인 동네였지만, 지금은 '홍등가'로 바뀐 지역이다. '홍등가'였기에 집에 작은 방들이 여러 개 있었다. 광선과 형제들은 처음으로 각자의 방을 차지할 수 있었다. 얼마 전까지만 해도 하나의 큰 방에서 함께 지내던 형제들이었는데 이제는 각자 개인 공간을 차지하는 호사를 누리게 되었다.

가구가 있는 것은 아니었기에 사과 상자로 가구를 대신했다. 견고한 송판으로 만든 사과 상자는 여러모로 쓸모가 많았다. 사과 상자로 침대도 만들고 책상도 만들었다. 상추 상자 두 개를 겹쳐놓으면 의자가 됐다.

광선과 명선 오빠는 사과 상자로 가구를 만드는 데 능숙했다. 집에 있는 사과 상자들을 이리저리 배치하며 하나하나 가구를 완성해갔다. 마치 자신들만의 작은 가구 공방처럼 두 사람은 상자를 가지고 다양한 아이디어를 실현해 나갔다. 동생들의 방도 사과 상자 가구로 꾸며주었다. 어니와 스탠포드가 쓰는 방도 사과 상자 가구로 멋지게 바꿨다. 그렇게, 그들은 각자만의 공간을 더욱 아늑하게 만들었다.

어느 날, 백인 목사님과 몇몇 교인들이 광선의 집을 방문했다. 그들이 집에 들어서자 사과 상자로 만든 가구들을 보고는 모두 놀라워했다.

"이건 정말 대단한 아이디어다!"

백인 목사님은 감탄하며 말했다. 사과 상자로 만든 가구들은 그들에게 신기하고 특별나게 보였을 것이다. 광선은 부끄러움과 자랑스러움이 섞인 마음으로 그들의 반응을 지켜보았다. 하지만 목사님은 언제나처럼 친절하고 반가운 표정으로 맞아주었다. 그들의 표정에서 거부감이나 비웃음은 전혀 찾아볼 수 없었다.

교회에서는 매주 주일마다 광선의 가족을 반갑게 맞이해주었다. 교회에 가는 것은 이제 광선에게 단순한 의무가 아니라 즐거운 일이 되었다. 주일마다 교회에 가서 예배드리며 교인들과 친분을 쌓아가던 광선은 점점 그곳에서 생활을 즐기게 되었다. 백인 목사님과 교인들은 매번 친절하게 그들을 맞아주었다. 광선은 그들과 자연스럽게 어울렸다.

*

할로윈은 미국에서 큰 축제 중 하나다. 아이들이 저마다 화려한 혹은 험악한 옷을 입고 집집마다 문을 두드리며 캔디나 초콜릿을 구걸했다. 그러나 광선은 동양 아이였기에 직접 트릭 오어 트릭을 하러 나가지 못했다. 하지만 적어도 거리에서 벌어지는 재미난 구경이라도 보고 싶은 충동이 일었다. 사람들이 온갖 의상을 입고 거리를 활보했다. 웃음소리와 북적거림이 가득한 할로윈 밤이었지만, 광선은 그저 구경만이라도 하고 싶었다. 궁금해서 좀이 쑤셨다.

광선은 친한 친구 앤과 함께 할로윈 밤에 거리에 나섰다. 두 소녀는 철길을 건너 백인들이 사는 시내 쪽으로 향했다. 둘이서 조금 고조된 마음으로 분장한 사람들의 모습을 구경하며 걸었다. 갑자기 어디선가 경찰차의 사이렌 소리가 들렸다. 경찰차가 다가오더니 사복 입은 경찰관 둘이 차에서 내려 광선과 앤에게 다가왔다.

경찰관은 다가오면서 크게 소리쳤다.

"늦은 밤에 왜 여기서 서성대는 거야? 차에 타."

광선과 앤은 당황하며 서로를 바라보았다. 무엇 때문인지, 왜 자신들이 갑자기 경찰차를 타야 하는지 이해할 수 없었다.

"경찰인지 아닌지 신분증을 보여주세요."

광선이 물어보자, 두 경찰관은 아무런 대답 없이 그녀들을 강제로 경찰차 뒷좌석에 밀어 넣었다.

이해할 수 없었지만, 광선과 앤은 강압 속에 경찰서로 끌려갔다. 경찰서 구치소에 수감 되었다. 아무에게도 연락할 수 없게 가로막았다. 누구도 그들이 어디에 있는지 알 수 없었다. 하루하루가 지나갔다. 그들은 꼼짝없이 30일간 구금 상태로 있었다. 억울하고 울분이 치솟았지만, 그들의 하소연을 들어줄 사람은 없었다.

약식 재판을 받는 날이 오자 비로소 광선은 자신들이 왜 체포되었는지 알게 되었다. 그들은 길거리에서 서성거리던 창녀로 기소된 것이다. 광선은 믿을 수 없었지만, 판사는 그들의 신분과 상황을 파악한 후 기각시켰다. 결국 풀려났다.

광선은 한 달 만에 경찰서에서 풀려나 다시 철길을 건너서 집에 돌아왔다. 집에 돌아오자 아버지와 어머니는 그동안 애타게 찾았던 딸이 무사히 돌아왔다는 사실에 감사의 기도를 올렸다. 광선은 억울한 마음을 숨길 수 없었다. 아버지에게 물어보지 않을 수 없었다.

"아버지, 이게 감사할 일이 아니라 항의해야 할 일이 아니에요?"

아버지는 여전히 웃으며 대답했다.

"네가 살아서 돌아온 것만도 기적인데 그 큰 은혜에 감사하지 않을 수 있겠니?"

*

아버지가 친구 김종림의 쌀 농장에서 일을 시작한 것이 1917년이었다. 한국인들은 북캘리포니아의 넓은 광야를 논으로 일궈내며 쌀농사를 지었다. 한국인들의 근면함과 지혜로 몇 년 만에 윌로우즈는 풍성한 곡창지대로 변했다. 한국인들은 어딜 가나 잘 적응해 나갔다. 금방 배우고 익혀서 실생활에 적용했다. 더군다나 한국인의 주된 업종인 쌀농사는 식은 죽 먹기였다. 캘리포니아의 기름진 땅에 풍부한 일조량과 물은 쌀농사에 안성맞춤이었다. 가을 수확 철이 되자 여기저기서 대박이 터졌다는 소리가 들렸다.

광선의 아버지도 땅을 임대해서 쌀농사를 짓기로 했다. 쌀농사는 한국인들에게 자연스러운 일이었다. 그러나 땅을 임대하는 과정은 쉽지 않았다. 미국 시민권자가 아니면 땅을 임대할 수 없었기 때문이다. 다행히 11살짜리 동생 스탠포드가 미국에서 태어난 시민권자였기에 아버지는 스탠포드의 이름으로 땅을 임대할 수 있었다.

임대조건은 '십분경작'이었다. 수확물의 10%를 받는 조건으로 모든 노동은 아버지가 책임져야 했다. 땅과 기후가 너무나 적합하여 볍씨를 뿌리기만 하면 벼가 자랐다. 온 가족이 논에 나가서 피를 뽑고 벼를 가꾸며 행복한 시간을 보냈다.

특히 벼가 누렇게 익어갈 무렵이면 아버지를 따라 논에 나가 기쁨과 감사의 마음을 나누었다. 그 해는 풍년이었다. 쌀이 넘치도록 쏟아져 나왔다. 아버지는 그토록 오랜 기다림 끝에 처음으로 큰 수확을 얻게 되었다. 아버지의 얼굴에 떠오른 미소는 그 누구보다도 크고 밝았다. 아버지는 가족들에게 그리고 자신에게 감사하는 마음을 전했다.

식구들은 다 함께 앉아 기도했다. 아버지부터 시작하여 어머니, 명선 오빠, 광선, 그리고 동생들까지 한 사람씩 "감사합니다"라며 기도했다. 광선이네 가족의 마음에는 더할 나위 없이 큰 감사와 기쁨이 넘쳤다. 그동안 겨우겨우 먹고살던 생활에서 벗어나 이제는 어느 정도의 여유를 가질 수 있게 되었기 때문이다. 광선은 그 순간이 너무나 행복하고 소중하게 느껴졌다.

쌀농사를 시작하면서 가족의 생활은 확연히 달라졌다. 이제는 광선의 동생 스탠포드 이름으로 은행 통장도 개설했다. 모은 돈을 저축하기 시작했다. 그저 일상적인 모습에서 아버지와 어머니는 통장을 들여다보며 기뻐했다.

그 겨울의 결혼식

광선은 19살이었다.

고등학교 마지막 해를 보내고 있던 그녀는 '사랑'이라는 것에 대해 별로 관심이 없었다. 그저 동생들, 친구들과 시간을 보내는 게 그녀의 일상이었다. 하지만 어느 날, 그녀의 일상이 송두리째 바뀌었다.

이웃 하숙집에 한국인 청년이 들어왔다는 이야기를 듣고 난 후였다. '누구일까?' 괜히 궁금해졌다. 하숙집은 광선의 집에서 두 집 건너에 있었다. 청년의 이름은 이홍만이고 미국 이름은 안토니오라는 것도 알게 되었다. 아침에 학교에 갈 때면 하숙집을 쳐다보지 않을 수 없었다. 혹시나 해서였다. 사람이 보이는 것도 아닌데 매일 바라보았다.

청년과 눈이 마주치던 날, 광선은 순간적으로 가슴이 두근거리는 것을 느꼈다. 얼굴이 빨개지며 부끄러움과 함께 긴장된 느낌이 파고들었다. '왜 이렇게 심장이 뛰지?'

그때부터 광선의 마음속에는 '사랑'이라는 감정이 싹트기 시작했다. 전에는 친구들이 말하는 사랑이 뭔지 그저 말로만 듣고 지나쳤지만, 이제는 그 감정을 몸으로 느끼게 되었다.

학교에 가는 길, 집에 오는 길 어디서든 안토니오가 보고 싶었다. 그가 어떤 옷을 입고 어떤 웃음을 짓는지, 그의 작은 변화 하나하나가 눈에 들어왔다. 처음엔 그런 감정을 이해하지 못해 당황했지만, 점점 사랑이 무엇인지 깨닫게 되었다.

안토니오에게 마음을 전하고 싶은데 그게 얼마나 어려운 일인지, 그 감정을 어떻게 표현할 수 있을지 알 수 없었다. 사랑은 그저 마음의 변화가 아니라 사람의 모든 행동을 바꾸는 힘이 있었다.

우연히 하숙집 앞에서 두 사람이 마주쳤다. 아니, 우연을 가장했을 뿐 진짜 우연은 아니었다. 안토니오가 작은 미소를 지으며 말했다.

"고등학교 졸업반이라며?"

반말도 같고 아닌 것도 같아서 기분이 떨떠름했다.

"그래서요?"

안토니오를 빤히 쳐다보았다. 스물여섯이라고 들었는데 나이가 더 들어 보였다.

"졸업식 날짜가 언제니?"

"그건 알아서 뭐 하시게요?"

마음은 그렇지 않았지만, 겉으로는 까칠하게 대했다.

"그냥 물어본 거야."

이상하다는 생각이 들었다. 축하해 주겠다는 건지, 아닌지 속 시원하게 말해주었으면 좋으련만, 두리뭉실한 게 답답해 보였다. 관심을 가지고 지켜보면 자신도 모르게 많은 것을 알게 된다.

　쌀 농장에서 일하는 사람들은 모두 나이가 많은 노총각들이었다. 그중에서 이홍만이 가장 젊었다. 그는 멕시코로 이민 가 농촌에서 농사일만 했기에 치과 의사는 구경도 하지 못했다. 이가 아프면 뽑는 게 다였다. 치아 관리할 기회를 놓쳐서 치아를 모두 잃었다. 치아가 없어서 볼에 주름이 많이 생겼다. 주름 때문에 나이가 들어 보였다. 그뿐만이 아니라 햇볕 따가운 들녘에서 힘든 일을 해온 까닭에 더욱 늙어 보였다.

　하지만 그의 건강한 근육질 팔뚝과 햇볕에 그은 얼굴은 남다른 매력을 발산했다.

　이홍만의 미국식 이름은 안토니오다. 멕시코에서 농장 주인이 지어준 이름이다. 광선은 시간만 나면 안토니오의 하숙 집 앞을 서성였다. 안토니오의 눈에 띄기를 바랐다. 하루라도 안토니오를 보지 못하면 잠이 오지 않았다. 날이 갈수록 좋아하는 감정인지 사랑인지 점차 커져만 갔다. 윌로우즈에서 젊은 남자는 안토니오 한 사람뿐이었기에 인연으로 여겼다. 운명이라고 생각했다. 사랑은 한인 사회에서 흔치 않은 일이었다. 마치 두 사람이 만나야 했던 이유가 있는 것처럼 느껴졌다.

　안토니오는 멕시코에서 스페인어 통역 일을 했다. 1913년, 국경을 넘어 미국에 와서 리버사이드 과일 농장에서 일하며 조금씩 자리를 잡았다. 그 후, 윌로우즈에 와서 한국인이 운영하는 쌀 농장에서 일했다.

1919년은 한국인 모두에게 뜻깊은 해였다. 3월 1일 만세운동이 일어났다는 소식은 미주 교포들을 흥분시키기에 충분했다.

1919년, 일본은 3.1 운동에 대한 보도를 철저히 통제했다. 언론은 이를 반란이나 폭동으로 왜곡하며 사건의 진상을 숨기려 했다. 그러나 일본의 철저한 통제에도 불구하고 일부 외국 언론은 이 소식을 전했다. 미국 정부는 일본의 정책에 동조하여 열흘이 지난 3월 11일에야 비로소 3.1 운동의 사실을 보도했다. 당연히 미주 교포들도 뒤늦게 알았다. 이 소식을 접한 미주 교포들은 충격에 빠졌다.

광선이 3.1 운동에 대한 이야기를 들은 것은 3월 중순경이었다. 아버지가 신한민보를 읽고 놀라워했다. 광선도 신문 내용을 보았다. 서울에서 일어난 만세운동의 소식이었다. 그때 광선은 고등학교 졸업을 불과 두 달 앞두고 있었다. 그러나 그 소식은 광선에게 단순한 뉴스가 아니었다. 그것은 그녀와 가족의 삶에 큰 변화를 예고하는 일이었다.

3.1 운동 소식은 미주 교포 사회에 엄청난 파급효과를 냈다. 그동안 교포 사회에서의 갈등과 분열은 일시적으로 뒤로 미뤄졌다. 누가 먼저라고 할 것도 없이 한인들은 이제 하나로 뭉쳐야 한다는 데 이견은 있을 수 없었다. 신한민보는 일주일에 한 번 발행하던 신문을 이틀마다 발간하면서, 미주 한인들의 독립운동 상황을 빠르게 보도했다.

미국 동부에서 독립을 이끌고 있던 서재필, 이승만, 정한경 등 한인 지도자들이 모였다는 소식도 전해왔다. 그들은 미국에서 최초로 3.1 운동에 대한 공식 입장을 표명한 '제1차 한국 회의'를 개최했다. 회의에서 한인들은 일본의 불법적인 식민통치에 대한 부당성을 강력히 비판했다. 한국 독립의 정당성을 선언했다. 이 소식은 교포들 사이에 큰 파장을 일으켰다.

로스앤젤레스에 거주하는 한국인들은 미국 정부의 '친일본 정책'을 반대하는 시위를 벌였다는 기사도 신한민보에 실렸다. 그들은 일본의 압박에 굴복하지 않았다. 한국의 독립을 위해 목소리를 높였다.

광선은 교포 사회의 분노와 결속을 지켜보며 한국의 독립이 곧 이루어지는 줄 알았다. 독립운동을 돕기 위해 자발적으로 기금을 모아내는 이들도 있었다.

*

5월 23일 저녁, 고등학교 졸업식은 한낮의 뜨거운 햇살이 지고 서서히 어두워져 가는 해 질 녘에 진행되었다. 졸업생들은 초록색 졸업 가운에 사각모를 쓰고 운동장 한가운데 모여 앉았다. 교장 선생님을 위시해서 요인들이 한 명씩 연단에 올라가 축하 메시지를 읽었다. 졸업식을 마친 후에는 친지들 사이에서 꽃다발을 받고 사진도 찍으며 웃고 떠드는 행복한 모습뿐이었다. 그러나 광선에게는 이런 게 남의 이야기처럼 느껴졌다. 축하해 주는 사람이 아무도 없었다. 그녀는 외로움 속에서 운동장을 빠져나가 집으로 향했다.

운동장을 다 걸어 나올 즈음, 한쪽에서 낯익은 얼굴이 헐레벌떡 다가오고 있었다. 안토니오였다. 그의 얼굴은 까맣게 그을린 표정이었지만, 미소가 가득했다. 손에 들려 있는 꽃다발이 광선의 마음을 따뜻하게 했다. 안토니오는 그녀에게 꽃다발을 건네며 말했다.

"축하해."

광선은 짧은 한마디에 눈물이 흘러나왔다. 그동안 자신을 축하해 주는 사람이 없었기에, 안토니오의 작은 축하 꽃다발이 그녀에게는 큰 의미로 다가왔다. 그녀는 감격스러웠고, 고마운 마음을 숨길 수 없었다.

광선은 안토니오와 함께 집에 오자마자 밀가루 한 사발을 퍼서 국수 반죽을 만들었다. 안토니오가 가장 좋아하는 칼국수를 만들어주고 싶었다. 안토니오는 멕시코 농장에서 일하면서 치아 관리를 제대로 하지 못해 이가 없었기에 씹지 않아도 되는 밀가루 음식을 좋아했다. 그런 안토니오를 위해 그녀는 칼국수를 끓였다. 두 사람만의 특별한 칼국수 파티를 열었다.

1919년 겨울, 광선과 안토니오는 그들을 환영해 준 미국인 장로교회에서 결혼식을 올렸다. 캘리포니아의 겨울은 한국의 봄처럼 따뜻했지만, 그날만큼은 특히 차분하고 고요한 분위기가 감돌았다. 교회는 눈부시게 아름다운 꽃들로 장식되었다. 햇살은 부드럽게 창문을 통해 스며들어 은은한 빛으로 가득히 채웠다.

광선은 하얀 드레스 차림으로 아버지의 팔을 잡고 예배당에 들어섰다. 떨리는 마음을 진정시키기 위해 깊게 숨을 들이켰다. 오르간 반주에 맞춰 아버지와 함께 천천히 걸어 들어왔다. 창문과 창문 사이 벽에 장식된 꽃들이 마치 신성한 분위기를 강조하는 듯했다.

백인 목사님은 단상 위에 서 있었다. 그의 앞에 신랑인 안토니오가 광선을 기다리고 있었다. 백인 목사님은 따뜻한 미소로 두 사람을 맞아주었다. 결혼의 신성함과 사랑의 중요성에 대해 말씀하시는 목사님의 목소리는 차분하고 진지했다.

"여러분, 사랑은 두 사람만의 약속입니다. 서로를 지지하고, 어려움을 함께 나누며, 기쁨 속에서 함께 웃을 수 있는 그런 삶을 만들어 가십시오."

목사님의 안내에 따라 광선과 안토니오는 서로 손을 잡고 결혼을 맹세했다. 광선은 세상이 멈춘 것처럼 느껴졌다. 다른 모든 것들은 사라지고 오직 그 순간만이 중요하게 다가왔다. 그녀는 안토니오의 손을 잡으며 그와 함께 걸어갈 미래를 떠올렸다.

목사님은 결혼을 축복해 주었다. 가족과 친구들에게 따뜻한 축하 메시지를 전했다. 그의 목소리는 확고하면서도 부드럽고 명확했다.

"이제 두 사람은 하나가 되었습니다. 하느님과 여러분이 함께 이들의 결혼을 축복해 주세요."

결혼식에 참석한 사람들의 축하 박수를 받으며 천천히 걸어 나오는 발걸음이 더없이 행복했다.

좋은 사람들을 만나면 늘 아름다운 일이 벌어지곤 했다. 교인들과 핀치(Finch) 판사는 훌륭한 결혼 파티를 열어주었다. 아름다운 일들은 우연히 생기는 게 아니었듯. 좋은 사람들 덕분이었다. 그들의 따뜻한 마음과 배려는 그녀의 삶을 꽃피우기에 충분했다.

결혼과 동시에 광선이란 이름 앞에 미국 이름 메리(Mary)를 더했다. 메리 광선 리가 되었다. 메리와 남편 안토니오는 아버지의 집 근처 빈집을 수리해서 신혼살림을 차렸다.

일이 잘 풀리려면 하는 일마다 좋은 결과로 귀결짓기 마련이다. 결혼 후, 남편 안토니오는 큰 거래를 성사시켰다. 샌프란시스코의 P.G. 크로스와 체결한 '십분경작' 계약은 그들에게 큰 전환점을 가져왔다. 크로스는 윌로우즈에서 5,000에이커의 땅을 소유한 백만장자다. 그와 계약을 맺으며 큰 기회를 잡았다.

남편은 그의 땅을 경작하기로 했다. 수확 후 소출의 10%를 받는 계약이었다. 노동밖에 할 수 없는 한국인으로서는 10%만 해도 어마어마한 돈이었다. 그러나 안토니오는 세계대전 종전으로 호경기 끝자락에 덤벼들었기에 오랜 기간 소득을 보지는 못했다. 그래도 거금을 손에 쥘 수 있었다.

3.1 만세운동의 파장은 오래 지속되었다. 그 여파 속에서 한인 여성들은 결코 가만히 있지 않았다. 1920년, 다뉴바에서 '대한여자애국단'이 발족 되었다. 그들은 독립 자금을 모으기 위해 규약을 정했다. 화요일과 금요일은 고기를 먹지 않는 날로, 수요일은 간장을 쓰지 않는 날로 정했다. 절약된 돈을 모아 독립 의연금을 조성하기로 했다. 매일 식사를

준비할 때마다 쌀 한 컵씩 따로 모았다. 그것이 100파운드가 되면 이를 돈으로 환산하여 국민회로 보냈다.

그해 가을, '대한여자애국단'의 재무인 강원신이 윌로우즈를 방문했다. 강원신은 한국에서 막 미국에 온 여동생 강원희와 함께 왔다. 그날 저녁, 쌀 농장 창고에서 강연회를 연다고 해서 교포들이 모두 모였다.

먼저 강원희가 숨겨온 독립선언서를 한 사람씩 돌려가며 보았다. 그러나 첫 문장부터 어려워서 사람들은 그것을 이해하지 못했다. 아무리 읽어도 쉽게 알 수 없는 글이었다.

"吾等은茲에我朝鮮의獨立國임과朝鮮人의自主民임을宣言하노라……"

웅성대는 사람들 속에서 한학에 능통한 광선의 아버지가 연단에 올라가 독립선언서를 읽고 해설해주었다. 그의 설명을 듣는 사람들은 고개를 끄덕이며 흥분했다. 그때의 감격은 그 누구도 쉽게 잊을 수 없다. 메리는 그때처럼 나라를 사랑하는 마음으로 가슴이 뭉클했던 적이 없었다. 그때처럼 아버지가 자랑스러웠던 적이 없었다.

연단에 선 강원희는 낭랑한 목소리로 입을 열었다. 강원희의 연설을 듣던 교포들은 모두 감격하여 눈물을 흘렸다.

나는 서울에서 만세운동에 참여했습니다. 누가 시킨 것도 아닙니다. 젊은이들이 한길로 뛰어나와 만세를 불렀습니다. 나는 독립선언서를 가지고 미국에 가서 이 소식을 전하고자 했지만, 일본인들은 여권을 내주지 않았고 오히려 감시 대상이 되었습니다. 3월 9일 밤, 나는 늙은 중국 여자로 변장하고 중국으로 도망쳤습니다. 중국 해주로 가서 영어 배우는 학교에 다녔습니다. 미국에 오기 전에 영어를 준비하고 공부해야 했기 때문입니다.

드디어 중국 여권을 만들고 중국인 옷을 입고 중국인 행세를 했습니다. 독립선언서를 속옷 깊숙이 숨겨 안고 미국에 왔습니다. 샌프란시스코 엔젤 아일랜드에 있는 출입국관리사무소에서 신체검사를 받으며 2주간 머물다가 이대위 목사님이 100달러의 보증금을 내주셔서 풀려났습니다.

우리는 필연코 독립해야 합니다. 미국에서 사는 여러분들이 앞장서야 합니다.

연설하다 말고 연단을 발로 "쾅" 하고 울렸다. 놀란 교포들은 흥분하여 손뼉을 치며 "옳소" 하고 소리쳤다. 그리고 독립선언서를 읽어 내려갔다. 교포들은 모두 감동하여 눈물을 흘렸다. 그 자리에서 '대한여자애국단' 윌로우즈 지부를 결성했다. 지회장은 임광명이 맡았다. 메리도 회원으로 가입했다. 즉석에서 모금한 독립 의연금이 400달러나 됐다.

제1차 세계대전(1914.7.28~1918.11.11.)이 끝나자 쌀 소비가 급격히 줄어들었다. 동시에 쌀농사도 사양길에 접어들었다. 전쟁 기간에만 잠시 활발했던 쌀 경기는 이제 한풀 꺾였다. 한풀 꺾인 게 아니라 소비가 사라지고 말았다. 쌀 소비가 사라졌다는 것은 쌀농사를 고집하면 망한다는 것이다. 쌀농사 일이 줄어들자 한국인들은 각자 돈벌이를 찾아 뿔뿔이 흩어졌다. 그들 중 일부는 새로운 생활을 위해 다른 지역으로 떠났다.

메리는 첫아들 헨리(Henry)를 낳았다. 갓난아기 헨리는 엄마에게 커다란 책임감을 안겨주었다. 그녀는 아이를 잘 키워야 한다는 중압감에 어깨가 눌리는 듯했다. 메리는 자신이 공부하지 못한 것에 대해 한이 맺혀 있었다. 공부하고 싶었지만, 가난한 집안 형편 탓에 꿈을 펼칠 수 없었다. 그러나 아이에게는 더 나은 교육을 해야 한다는 생각에 돈을 벌어야겠다는 각오가 남달랐다.

그녀와 남편은 애너하임으로 이주해 장사하기로 의견을 모았다. 한편, 아버지는 가족을 데리고 워싱턴주의 토파니쉬(Topanish)로 이사 갔다. 토파니쉬에서 사탕무와 멜론 농사를 지으며 몇 년 동안 괜찮은 수익을 올리기도 했다. 그곳에서 엄마는 플로렌스(Florence)를 출산했다. 그해가 1922년이었다.

명선 오빠는 유타에서 결혼했다. 아버지는 워싱턴주에서 멜론 농사를 지었으나, 경기가 나빠지면서 결국 파산하고 말았다. 아버지가 파산했다는 편지를 받은 남편 안토니오는 주저 없이 아버지를 돕겠다고 나섰다.

메리는 "안토니오가 내 남편이지만, 정말 고마운 사람이야"라고 늘 이야기했다. 그녀가 한 번도 아버지를 돕자고 말한 적이 없었음에도 안토니오는 스스로 아버지를 도와주겠다고 나섰다.

넓은 논에서 혼자 벼농사를 짓는 것은 결코 쉬운 일이 아니었다. 죽도록 일해서 번 돈을 아버지에게 보내는 안토니오의 따뜻한 마음에 감사하지 않을 수 없었다. 광선은 안토니오가 얼마나 든든하고 믿음직스러운 사람인지 절감했다. 그가 존경스러워 보였다.

어려운 시기에는 돕는 것이 옳다며 안토니오는 3,500달러 수표를 써서 보냈다. 3,500달러면 근사한 집 두 채를 살 수 있는 큰돈이었다.

그러나 아버지에게는 운이 따르지 않았다. 사탕무 가격이 폭락하면서 또다시 큰 타격을 입었다. 이번에는 닭을 기르겠다고 했다. 안토니오는 마지막 남은 돈 2,500달러를 또 보내며 아버지의 사업을 돕기로 했다. 하지만 아버지는 계속해서 어려운 상황으로 빠져들었다. 돈만 다 까먹었다. 아버지는 개척지를 전전하며 살다가 결국 새로운 일을 찾아보겠다면서 유타 명선 오빠네로 이사했다.

어머니는 플로렌스를 마지막으로 출산을 멈추었다. 플로렌스가 막내다.

"엄마, 자식이 열이면 충분해."

"그러게 말이다. 만약 내가 예방책을 알았다면 미리 예방했겠지. 하지만 어떤 의사도 방법을 가르쳐 주지 않았어."

그 시절, 어머니들은 자식 열 명 정도 낳는 것은 보통이었다. 아버지는 유타에서 닭을 기르다가 또 망했다. 망했다는 편지를 받은 안토니오는 더는 어쩔 수 없다고 말했다.

메리는 안토니오와 애너하임에서 채소와 과일을 취급하는 가게를 열었다. 그러나 경험도 없이 덤벼든 장사에서 자본만 날리고 결국 가게 문을 닫고 말았다.

십여 년간 미국 생활에 적응한 한인들은 농업에서 상업으로 업종을 전환하기 시작했다. 아는 게 과일이라 모두 과일 상점에 덤벼들었다. 쌀의 왕이라 불리던 김종림도 윌로우즈의 쌀 농장을 마무리하고 애너하임(Anaheim)에 와서 과일 상점을 크게 열었다.

안토니오는 비즈니스에 경험이 없어서 망했지만, 망한 경험 덕분에 많은 것을 배웠다. 이번에는 애너하임에서 과일 전문점을 열었다. 애너하임 중심가의 큰 세이프웨이 식료품 상점 바로 앞에 과일 전문점을 개장하고 광고지를 뿌렸다. 생각보다 장사가 잘됐다. 10년 동안, 애너하임에서의 과일 전문점 경영은 성공적이었다.

둘째 아들 앨런(Allen)을 낳았다. 셋째는 고된 일을 마다하고 너무 열심히 일만 하다가 유산하고 말았다. 그 후에도 유산은 몇 차례 계속되었다. 결국 과일 전문점을 그만두고 나서 그녀의 나이 37살에 딸 로린(Loreen)을 낳았다.

메리는 첫아들 헨리를 무척 사랑했다. 어떻게 해서라도 훌륭한 아들로 키우고 싶었다. 헨리가 초등학교에 입학하던 날, 그녀는 헨리의 손을 잡고 토머스 에디슨 초등학교에 갔다. 그녀가 입학하던 시절에 비해 인종차별은 많이 개선되었지만, 여전히 백인 아이들이 주류를 이루고 있었기에 아들이 주눅 들기에 충분했다. 아들의 반에는 한국 아이가 헨리 혼자였다.

다행히도 한인 교회에 다니는 김선웅 씨의 딸 올리비아와 이준상 씨의 딸 에마도 같은 1학년이었다. 한국 학생들이 몇 명 있다는 것은 그녀에게 위안이 되었다.

그들은 10년 동안 과일 전문점 비즈니스를 잘 이어갔다. 하지만 안토니오는 너무 열심히 일하다가 허리를 다쳐 더는 힘을 쓸 수 없게 되었다. 대처 방법을 찾아야 했다. 그녀는 중고 픽업트럭을 샀다. 그들의 수입으로는 중고 픽업트럭조차 부담스러운 금액이었지만, 비즈니스를 위해서는 꼭 필요했다. 픽업트럭으로 물건을 실어 나르면서 일이 훨씬 쉬워졌다.

남의 말을 잘 듣는 안토니오는 주식에 투자하면 큰돈을 벌 수 있다는 광고에 속아 주식에 손을 댔다. 그로 인해 많은 돈을 잃었다. 그들이 저축해놓았던 돈을 주식에 투자했고, 대공황이 닥치면서 주식시장의 붕괴로 결국 모아놓은 돈을 모두 날리고 말았다. 남은 것은 픽업트럭과 현금 35달러가 전부였다.

유타에서 살던 명선 오빠는 '랠프(Ralph)'라는 미국식 이름을 쓰고 있었다. 명선 오빠가 메리네 집에 와서 도움을 요청했지만, 그들을 도와줄 만한 여력이 없었다. 그런데도 안토니오는 얼마나 좋은 사람인지 오빠에게 자신의 모든 것을 다 털어 주었다.

"픽업트럭과 35달러 이게 우리 재산 전부야. 가져가, 넌 해낼 수 있어."

명선 오빠는 트럭을 끌고 유타로 돌아가 가족을 데리고 애너하임으로 이사 왔다. 메리네 가족은 휘티어(Whittier)에 있는 작은 집에 세 들어 살았다. 그래도 형제 중에서 메리네가 가장 잘 살았던 이유는 안토니오가 열심히 일했기 때문이었다.

하늘 아래 한 민족

제물포항에서 멕시코 이민자들을 태워 간 영국 상선 일포드호

미국에서는 결혼하면 남편의 성을 따라야 한다. 이홍만이라는 청년과 결혼식을 올리면서 광선의 성은 하루아침에 바뀌고 말았다. 백광선에서 이광선이 된 것이다.

혼인 신고를 하면서 미국 이름도 추가로 등기했다. 미국 이름은 '메리(Mary)'라고 지었다. 개인 수표를 쓰려면 미국 이름이어야 한다는 이유도 있었다.

이홍만은 서울에서 태어났다. 그의 아버지는 장로교 교인이었고, 어머니는 그가 태어날 때 세상을 떠났다. 아버지는 젊은 여인과 재혼했다. 홍만이는 아버지를 따라 교회에 다니며 선교사 게일 박사(Dr. Gale)의 아들과 함께 놀았다. 어린 홍만이는 게일 박사의 집에 가서 놀면서 영어도 배웠다. 소년 시절, 게일 선교사네 집에 드나들며 배운 짧은 영어가 홍만이의 인생을 바꿔놓을 줄은 꿈에도 몰랐다.

아버지는 홍만이에게 관심을 주지 않았다. 새엄마는 구박이 심했다. 새엄마가 딸 둘을 낳으면서 구박은 더욱 심해졌다. 가끔 아버지가 어린 홍만이에게 장난감을 사다 주면 새엄마는 발끈하여 선물을 빼앗아 대변 통에 던져버리곤 했다. 홍만이네 집 옆방에 세 들어 살던 아저씨는 구박받는 홍만이를 불쌍히 여겨 보듬어주곤 했다.

어느 날, 옆방에서 살던 전성칠 아저씨의 가족이 멕시코로 이민 간다며 인천 제물포항으로 가버렸다. 그나마 자신을 사랑해 주던 아저씨가 떠난 후, 홍만이는 견딜 수 없이 심란했다. 혼자서 되뇌곤 했다.

"왜 나는 아저씨와 함께 갈 수 없을까?"

새엄마의 구박은 날이 갈수록 더 심했다. 견디다 못한 홍만이는 어느 날 밤, 도망치기로 마음먹었다. 옆방에서 살던 아저씨를 찾아 무작정 인천 제물포항까지 걸어갔다. 밤새도록 걸었다. 인천 제물포항에는 이민 가는 사람들로 북적였다. 그 많은 사람 틈에서 아저씨를 어렵지 않게 찾아냈다. 홍만이의 사정을 누구보다 잘 아는 아저씨는 멕시코로 함께 떠나기로 했다. 아저씨는 이민국 직원에게 말했다.

"내가 홍만이 삼촌인데, 같이 가야겠소이다."

"애가 몇 살이요?"

"열세 살인데요."

"13세 미만이면 되는데, 겨우 갈 수 있소이다."

홍만이는 드디어 멕시코행 배를 탈 수 있었다. 그때는 이 순간이 운명의 갈림길이라는 것을 몰랐다.

어린 홍만이는 1905년 3월 6일, 인천 제물포항에서 영국 상선 일포드 호를 타고 멕시코 이민 길에 올랐다. 일포드 호에는 남자 802명, 여자와 아이 231명이 타고 있었다. 그들은 멕시코 유카탄반도 메리다 지방에서 4년간 농업에 종사한다는 계약서에 서명한 사람들이었다.

1905년 5월 15일, '어저귀' 농장에 도착한 한국인들은 광활한 '에네켄' 선인장 농장(Henequèn, 용설란)을 보고 놀랐다. 처음 보는 광야도 충격적이었지만, 그곳의 선인장이라는 농작물도 그들에게는 전혀 낯선 작물이었다. 그들은 열대성 기후와 열악한 생활환경에 적응하기 어려웠다. 그곳의 삶은 상상했던 것보다 훨씬 더 고되고 힘에 겨웠다.

농장 일은 거칠고 힘들었고 무엇보다 힘들었던 것은 음식이었다. 그다음은 언어장벽이었다. 멕시칸 농장 주인과 한국인 노동자들 간의 소통이 큰 문제였다. 다행히 13살 소년 홍만이가 조금이라도 영어를 할 줄 알았기에 주인과의 기본적인 소통은 가능했다. 앞으로도 통역이 필요할 것이라는 농장 주인의 요구에 따라 홍만이를 학교에 보내 스페인어 교육을 받게 했다.

농장 주인은 홍만이를 부르기 쉽게 스페인어 이름으로 '안토니오 에드 워즈 리'라고 지어주었다. 안토니오는 이제 노동은 하지 않아도 됐다. 대신 학교에 다녔다. 홍만이가 스페인어를 쓰고, 읽고, 유창하게 다룰 수 있게 된 것은 멕시코에서 정식으로 중등 교육을 받았기 때문이다. 홍만이는 어린 시절부터 멕시코 한인회에서 활동했다. 스페인어를 구사하는 사람이 없었기에 한인회와 한국 정부 그리고 멕시코 정부 간의 교류는 어린 이홍만의 손을 거쳐야만 했다.

멕시코에서 일하는 한국인 노동자들은 저임금과 학대에 시달리면서도 하소연할 곳이 없었다. 하루의 일과가 끝나면 한곳에 모여 앉아 멕시칸 농장 주인과 감독관을 욕하며 세상을 원망했다. 침을 튀겨가며 욕해도 분노가 가라앉지 않았다. 한탄과 후회를 반복했다. 그러나 아무도 그들의 처지를 이해하거나 구원해 줄 사람은 없었다.

그들은 미국에 한국인이 있다는 사실조차 알지 못했다. 후에 그들의 고통이 조금씩 세상 밖으로 흘러나가면서 멕시코에서 한국인 노동자들이 학대받고 있다는 사실이 알려지기 시작했다. 심지어 채찍에 맞는다는 소문도 돌았다. 미국에서 떠도는 루머에는 한국인들이 멕시칸 농장 주인에게 죽도록 맞았다는 이야기가 돌아다녔다.

몇몇 멕시코 한인 노동자들이 탈출해 로스앤젤레스로 넘어왔다. 그들은 한인회에 한인 농부들이 멕시코 농장에서 저임금과 핍박에 시달린다는 사실을 알렸다. 이 소식을 접한 왕사영 씨는 멕시코 현장을 직접 다녀왔다. 황사선 목사님이 현지로 파견되어 상황을 조사하기에

이르렀다.

1905년 7월 29일 자 황성신문 사설은 당시 한인들의 처참한 생활 상을 그대로 반영했다.

멕시코 원주민인 마야족의 노예 등급은 5~6등급, 한인 노예는 7등급으로 가장 낮은 값이다. 조각난 떨어진 옷을 걸치고 다 떨어진 짚신을 신었다. 아이를 팔에 안고 등에 업고 길가를 배회하는 한국 여인들의 처량한 모습은 가축 같아 보이는데, 눈물 없이는 볼 수 없는 실정이다. 농장에서 일을 제대로 하지 못하면 무릎을 꿇리고 구타해서 살가죽이 벗겨지고 피가 낭자한 농노들의 그 비참한 모습을 차마 눈 뜨고 볼 수 없도다. 통탄, 통탄이라.

하지만 황성신문 사설과는 달리 직접 통역을 맡았던 안토니오 이홍만의 증언은 달랐다. 그는 한국인과 멕시칸 농장 주인 사이의 문화 차이가 대부분의 분쟁을 일으켰다고 말했다. 한국인들이 멕시코에서 일하면서도 멕시코 풍습을 따르려 하지 않아 문제가 생겼다고 그는 주장했다.

"한번은 이런 일도 있었어요."

그가 말을 이었다.

"농장 주인이 명품 개를 기르고 있었는데요. 유럽에서 수천 달러를 주고 수입해 온 족보 있는 개였어요. 한국인들은 배가 고프지도 않으면서 개고기가 먹고 싶었던 거지요. 어리석다면 어리석고 무지하다면 무지했던 한국인들은 개에도 명품종이 있다든가, 개도 족보가 있다는 사실을 몰랐지요. 어느 날, 주인이 며칠 동안 집을 비웠을 때 한국인들이 모여서 주인이 아끼고 아끼는 개를 잔인하게 잡아먹었답니다. 아시지요, 한국인들이 개고기 좋아하는 거. 농장 주인은 집에 오자마자 개를 찾았어요. 그러나 개가 보이지 않는 거예요. 농장 주인은 답답해서 한국인 노동자들에게 물어보려 했지만, 노동자들은 스페인어를 알지 못하잖아요. 결국 통역관인 나를 불렀답니다. 당시 한국인 노동자들은 한 농장에만 있는 게 아니라 여러 농장에 흩어져 있었거든요. 많게는 백여 명, 적게는 수십 명씩 먼 곳에 떨어져서 지냈어요. 드디어 농장 주인이 나를 불렀답니다. 한인들에게 물어보았지만 아무도 대답하지 않더군요. 모두 입을 다물고 있었어요. 물어보나 마나 아무 소득 없이 끝나는 줄 알았어요."

답답한 표정을 지은 홍만이가 말을 계속했다.

"하지만 농장 주인이 가만히 있겠어요? 한국인들이 거주하는 판잣집을 돌아보는 거예요. 돌아보다가 개 가죽을 발견했답니다. 가죽만이 아니라, 먹지 못하는 개 머리, 내장, 발목들이 널브러져 있었지 뭐예요. 농장 주인은 사랑하는 개의 머리를 보자마자 미쳐버렸지요. 농장 주인은 거기서 개가 어떤 고문을 받았는지 알지 못하지만, 나야 한국에서 보았기 때문에 개가 어떻게 죽었는지, 그 처참한 광경을 떠올리지 않을 수 없었어요. 그다음은 차마 말하고 싶지 않아요."

말을 하고 난 이홍만은 한숨을 "푸~" 하고 내쉬었다가 이어갔다.

"애완동물을 잡아먹다니! 지금 생각해도 이해가 안 돼요."

노예와 같은 생활도 4년 뒤 끝났다. 1909년 5월, 당시 대한제국은 일본의 손아귀에 놓여 있었다. 경술국치를 앞둔 고국은 일에 찌들고 녹초가 된 이민 노동자들이 돌아오기에는 더 만만치 않은 상황이었다. 그렇다고 지옥 같은 곳에 남는다는 건 죽기보다 싫었다. 한인들은 살아야 하겠기에 궁여지책으로 유카탄반도를 떠났다.

이홍만은 멕시코 유카탄에서 8년 동안 국민회의 통역사로 일했다. 그가 멕시코로 가던 배에는 신순우 씨의 가족도 있었다. 신순우 씨는 로자와 이사벨이라는 두 딸이 있었다. 21살의 청년 이홍만은 두 딸 중 언니인 이사벨과 결혼했다. 결혼한 지 1년도 채 되지 않은 어느 날, 이홍만은 한국인 축제에 참석하러 집을 떠났다.

이홍만이 집을 비운 사이, 불행히도 사고가 났다. 이사벨이 가스 스토브를 잘못 다루면서 가스가 폭발하며 불이 났다. 가스 폭발로 이사벨은 전신 화상을 입었다. 이홍만이 집에 돌아왔을 때는 이미 집이 다 타버린 뒤였다. 그날 밤, 이사벨은 숨을 거두었다.

아내를 잃은 이홍만은 깊은 슬픔에 잠기며 삶의 의욕을 잃고 말았다. 더는 살고 싶지 않았다. 몇 명 안 되는 한인들과 함께 장례를 치른 후, 집을 떠나기로 했다. 그는 그리운 한국인들이 많이 산다는 LA로 가고 싶었다.

이홍만은 보따리를 싸 들고 정처 없이 걸어 멕시코 국경을 넘었다. 에네켄 농장을 떠난 지 1년여 만에 마침내 캘리포니아 LA에 도착했다. 일감이 많다는 리버사이드의 과일 따는 농장에서 일했다. 일감이 떨어지면 디뉴바나 리들리와 같은 다른 한국인들이 많이 있는 곳을 찾아다녔다. 그러다가 마침내 한국인들이 쌀농사로 큰돈을 번다는 소문을 듣고 윌로우즈에 당도했다. 그때 이홍만은 23살이었다.

*

윌로우즈에서 초창기 한인 교회는 목사인 광선의 아버지가 주일마다 집에서 예배드리면서 시작되었다. 두세 가족이 모여 아버지가 인도하는 예배를 함께하고 찬송도 불렀다. 아버지는 한국어 학교를 열고 싶어 했지만, 학교를 운영할 여건이 되지 않았다. 그런데도 아버지는 항상 한국어를 중요하게 생각하셨다. 그 덕분에 광선은 성인이 돼서도 한국어를 유창하게 할 수 있었다. 아버지를 닮아 매일 중요한 일들을 한글로 기록하며 지냈다.

광선은 아버지의 곱슬머리만 닮은 게 아니라 기록하는 습관도 이어받았다. 아버지가 남긴 기록처럼 그녀 또한 가족의 고생을 기억하기 위해 기록을 남기지 않으면 아무도 알지 못할 것이라고 믿어 의심치 않았다. 지난날의 기록을 들춰볼 때마다 그녀는 한글을 가르쳐주신 아버지에게 감사했다. 만약 한글을 배우지 않았다면 그들 가족의 고된 삶은 아무에게도 전하지 못했을 것이다.

아버지는 집에 큰 칠판을 사다 놓고 '가갸 거겨'와 같은 한국 알파벳을 가르쳤다. 아버지는 정말 대단한 분이었다. 새벽부터 열심히 일만 하시다가 해가 저물어야 피곤한 몸을 이끌고 집에 돌아오곤 하셨다. 밥 먹을 힘조차 남아 있지 않았던 그 와중에도 아버지는 우리에게 한글을 가르치셨다. 그 덕분에 광선과 가족 모두는 한글을 어느 정도 익히게 되었다. 그 기록이 지금까지 이어져 온 것이다.

광선의 부모님이 하신 가장 위대한 일 중 하나는 자식들에게 한국어와 한글에는 한국인의 얼이 들어 있다면서 늘 한글 가르치기를 게을리하지 않았다는 사실이다. 아버지는 항상 자식들에게 한국인이면서 동시에 좋은 미국인이 되라고 강조하셨다.

미국에서 자란 2세들이 한국어를 배우는 것은 매우 어려운 일이다. 대부분의 일상생활과 교육이 영어로 이루어졌기 때문에 자연스럽게 한국어를 사용할 기회가 부족하고 그로 인해 한국어 능력이 발달하기 어렵다. 시간이 흐르면서 영어가 주요 언어로 자리 잡게 되고, 한국어 능력은 점차 약해질 수밖에 없다. 특히, 학교에 다니기 시작하면 영어가 더 중요한 언어가 되므로 한국어와 한글은 점점 더 소홀히 다뤄진다.

이러한 어려움을 극복하기 위해서 광선의 부모님은 지속적인 노력과 한국어 교육에 대한 기회를 최대한 제공하는 것이 중요했다. 그러나 대부분의 한국인 교포들은 자녀에게 모국어를 가르치지 못했지만, 광선의 집에서는 매일 아침, 학교에 가기 전에 엄마의 말을 들어야 했다.

"선생님 말씀 잘 듣고 남의 집에 가면 안 돼."

"엄마, 난 엄마가 뭐라고 할지 외우고 있어."

동생 영이 엄마를 놀리듯이 말해도 엄마는 얼굴 한 번 붉히지 않고 입이 아플 때까지 가르쳤다. 그런 엄마의 꾸준한 교육 덕분에 아이들 모두 한국어를 할 수 있게 되었다. 집에 있을 때는 반드시 한국어를 사용해야 했다. 심지어 아들이 장성해서 군대에 가서 몇 년 동안 영어만 사용하다가 집에 돌아오면 다시 한국어를 써야 했다. 그러한 부모님의 노력이 있었기에 자녀들은 한국어와 한글을 놓지 않고 이어갈 수 있었다.

제 3 부

메리 광선의
시대

오클랜드의 그대

1.5세인 메리는 당연히 한국어를 잘하고 한글도 능숙하게 썼지만, 2세인 그녀의 아들들도 한국어를 유창하게 구사했다. 특히 큰아들 헨리(Henry)는 뛰어난 한국어 실력을 자랑했다. 메리와 남편 안토니오는 집에서 한국어만 사용하며 자녀들에게 모국어를 가르쳤다. 아이들은 그녀의 말을 잘 따라주었다. 메리가 아버지의 말을 잘 들었듯이 그녀의 아들들도 말을 잘 들었다. 아들들은 착하고 순종적이었다.

메리는 아이들에게 한국어를 가르치는 일이 매우 힘들었다. 아침부터 저녁까지 온종일 일하고 돌아와 저녁을 준비한 후, 매일 밤 아이들과 함께 한글 공부하기를 게을리하지 않았다. 아이들은 그다지 하고 싶어 하지 않았지만, 메리는 아버지에게서 배운 대로 강제로라도 공부시켰다. 한국어와 한글에는 한국인의 얼이 숨어있다는 것도 잊지 않았다.

큰아들 헨리는 맏아들이었기에 동생들의 본보기가 되어야 했다. 그는 스스로 열심히 공부했고 그만큼 잘했다. 한국어를 완벽하게 말할 수 있었다. 현대어와 유행어까지 모두 잘 구사했다. 헨리는 언어에 뛰어난 재능을 보였다. 한국어와 일본어는 유사한 단어들이 많아 쉽게 배웠다. 또한 언어학습에 능숙한 그는 스페인어, 프랑스어, 독일어까지 수준급으로 구사할 수 있었다.

메리는 아들이 두 명 있고 딸은 하나뿐이다. 사실 더 많은 자녀를 가져야 했지만, 힘든 과일가게 일을 하느라 여러 번 유산을 겪었다.

큰아들 헨리의 대학 진학 문제로 안토니오와 메리는 깊은 고민에 빠졌다. 헨리는 공부를 잘해서 성적이 상위권에 올랐다. 헨리의 대학 입학 문제를 해결하기 위해 메리와 안토니오는 다니던 교회 목사님에게서 조언도 듣고 고등학교 카운슬러와 상담도 했다.

예일, 코넬, UC 버클리 대학에 입학원서를 보냈다. 세 대학 모두에서 입학 통지서를 받았다. 하지만 사립대학에 보낼 만큼의 여유가 없었기에 일부 장학금을 제공하겠다는 버클리 대학교로 결정했다.

메리는 헨리와 함께 UC 버클리 대학 투어에 나섰다. 시내버스를 타고 텔레그래프 애비뉴에서 내렸다. 대학교 정문으로 향했다. 거리는 생각했던 것보다 사람들로 북적였다. 교문을 지나 학생회관에서 안내 모임에 합류했다. 안내인을 따라 높은 시계탑을 지나 교수회관에 들러 대학 개요에 관한 설명도 들었다.

다 좋은데 신입생을 위한 기숙사가 없다는 게 흠이라면 흠이었다. 아들이 기거할 만한 집을 찾아보았다. 18살 된 아들이 집을 떠나 혼자 살아야 한다는 현실이 마음에 걸렸다.

메리는 자신이 공부하지 못한 이유를 잘 알고 있었다. 집안이 가난해서 자주 이사 다니느라고 한곳에서 살 수 없었다. 그로 인해 학교에 다니는 날보다 못 가는 날이 더 많았기 때문이었다. 그녀는 공부에는 환경이 가장 중요하다는 것을 잘 알고 있었기에 아들만큼은 안정적인 환경에서 공부해야 한다는 사실을 누구보다 뼈저리게 감지하고 있었다.

헨리는 맏아들이었기에 일찍 철이 들어 부모님이 고생하는 것을 돕곤 했다. 과일가게에 나와서 궂은일과 힘든 일은 항상 자처했다. 아들의 심성을 잘 아는 메리는 아들을 혼자 두면 집안 걱정하느라고 공부에 집중하지 못할 것이라는 걸 꿰뚫어 보고 있었다.

"맹모삼천지교(孟母三遷之敎)"라는 말이 떠올랐다. 메리는 아들을 위한 최선의 환경을 만들어주기로 했다. 그녀는 아들이 대학교에 다니는 동안 공부에만 전념할 수 있도록 도와주기 위해 대학교 근처로 이사 가기로 했다. 장사는 어디에서든 할 수 있지만, 대학 공부는 그렇지 않다. 아들은 공부에 집중해야 한다고 믿었다.

메리와 안토니오는 모든 에너지를 큰아들의 공부에 집중하기로 했다. 공부하지 못한 것에 대해 한이 맺힌 메리는 미련 없이 이삿짐을 꾸렸다. 트럭에 짐을 싣고 버클리 대학교 근처인 오클랜드로 이사했다.

쉽게 오클랜드로 삶의 터전을 옮길 수 있었던 것은 남편 안토니오의 친구가 오클랜드에서 이발소를 운영하고 있었던 것도 한 요인이었다. 이발사는 안정적인 직업이어서 이사 다니지 않아도 되는 장

점이 있다. 한곳에 정착하는 삶은 아이들의 교육에 필수적인 조건이라고 메리는 믿고 있었다. 안토니오가 친구에게서 이발 기술을 배울 수만 있다면 그들도 고정된 수입과 생활을 유지할 수 있을 것으로 생각했다.

다행히 안토니오의 친구가 좋은 사람이어서 그의 이발소에서 견습생으로 일할 수 있도록 도와주었다. 하지만 안토니오는 처음부터 이발은 자신 없다면서 꽁무니를 빼는 걸 메리는 자신감을 불어넣어 주면서 부추겼다. 이발사 면허증을 받는 것이 결코 쉬운 일이 아니라는 걸 알기에 꾸준히 기도로 일관했다.

"여보. 이발사 면허증 시험에 합격할 만한 실력 쌓았어요?"

"자신 없어. 어느새 시험은 무슨 시험이야?"

"6개월이나 공짜로 일해줬으면 됐지. 얼마나 더 하려고 그래요?"

"남들은 1~2년씩 연습한다던데."

"친구 좋다는 게 뭐예요. 이럴 때 도움을 받지 않으면 언제 받겠어요? 염려하지 말고 다음 주 월요일에 시험 치러 갈 테니 준비하세요."

메리는 남편을 끊임없이 닦달해 댔다. 안토니오는 우유부단한 성격이어서 매사에 좋게 좋게 넘어가려 했지만, 먹고사는 문제가 걸린 상황에서 더는 우물쭈물할 여유가 없었다. 결국 월요일, 메리는 남편 안토니오와 아들 헨리를 데리고 새크라멘토 이발사 시험장으로 향했다. 이발사 시험을 치르려면 수험생이 머리 깎아줄 대상자를 데리고 가야 한다. 아들 헨리는 시험 치를 날짜까지 머리를 깎지 않고 기다렸다.

시험은 무난히 통과했다. 안토니오는 늘 깎아주던 아들의 머리를 실기 대상으로 삼았기에 시험에서 머리를 깎는 데 아무런 어려움이 없었다.

메리는 곧바로 새 이발소 자리를 알아보러 다녔다. 오클랜드 차이나타운 근처에는 한국인이 운영하는 이발소가 세 군데나 있었다. 9번가와 프랭클린 스트리트의 코너에는 남편의 친구 신형윤 씨의 이발소, 7번가에는 키가 작고 뚱뚱한 김대윤 씨의 이발소, 8번가에는 댄 조 씨의 이발소가 있었다.

메리는 남편의 이발소가 가장 훌륭한 이발소가 되기를 간절히 바랐다. 결국, 자그마치 월세가 40달러나 되는 번듯한 가게를 얻었다. 안토니오는 깜짝 놀라며 반대했지만, 메리가 우겨서 5년 리스 계약서에 서명했다. 그것이 1938년의 일이었다.

이발소 영업을 시작한 후, 첫 1~2년은 매우 힘들었다. 이발 요금은 25센트였는데 어떤 손님은 머리를 제대로 깎지 못했다고 불만을 표하며 요금을 내지 않고 그냥 가버리기도 했다. 면도하는 데 받는 요금은 15센트였다. 한 달에 고작 35달러밖에 벌지 못해서 집세며 가스, 전기세도 안 나왔다.

메리는 살림집으로 아파트에 세 들었다. 월세가 12.50달러였다. 살림이 너무 쪼들려서 일본인의 화훼농장에서 일했지만, 다섯 식구가 살아가기에는 턱없이 부족했다.

생활이 어렵다 보니 사회보장 제도의 하나인 복지 혜택(welfare)을 받는 것도 불가피한 일이었다. 하지만 복지 혜택을 받는 일도 쉽지 않았다. 메리는 장로교회에서 세례받은 교인이었지만, 오클랜드에는 한국인 장로교회가 없었다. 마침 감리교회가 있어서 메리는 감리교회에 출석했다. 아이 셋을 데리고 가난하게 살던 메리의 가족은 임정구 목사님이 시무하는 교회로부터 많은 도움을 받았다. 임 목사님의 도움이 아니었다면 복지 혜택은 받지 못했을 것이다.

복지 혜택으로 5식구는 식료품을 지원받았다. 5달러, 10달러씩 현금도 받았다. 매일 우유가 배달되는 것이 가장 큰 위안이었다. 미국인들은 쌀밥을 즐겨 먹지 않아서 쌀 보급이 없다는 게 매우 아쉬웠다. 대신 감자와 콩이 많았다.

1927년 헌정식을 위해 장식된 오클랜드 일본 불교 사찰

안토니오는 이발 가격을 다른 이발소보다 낮추고 자정까지 열심히 일한 덕분에 조금씩 이문을 보기 시작했다.

1940년대는 1910년대와 비교해서 문명은 발달했지만, 인종차별은 여전히 심했다. 동양인들은 오클랜드 차이나타운에 몰려 살았다. 차이나타운 지역의 중심은 8번가와 웹스터 스트리트였다. 북쪽 가장자리는 12번가, 남쪽 가장자리는 6번가였으며 서쪽의 브로드웨이에서 동쪽의 메리트 호수 남쪽 끝까지 이어졌다.

오클랜드 차이나타운의 동양인들은 각기 다른 배경을 가진 사람들로 이루어졌다. 1850년대, 금광을 찾아 캘리포니아에 들어온 중국인들이 모여 살기 시작했다. 1890년대에는 일본인들이, 1900년대에는 한국인들이 이곳에 정착했다. 중국인들은 대부분 자기들끼리 모여 살며 주로 식당을 운영하거나 그와 관련된 일을 했다. 일본인들은 캘리포니아 전역에 퍼져 살았다. 그중에서도 오클랜드 차이나타운에 가장 많은 인구가 집중되어 있었다. 오클랜드 차이나타운에는 1,500여 명이나 되는 일본인이 중국인들과 함께 거주했다.

일찍이 개화 문명을 받아들인 일본인들은 백인만큼 깨어있었다. 깨어있는 만큼 중국인들처럼 백인 밑에서 일하지 않고 자영업을 했다. 일본인들은 시내 곳곳에서 꽃가게를 운영했다. 꽃은 생명력이 짧아 새벽에 진열하고, 오후가 되면 시들기 때문에 꽃 가게는 빠르게 돌아가는 상업적 특성이 있다. 꽃 가게를 운영하는 일본인들이 많은 이유는 이스트 오클랜드, 샌리안드로, 헤이워드에 일본인 화훼농장이 있었기 때문이다.

일본인들은 625 잭슨 스트리트에 위치한 오클랜드 일본인 불교 사찰을 중심으로 다양한 비즈니스를 운영했다.

*

메리는 일본인 화훼농장에서 일하면서 벌어오는 작은 임금으로는 가난을 벗어날 수 없었다. 가만히 있는 성격이 아닌 그녀는 어떻게 해서든 남편 안토니오의 무거운 짐을 덜어줘야 했다. 매일 할만한 사업을 찾아다녔다.

1940년 일본인이 운영하던 오클랜드 대중목욕탕

엉뚱하게 대중목욕탕 사업이 메리의 눈에 들어왔다. 생판 알지 못하던 사업이었지만, 일본인들이 대중목욕탕으로 큰돈을 번다는 소문을 듣고 해 볼 만한 사업이라는 생각이 들었다.

오클랜드 차이나타운과 함께 위치한 재팬타운에는 두 개의 대중목욕탕이 있었다. 모두 일본인이 운영했다. 하나는 오래돼서 거의 쓰러져 가는 건물에 자리 잡은 목욕탕이었고 다른 하나는 새로 지은 현대식 대중목욕탕이었다. 당연히 손님들은 새 목욕탕으로 몰렸다. 오래된 목욕탕은 문을 닫을 위기에 처해 있었다. 재팬타운에서 뚝 떨어진 샌페불로 애브뉴에 위치한 오래된 목욕탕을 노인 부부가 은퇴하면서 팔겠다고 내놨다.

메리는 오래된 목욕탕을 인수하기로 마음먹었다. 가진 돈이 없었지만, 벌어 가며 갚아 나가기로 하고 덜컥 인수부터 했다.

"여보, 당신 정신 있소? 내일 모래면 문 닫을 목욕탕을 인수해서 어쩌자는 거요?"

안토니오는 질겁을 하면서 말렸다.

"그러면? 영업이 잘되는 사업을 돈 한 푼 없는 우리에게 줄 사람이 누가 있어요?"

메리는 세상 물정을 제대로 알고 이야기하라고 다그쳤다.

"난 모르겠소. 알아서 하시오."

남편은 매우 불안해했다. 그러나 모험하지 않고 되는 일이 있다더냐? 메리는 일단 저지르고 봤다.

1940년, 캘리포니아 오클랜드에서 일본인이 운영하던 목욕탕은 일본인들이 소유한 핵심 사업 중 하나였다. 일본인들은 미국에서 차별받고 배척당하면서 할 수 있는 사업이 그리 많지 않았다. 그나마 꽃가게나 목욕탕과 같은 업종이 주목받는 사업이었다.

그중에서도 목욕탕은 일본 문화에서 중요한 역할을 하고 있었다. 특히 일본인들이 많이 거주하던 오클랜드 지역에서는 목욕탕이 중요한 사회적, 경제적 공간으로 자리 잡았다. 일본에서 전통적으로 중요한 사교적 공간인 '온센'이나 '센토'와 유사한 역할을 하며 일본인들이 모여 이야기를 나누고 문화와 언어를 유지하며 커뮤니티를 강화하는 장소였다.

일본인 노부부에게서 넘겨받은 오래된 목욕탕은 말 그대로 지저분하고 퀴퀴한 냄새가 배어 있었다. 그날부터 메리와 큰아들, 둘째 아들은 의기투합해서 온 힘을 다해 리모델링에 들어갔다. 아주 더러운 기름때를 벗겨내고 새로 페인트칠하고 냄새도 없앴다. 새로 치장한 목욕탕에 목욕 가격까지 저렴하게 책정하여 고객들을 끌어들였다. 그리고 '오클랜드 목욕탕'이라는 상호를 내걸었다.

운은 메리의 손을 들어주었다. 제2차 세계대전이 발발했다. 오클랜드와 앨러미다 조선소에는 미국 해군의 군함 주문이 쇄도했다. 주문을 감당하기 위한 노동자 채용도 급증했다. 전 미국에서 몰려드는 노동자들의 급격한 증가로 인해 목욕탕 사업에도 변화가 일어났다. 조선소의 숙소에도 샤워 시설은 있었지만, 그것은 '오클랜드 목욕탕'과 비교할 수 없으리만치 열악했다. 입소문을 타고 노동자들이 '오클랜드 목욕탕'으로 몰려들었다. 사업은 예상보다 잘 돌아갔다. 목욕 손님이 많아지면서 메리는 즐거운 비명을 질렀다.

1940년, 이스트 베이 조선소들로는 수요를 감당하지 못해 샌프란시스코에 있는 조선소도 급격히 팽창했다. 조선소마다 노동자들이 대거 고용되었다. 전국 각지에서 노동자들이 몰려들었다. 샌프란시스코 조선소는 급히 임시 숙소를 만들어 군대 병영처럼 운영되었다. 노동자들은 일을 마친 후 샤워할 곳이 필요했지만, 시설이 부족했다. 그들은 저녁이 되면 베이브리지를 건너 오클랜드로 몰려와 목욕하고 술집에 들러 술을 마시곤 했다.

메리의 목욕탕은 단골손님이 많이 늘었다. 특히 샌프란시스코와 오클랜드 항구에 기항하는 외항 선박들의 선원들이 자주 찾았다. 목욕탕 사업이 잘 돌아가면서 메리는 일 년 만에 빚을 모두 갚고 800달러를 저축할 수 있었다.

운칠기삼(運七技三)이라고 했던가? 일이 잘 풀리려던 참에 제2차 세계대전은 드디어 태평양 전쟁으로 이어졌다. 1941년 12월 7일, 일본은 하와이 진주만을 기습 공격했다. 기습 공격으로 미국 군인 2,300명이 목숨을 잃었고 정박해 있던 미국 해군 함선 수십 척이 침몰했다. 세상은 발칵 뒤집혔다. 미국인들의 민심은 흉흉해졌다. 일본이 곧 미국 서부 해안에 상륙할 것이라는 루머가 퍼졌다. 백인들 눈에는 미국에 거주하는 일본인들은 모두 적으로 비쳤다.

진주만을 습격받은 지 두 달 반 만에 미국에 거주하는 일본인들에 대한 강제 퇴거 명령이 내려졌다. 일본인들은 외딴 지역 수용소로 실려 가야 했다. 한국인과 일본인을 구분 못 하는 미국인들은 한국 인들에게도 핍박을 가했다. 국민회에서는 부랴부랴 한국 교포들에게 '한국인'이라는 스티커를 나눠줘 집에 붙여놓고 위기를 모면하도록 했 다. 메리는 그때야 비로소 자신이 한국인이라는 사실이 이렇게 고마 운 일인지 알게 되었다. 한국인이라는 스티커를 '오클랜드 목욕탕' 유 리창에도 붙였다.

일본인들을 강제 수용소로 이송하라는 명령에 따라, 당시 일본인 들이 운영하던 사업체들은 모두 문을 닫았다. 대중목욕탕도 폐업하거 나 포기해야 했다.

1942년 5월 일본인 강제 소개령에 따라 거리에 짐을 내놓고 기차역까지
실어다 줄 밴을 기다리는 일본계 미국인들의 보따리들. 오클랜드에서 촬영.

메리는 그날도 목욕탕 청소를 하며 손님 맞을 준비에 여념이 없었다. 쓰레기를 버리러 길가에 나갔다. 일본인 아주머니가 서성대고 있는 게 보였다. 메리는 그저 평소와 다름없이 지나치려 했는데 일본인 아주머니가 어찌나 반갑게 말을 걸어오는지 마주 보지 않을 수 없었다. 무슨 일인가 했다.

"안녕하세요. 처음 뵙겠습니다."

여자는 일본인 특유의 상냥한 목소리로 굽실대며 말을 건넸다.

"그래요. 뉘시지요?"

메리는 무뚝뚝하면서도 경계심 가득한 눈빛으로 여자를 바라보았다. 메리는 미국에서 학교에 다녔기에 영어를 잘했지만, 일본 여자는 영어가 서툴렀다. 그래도 같은 동양인이라서 무슨 말을 하려는지 이해하는 데 큰 문제는 없었다. 메리는 몇 마디 나누면서 새로 지은 대중목욕탕 주인이라는 것을 알았다.

"아시다시피 우리 일본인들이 소개 명령을 받았잖아요."

"그렇지요. 짐을 꾸려서 떠나셔야지요."

메리는 담담하게 말하면서도 속으로 고소하다는 생각이 들었다. 하지만 겉으로 나타내지는 않았다.

"우리가 운영하던 대중목욕탕을 인수해 주실 수 있겠어요?"

메리는 속으로 '이게 무슨 소리야?'라고 생각했다. '나는 지금 목욕탕을 잘 운영하고 있는데 또 하나를 인수하라고?' '그동안 내가 당신네 목욕탕을 얼마나 부러워했는데!'

"아! 그 문제 때문에 오셨군요."

메리는 잠시 생각에 잠겼다. 라이벌 중의 라이벌, 원수라면 원수가 제 발로 걸어와 항복하겠다는 게 말이 되나? "당신 같은 일본인은 망해 봐야 해"하는 말이 목구멍까지 나오는 걸 억지로 참았다. 불현듯 아버지가 들려주신 "보복으로 이기려 하면 필패, 포용으로 대하면 필승"이란 말이 떠올랐다. 침착하게 물어보지 않을 수 없었다.

"어떤 조건으로 내놓으셨나요?"

"오늘 중으로 급히 처분해야 해서요. 가진 돈이 얼마나 되는지 그 돈만 주시고 인수하세요."

메리는 급히 머리를 굴렸다. 만약 인수가 성사되지 않으면 그 목욕탕은 아마 문을 잠그고 갈 것이다. 잠겨있는 목욕탕 시설이 제대로 남아있을 리 없다. 완전히 부서지고 말 것이다.

"우리에겐 정(情)이 많이 든 목욕탕인데 그냥 버리고 가면 폐허가 되겠지요. 생각만 해도 끔찍해서 그래요."

일본 여자는 사정하다시피 굽실대면서 말을 이어갔다.

"그래도 목욕탕에 경험이 있는 분이 맡아서 운영해야 목욕탕이 목욕탕다워 보일 게 아니겠어요?"

메리는 잠시 머뭇거리며 생각했다. 일본 여자의 말도 맞는 말이다. 돈을 주고 사업체를 인수해 본 경험이 없던 메리는 사실을 있는 그대로 말했다.

"지금 제게 저금해 놓은 돈이 800달러뿐인데…"

"아이고, 고마워라. 그렇게 하세요."

일본 여자는 질겁을 하면서 좋아하는 게 아닌가? 메리는 물에 빠진 사람 건져주는 심정으로 대했건만, 엉뚱하게 은인이 되고 말았다.
얼떨결에 목욕탕의 새 주인이 되기도 했다.

목욕탕과 별의 길

메리가 인수한 대중목욕탕과 호텔 사업은 마치 운명처럼 새로운 기회를 열어주었다. 목욕탕 사업은 이제 두 곳의 대중목욕탕으로 늘어났다. 새 목욕탕은 2층에 9개의 객실을 가진 호텔이 있고 아래층에 목욕탕이 있는 시설이다. 메리는 이제 명실상부한 사업가가 되었다.

새로 인수한 대중목욕탕은 샤워와 욕실 시설이 잘 갖춰져 있었다. 뒤편에는 목욕탕과 연결된 넓은 살림집이 이어져 있었다. 살림집은 3개의 방과 거실, 부엌이 있는 현대식 가정집으로 목욕탕과 붙어 있었다.

대중목욕탕 2곳과 호텔에서 일하는 종업원만 20명이 넘었다. 일에도 한계가 있는 건데 이제 한계에 부딪힌 것 같았다. 목욕탕만으로도 할 일이 너무 많아서 남편 안토니오는 이발소를 팔아넘기겠다고 했다.

"여보, 이발소 문은 닫는 게 어떻겠소?"

그러나 메리는 단호했다.

"무슨 소리예요? 이제 막 셈 평이 피기 시작하는데, 안 돼요. 나도

다 생각이 있으니까 그냥 하세요. 어떻게 해서라도 목욕탕과 호텔은 내가 해 볼 테니까요."

메리는 그녀만의 계획이 따로 있었다. 바로 목욕탕을 찾아온 손님들을 이발소로 보내고 이발소를 찾은 손님들에게는 다시 목욕탕으로 오게 하는 할인 쿠폰 전략을 세운 것이다. 그것이 바로 두 사업을 성공적으로 이어주는 핵심이 될 것이라고 믿었다.

큰아들 헨리는 집에서 대학교까지 버스를 타고 다녔다. 졸업을 한 달 앞두고 있었다. 둘째 아들은 고등학교에 다니며 바쁜 일정을 소화해 냈다. 셋째 딸은 이제 막 세 살을 넘겼다. 하지만 메리에게는 셋째 딸이 정말 소중한 존재였다. 둘째 아들을 낳고 여러 번 유산을 경험했던 메리는 그동안의 아픔을 딛고 셋째를 얻었다. 늦둥이 딸은 그야말로 기적처럼 찾아온 보물과도 같았다. 둘째 아들과는 15년의 터울이 있었던 셋째 딸은 메리에게 더 없이 귀하고 특별한 존재였다.

본격적인 제2차 세계대전이 전개되면서 라디오에서는 매일 긴박한 뉴스를 전해왔다. 남태평양 뉴기니 열도 근해에서 미 해군과 일본 전함과의 전투가 벌어진다는 소식이 들려왔다. 젊은이들은 모두 징집돼서 군대에 나갔다. 큰아들이 징집 대상이어서 매일 조마조마하게 보냈는데 대학 졸업과 동시에 소집영장을 받았다.

1943년 5월이었다. 새벽에 밥을 지어 큰아들과 남편이 마주 앉은 자리에 아침상을 차렸다. 아들이 좋아하는 따끈한 콩나물국에 포기

김치를 내놓았다. 국그릇에서는 김이 모락모락 피어오르고 있었다. 메리는 밥상 옆에 앉아 두 남자가 밥 먹는 모습을 지켜보고 있었다. 남편이 먼저 입을 열었다.

"어디로 모이라더냐?"

"오클랜드 기차역으로 집결하래요."

큰아들이 대답했다.

"그러면 어디로 간다더냐?"

남편이 이어서 물었다.

"몬터레이에서 한 달간 기초훈련을 받고요, 아이다호 장교 훈련소로 간다고 했어요."

남편은 잠시 침묵했다가 이내 고개를 끄덕였다.

"그래, 어딜 가든지 몸조심하고 함부로 앞에 나서지 마라."

메리도 가만히 듣고만 있을 수 없었다.

"넌 우리 집 장남이야. 장남이 뭔지 알지?"

큰아들은 고개를 끄덕이며 대답했다.

"알아요. 걱정하지 마세요."

아들의 말에 메리는 잠시나마 마음이 놓였다. 아들이 장남으로서의 책임감을 알고 있는 모습에 안도했다. 하지만 마음 한편에는 불안과 두려움이 가시지 않았다. 눈에 넣어도 아프지 않을 아들이 군대에 간다는 현실이 가슴 아팠다. 식사를 마친 후, 큰아들은 집 떠날 준비를 하며 짐을 챙겼다.

그날 아침을 먹고 떠난 아들에게서 편지가 왔다. 훈련소에서 보내온 편지다. 한국어를 유창하게 하는 아들은 편지도 한글로 썼다. 철자법은 틀렸지만, 틀린 글자가 메리에게는 더욱 정겹게 다가왔다. 읽고 또 읽었다. 읽을 때마다 아들의 목소리가 들리는 듯했다. 연애편지를 받아본 적은 없지만 아무려면 이보다 더 설렐까?

*

전시체제 속에서 조선소는 여전히 바빴다. 불빛은 밤에도 꺼지지 않았다. 작업은 24시간 계속해서 돌아갔다. 노동자들이 캘리포니아로 몰려왔지만, 여전히 노동력은 부족했다. 부족한 노동력을 채우기 위해 험한 작업장에서 여성 노동자도 일할 수 있다는 노동법이 연방 의회를 통과했다.

목욕탕과 호텔 사업은 점점 더 번창했다. 욕조가 6개에 샤워장이 10개나 됐다.

사업이 잘되었기에 매달 2,000달러를 벌었다. 경제적으로 안정되면서 다니는 한인 감리교회에서 재정을 맡기도 했다.

호텔에서 나온 침대 시트와 타올 등의 세탁물이 쌓이자, 이를 처리할 전담 세탁 팀을 두기도 했다. 샐리의 법칙이 있다더니 하는 일마다 잘되는가 하면 넘쳐나기까지 했다.

샌프란시스코와 오클랜드 조선소에 군함 주문이 쇄도하자, 앨러미다 조선소에 제2도크를 열었다. 노동자들이 더 몰려들었다. 목욕탕을 찾는 손님의 숫자도 급격히 증가했다.

수요가 늘자, 가격을 인상할 수밖에 없었다. 목욕비는 15센트에서 25센트로, 샤워 요금은 10센트에서 15센트로 올렸다. 가격 인상에도 불구하고 손님들이 늘어나면 늘어났지, 줄어들 기세는 보이지 않았다. 오히려 더 많은 사람이 몰려들었다.

목욕탕 비즈니스가 잘 된다는 소문은 빠르게 퍼져나갔다. 그리고 어느 날, 10번가에 새로운 경쟁자가 등장했다. '터키식 목욕탕'이 문을 열었다. 경쟁자는 낮은 가격으로 손님들을 유혹하려 했지만, 메리는 전혀 개의치 않았다. 오히려 더 큰 자신감이 생기면서 가격을 조금 더 올렸다.

2년여 동안, 손님들이 몰려드는 모습은 그야말로 무서울 정도였다. 매일 손님들이 길게 줄을 섰다. 특히 기쁨을 더해준 것은 여성 노동자들이 몰려왔다는 사실이다. 그들은 하루의 피로를 씻기 위해 목욕탕을 찾았다. 여성을 위한 여성 전용 샤워장 시설을 따로 마련했다. 목욕탕은 이제 단순한 세정의 공간을 넘어 피로를 풀고 몸과 마음을 재충전하는 특별한 장소가 되었다.

전시 중이어서 물가 상승률이 높았다. 물가 상승에 따라 다시 가격을 올렸다. 가격을 올리는 것이 당연한 일처럼 여겨졌다. 그때마다 손님들은 조금씩 불만을 표시했지만, 결국 그들 또한 목욕탕에 오는 것이 피할 수 없는 일임을 알았다. 가격이 올라갔음에도 불구하고 손님들은 계속해서 찾아왔다. '오클랜드 목욕탕' 역시 승승 장구로 성업 중이었다.

*

목욕탕은 매일 바쁘게 돌아갔다. 쉬는 날이란 없었다. 종업원들은 특히 야간 일을 기피 했다. 매일 자정이 되면 다음 날 영업을 준비하기 위해 목욕탕을 깨끗이 청소해야 하는데 깊고 넓은 욕조를 손으로 문질러 닦는 일은 정말 힘든 일이다. 종업원을 고용하면 처음에는 멋모르고 덤벼들었다가 일이 고되면 곧바로 불평을 털어놓고 퇴직했다. 특별히 월급을 많이 줘도 오래 일하는 사람은 없었다. 일은 고되고 게다가 밤새워가며 하는 일이었기에 일할 사람을 구하기가 어려웠다.

오클랜드 한인 감리교회 김창수 목사님은 어려운 한국인이 있으니 일자리를 마련해 주면 어떻겠느냐고 물어왔다. 목사님의 소개로 만난 사람이 바로 김명숙 아주머니다. 아주머니는 메리와 동갑내기였다. 그녀의 어려운 사정은 돈을 벌어야만 하는 상황이었다. 처음에는 일을 배우느라고 굼떴지만, 시간이 지나면서 근면하고 빨리빨리 해대는 모습이 책임감이 돋보였다. 오래된 '오클랜드 목욕탕' 뒤편 살림집이 비어 있기에 김 씨 아주머니와 가족이 그곳에서 살게 해주었다.

김 씨 아주머니는 고마울 정도로 열심히 일했다. 그녀는 정말 부지런했다. 내 일처럼 열정으로 일하기 때문에 도와주고 싶은 마음이 저절로 일어났다. 그녀가 열심히 일하는 이유는 그동안 겪은 고생이 워낙 커서,

이 정도 일은 전혀 힘들게 느껴지지 않았기 때문이었다.

아주머니는 메리와는 다른 고생을 겪은 사람이었다. 메리는 부모님을 따라 미국에 왔지만, 아주머니는 사진 신부로 와서 메리보다 더 많은 고생을 이겨냈다. 그녀의 역경을 듣고서 메리는 자신이 지나온 고생은 아무것도 아니라는 생각이 들었다. 아주머니의 삶은 그야말로 고난의 행군이었다. 그녀는 그 모든 어려움을 견뎌내고, 오늘날까지 살아남았다. 그런 그녀가 지금은 메리의 사업에서 중요한 역할을 맡고 있다는 사실이 더욱 마음을 울렸다.

메리는 아주머니에게 '오클랜드 목욕탕' 운영을 전적으로 맡겨버렸다.

아픔의 여로

"몬태나에서 농사지으며 겨우, 겨우 살 때였는데, 진주만인가 뭔가 폭격을 당했다고 난리법석을 떠는 거예요. 시골에선 살 수가 없더라고요. 차를 타고 가던 백인들이 우리 집에다가 돌을 던져서 성한 유리가 없었어요. 맨날 백인들이 와서 "이 더러운 '잽' 아직도 여기서 사나?" 하면서 마구 발길로 차는 거예요. 큰아들이 뛰어나와 우린 일본인이 아니고 한국인이라고 사정해서 겨우 숨을 돌리곤 했어요."

아주머니는 잠시 말을 멈추고 그 시절의 아픔을 떠올리며 눈을 감았다. 메리는 고생하던 아주머니의 이야기를 듣자니 가슴이 먹먹해졌다. 이야기 속에서 흘러나오는 고통은 단순히 입에 담기 어려운 사건들이었다. 당시에 입은 상처가 여전히 그녀의 목소리 속에 뚜렷이 남아 있었다.

한국인들은 단지 일본인처럼 생겼다는 이유만으로 백인들의 눈에 띄었다. 백인들의 무자비한 폭력과 인종차별을 피해 다니며 살아야 했다.

"이웃에 사는 백인 여자가 FBI에 전화를 걸어 "우리 동네에 꼭 축출해야 할 '잽' 가족이 있다"라고 신고했대요. FBI는 끈질기게 우리를 조사했어요. 나는 우리가 한국인이라는 것을 증명해야 하는 고초를 겪었죠. 마침 국민회에서 보내준 '한국인 증서' 덕을 톡톡히 봤어요."

아주머니는 씁쓸한 미소를 지으며 이어갔다.

"정말 그때는 죽을 것 같았어요. 내가 한국인이라는 걸 어떻게 증명해야 하나 걱정이 태산 같았어요. 국민회에서 보내준 증서 하나가 그렇게 소중했던 적이 없어요."

그러다가 '대한인국민회(Korean National Association)'라는 단체가 아주머니네 가족을 도와주면서 형편이 풀렸다. 대한인국민회에서 '우리는 한국인이다'라고 쓴 배지(badge)와 포스터를 보내 주었다. 아주머니네 가족은 모두 가슴에 한국인이란 배지를 달고 집 창문에는 포스터를 붙였다. 이를 통해 한국인과 일본인을 구별할 수 있게 되면서 일본인이라는 오해를 불식시켰다.

1942년 재미한독연합위원회에서 한인들에게 준 신분증과 같은 뱃지
A replica badge same as the ones given out to Koreans as an ID
by the Korean-American Joint Commission in 1942

미국 정부도 한국이 일본의 강제 점령하에 있지만, 한국인이 독립을 위해 싸우고 있다는 사실을 높이 평가했다.

"사실, 하느님이 우리를 보호해 준다고 믿고는 있었지만, 당시로서는 대한인국민회가 우리 가족을 살렸다고 해도 과언이 아니었어요. 지금도 어떻게 빚을 갚아야 할지 고맙기 그지없고 말고요. 다른 사람들은 어땠는지 몰라도 대한인국민회가 우리 가족을 살려 준 거예요. 나는 지금도 대한인국민회 사람들을 존경합니다."

아주머니네 집 창문에 포스터를 붙였더니 지나다니는 사람들이 "작은 한국인 집" 또는 "오! 리틀 조"라고 불러 주었다.

아주머니의 목소리에는 여전히 그때의 괴로움이 담겨 있었다.

"둘째 아들이 고등학교에, 딸들이 중학교와 초등학교에 다녔는데 울면서 쫓겨오는 거예요. '잽'이라고 놀리면서 때린다지 뭐예요. 우리는 밤 9시 이후에는 감히 밖에 나가지 못했죠."

그 시절의 괴로움과 두려움이 고스란히 묻어난 이야기에, 메리는 마음이 아팠다. 사람들은 그들을 낯선 이방인으로, 불쾌한 존재로 대했지만, 아주머니는 그들과 싸워야 했다. 싸움은 날마다 계속됐다.

"마침 고위급 경찰관의 호의로 우리가 한국인이라는 걸 이웃들에게 알려 주었지 뭐예요. 덕분에 이웃들의 차가운 시선이 가라앉았어요. 경찰관의 아내가 고등학교 선생님이어서 학교에도 진정서를 제출할 수 있었구요."

아주머니는 그제야 잠시 미소를 지으며 그때의 고마운 일들을 떠올렸다.

"그 경찰관 덕분에 조금은 숨을 돌릴 수 있었죠. 그때는 정말 감사했어요."

메리는 고개를 끄덕이며 그녀의 이야기에 공감했다. 메리 자신도 겪어온 상처가 많았기 때문이다. 억울한 고통 속에서도 가족을 지키기 위해 끝까지 싸운 아주머니의 강인한 의지력에 메리는 도와주고 싶은 마음이 저절로 솟구쳤다.

겨울철 몬태나 농장에서 김 씨 아주머니의 삶은 너무나 척박했다. 기운이 하나도 없는 표정으로 얼굴을 돌린 아주머니는 그때를 떠올리며 이야기를 꺼냈다.

"몬태나에서 채소 농사를 지었는데 여름철에는 그럭저럭 먹고 살았지만, 겨울철이 되면 먹을 게 없어서 아껴가면서 겨우겨우 살았어요."

그녀는 잠시 말을 멈추고 가슴 속 깊이 묻어두었던 과거를 떠올렸다. 그녀의 가족은 매일 생계를 위해 발버둥쳤다. 위로 아들 둘, 밑으로 딸만 네 명이었는데 남편이 갑작스럽게 죽는 바람에 겪은 고생은 이루 말할 수 없었다. 막내딸이 아직 뱃속에 있을 때였으니, 앞날이 깜깜했다.

"막내딸이 뱃속에서 8달이었을 때 남편이 죽었어요."

아주머니의 목소리가 떨렸다. 말하면서도 그날의 아픔이 가슴 속에서 되살아나는 것 같았다. 아픔을 겪고 나서도 생활은 더없이 힘들었다. 농장은 계속해서 실패하고 경제적 어려움은 끊이지 않았다. 그러던 중, 큰아들에게 군대에 입대하라는 통지서가 날아왔다. 하늘이 무너지는 순간이었다. 큰아들은 엄마보다 더 낙담한 모습이었다. 그런 상황에서도 큰아들은 가족을 위해 어떻게든 살아남겠다고 다짐했다.

"맏아들이 똑똑해서 살았지, 아니면 우린 모두 죽었을 거예요."

아주머니는 그렇게 말하며 숨을 고르고는 하던 말을 이어갔다.

"스무 살 먹은 큰아들이 자기 군대에 나가기 전에 몬태나를 떠나야 한다면서 갈 곳을 찾았어요. 캘리포니아에 한국인이 많이 산다면서 그리로 가기로 했지 뭐예요. 어딘지도 모르고 아들 따라서 온 식구가 길을 떠났는데 말도 말아요."

그때의 불안한 마음을 떠올리며 아주머니는 잠시 생각하더니 말을 이어갔다.

"갓난아기를 안고 큰아들 옆에 앉아서 한없이 달렸어요. 아이들은 트럭 짐칸에 탔죠. 가면서 검문이 많았어요. 조금 가면 차를 세우고 검문하면서 증명서를 보고 짐을 뒤져보기도 했어요. 마침 우리는 국민회에서 발급해 준 한국인이라는 증서가 있었기에 통과할 수 있었죠."

국민회에서 발행한 '한국인 증서'라는 건, 메리의 집 유리창에도 붙여놓은 증서여서 그 위력을 잘 알고 있었다. 아주머니의 말에서 느껴지는 긴장감은 그때 그 상황을 떠올리게 했다.

"저녁에 모텔에 들어갔는데 지배인이 우리를 거절했어요. 일본 사람에게 방을 줄 수 없다는 거예요. 아무리 일본 사람이 아니라고 설명해도 듣지 않는 거예요. 할 수 없이 경찰을 불렀어요. 경찰을 불러 갓

난아기와 산모가 피로에 지쳤다고 사정했지요. 경찰의 도움으로 겨우 방을 얻을 수 있었어요."

메리는 아주머니가 겪어온 고통의 무게를 충분히 짐작할 수 있었다. 그것은 단지 지나간 일이 아니라 그녀의 삶에서 계속해서 이어지고 있었다.

"다음 날 아침에 또 소동을 겪어야 했어요. 아침을 먹고 떠나야 하는데 식당에 들여보내 주지 않는 거예요. 또 경찰을 부르고 나서야 겨우 아침상에 앉을 수 있었어요."

아주머니는 당시의 억울함과 답답함을 떠올리며 한숨을 쉬었다.

"그런 일들이 계속되었지만, 우리가 가야 할 길을 멈추지 않았죠"

꼬박 닷새를 달려서 캘리포니아에 들어섰다. 그때까지도 오클랜드가 캘리포니아에 있는 줄 몰랐다.

아주머니는 몬태나에서 채소 농사를 지으면서 얼마나 고생했는지 생생히 기억했다. 여름에는 따가운 딸기밭에서 온종일 딸기를 따서 창고에 쌓아두었다가, 다음 날 새벽 시장에 내다 팔았다. 그때마다 아주머니를 가슴 아프게 했던 것은 아들들이 새벽 2시에 일어나 아버지를 도와 창고에서 딸기며 브로콜리를 상자에 담아 트럭에 실었던 일이었다. 새벽 일이 끝나면 아이들은 세수하고 옷 갈아입고 아침을 먹는 둥 마는 둥 하면서 학교에 갔다. 학교에서 졸음을 쫓는 게 가장 힘들었다는 아들의 말을 들을 때면 가슴이 미어지는 것 같았다.

"너무 힘들었지…"

아주머니는 그 말을 떠올리며 조용히 눈을 감았다. 아들들이 힘겹게 사는 게 모두 자기 탓인 것 같아 눈물이 나더라고 했다. 그런 아들들이 고맙기만 했다.

"아들이 아니었으면 어떻게 살아났을까, 생각만 해도 아찔해요."

몬태나의 겨울은 살을 후벼내는 것 같은 추위였다. 추운 날에도 불평 한마디 없이 일하는 아들을 볼 때면 아주머니는 감사하다는 마음이 절로 솟았다. 겨울에도 아들은 기계처럼 일했고 자신과 가족을 지켰다.

"북미 중부지역 농촌 마을에서 20파운드 쌀 한 포대에 8달러나 했어요. 같은 무게의 쌀이 여기서는 2달러지만, 시골까지 운반하는 물류비가 비싸서 8달러나 받았어요."

아주머니는 그 당시 쌀값을 생각하며 한숨을 쉬었다. 쌀밥을 먹어야 하는 우리로서는 울며 겨자 먹기로 비싼 쌀을 사서 먹어야 했던 게 가장 큰 어려움이었다.

김명숙은 사진 신부로 미국에 온 것을 후회했다. 엄청나게 후회했다. 21살 신부보다 19살이 더 많은 신랑은 가진 재산도 없이 농지 10에이커를 빌려 농사짓는 농부였다. 고생이 극심했다. 김명숙은 자신이 한국에서 백정과 결혼했어도 이보다는 낫지 않았을까 하는 생각도 했다. 미국에 가면 공부하겠다던 꿈은 산산조각이 났다. 남편을 따라 농사만 짓느라 공부는 엄두도 낼 수 없었다. 가난에 지쳐 기대했던 공부는 하지 못한 채 자식만 여섯을 낳았다. 시민권도 없이 살았지만, 그나마 다행인 것은 아이들은 모두 낳자마자 시민권을 받았다.

그렇게 시간이 흘러 오클랜드로 이사 오게 되었다. 메리의 도움으로 목욕탕 관리 일을 맡게 되면서, 아주머니의 생활은 안정되었다.

아주머니의 큰아들은 가족을 오클랜드에 이사시키고 미 해군에 입대했다. 앨러미다 해군기지에서 군용기를 타고 일리노이주 그레이트 레이크에 있는 'Navy Boot Camp'에서 10주간 기초훈련을 받았다. 아주머니는 큰아들을 군에 보내면서 무척 많이 울었다. 군에 나간 아들이 죽었다는 사람들을 보았기에 더욱 불안했다.

오클랜드에서 둘째 아들은 고등학교 졸업반이었다. 딸들 4명 모두 학교에 다녔다. 목욕탕은 오전에는 한가했다. 그녀만의 시간이 생기면서 잊고 있던 공부에 대한 꿈이 다시 살아났다.

"그래, 이제는 공부해야지!" 김 씨 아주머니는 마음속으로 다짐했다. 고등학교 졸업장을 얻기 위해 성인학교에 나갔다. 따라가기가 힘겨웠지만, 포기하지 않고 열심히 공부했다. 마침 딸들이 같은 학년에 다니고 있어서 도움을 받기도 했다. 선생님도 잘 봐줘서 그럭저럭 다닐 수 있었다.

아주머니의 둘째 아들이 고등학교를 졸업했다. 졸업과 동시에 군 입영 통지서를 받았다. 전쟁 중이어서 젊은이들은 모두 군대에 나갔다. 아들은 버스로 몬터레이 훈련소에 갔다. 둘째 아들이 군에 나가고 한 달이 채 지나기도 전에 해군 복장으로 말끔하게 차려입은 병사 둘이서 찾아왔다. 손에는 삼각으로 접은 성조기가 들려 있었다. 아주머니는 해군 병사를 보는 순간 가슴이 철렁 내려앉았다. 큰아들에게 무슨 변고가 생겼나? 예상은 적중했다. 병사들은 성조기를 김 아주머니의 가슴에 안겨주고 다니엘 김 일병이 전사했음을 알려 주었다.

아주머니는 그 자리에서 실신하고 말았다. 아주머니가 눈을 떴을 땐 하루가 지난 후였다. 며칠을 자리에 누워있었다. 고등학교에 다니는 딸 둘이서 번갈아 가며 엄마를 보살폈다. 한 달이 지난 다음에야 아주머니는 다시 일하러 나왔다. 일은 하러 나왔지만, 정신을 놓은 상태였다. 살고 싶지 않다고 했다. 메리에게는 남의 일 같지 않았다. 군대에 나가 있는 헨리가 눈에 어렸다.

급한 대로 아주머니를 살리기 위한 어떤 특단의 조치가 필요했다. 곰곰이 생각하다가 '오클랜드 목욕탕'을 넘겨주기로 했다. 구태여 목욕탕 둘을 붙들고 고생할 이유가 없다고 생각했다. 하나는 아주머니에게 그냥 넘겨주고 하나만 운영해도 충분할 것이다. '오클랜드 목욕탕' 명의를 김명숙 아주머니 이름으로 넘겨주었다.

전쟁 후의 빛

1945년 8월 14일, 일본 천황의 항복 선언 하루 전, 캘리포니아 오클랜드 지역 사람들은 이미 전쟁이 끝났다는 소식에 들뜬 기운이 가득했다. 소식이 전해지자 거리로 쏟아져 나온 시민들은 환호하며 서로를 안고 기뻐했다. 전쟁의 끝을 알리는 소식은 세계 각지에 울려 퍼졌다. 미국, 유럽, 아시아 전역의 사람들에게 평화와 희망을 가져다주었다.

하지만 평화의 기쁨은 곧 일자리가 사라진다는 의미였다.

특히 오클랜드는 제2차 세계대전 동안 경제적으로 호황을 누리던 도시였다. 이곳의 조선소들은 군함을 만들기 위해 밤낮없이 가동되었다. 수많은 노동자가 전쟁의 승리를 위해 헌신하며 일했다. 그러나 전쟁이 끝났다는 소식이 전해지자 그동안 전쟁 물자를 만들던 산업들이 멈추고 말았다. 노동자들은 일자리를 잃을 수 있다는 두려움에 휩싸였다. 혜택을 받는 쪽과 불이익을 받는 쪽이 확연히 갈렸다. 앞으로 어떤 변화가 찾아올지 모르는 상황에서 노동자들은 불안을 느꼈다.

전쟁 중 오클랜드로 이주해 온 노동자들이나 군인들 그리고 그들의 가족들은 전쟁의 종결이 가져오는 경제적 변화에 대해 복잡한 감정을 안고 있었다. 전쟁이 끝나면 앞으로 생계가 어떻게 될지 걱정하는 이들이 많았다.

메리의 막내딸 로린(Loreen)은 초등학교에 다녔다. 늦둥이라 부모님에게서 귀여움을 독차지했다. 그녀의 방은 장난감들로 가득했고 옷장에는 예쁜 옷들이 미어질 듯 쌓여 있었다. 로린을 위해서라면 무엇이든 아끼지 않았다.

메리는 시내에서 춤을 추며 환호하는 군중들을 보면서 전쟁이 끝났다는 사실을 알았지만, 그 후에 벌어질 일에 대해서는 무관심했다. 밖에서 군중들의 환호를 듣고 온 로린이 저녁 식탁에서 엄마를 바라보며 말했다.

"엄마, 우리나라가 독립한 거지?"

메리는 깜짝 놀랐다.

"독립하다니! 그게 무슨 소리냐?"

로린은 천진난만한 웃음을 지으며 한마디 더 했다.

"일본이 항복했으니까 우리나라는 독립한 거 아니야?"

딸의 말에 메리는 망치로 머리를 한 대 맞은 것처럼 띵 했다.

"그런가?"

대답은 했지만, 사실 그런 생각을 미처 하지 못한 자신이 부끄러웠다. 긴가민가해서 서둘러 목사님에게 전화를 걸었지만, 전화는 받지 않았다. 마음이 심란해서 자리에 앉아 있을 수 없었다. 저녁 6시라고 해도 여름이어서 아직 해가 중천에 걸려있었다. 메리는 남편과 함께 한인 교회로 달려갔다.

　교회에는 오클랜드에서 사는 교포들이 모두 모여 있었다. 목사님은 전쟁이 끝났다며 감사의 기도를 드렸다. 교포들 모두 한목소리로 "만세! 만세!" 만세를 목이 터져라 외쳤다.

*

　메리는 자신이 이룬 성과에 늘 감사했다. 그중에서도 둘째 아들 앨런의 성취에 큰 자부심을 가졌다. 메리가 힘들게 번 돈 덕분에 둘째 아들 앨런은 사립대학에 진학할 수 있었다. 조지타운 대학에서 경제학을 전공하며 연구에 몰두했다. 앨런은 시니어가 되어 대학을 졸업할 때까지 바쁜 일정을 소화하느라고 집에 올 시간이 없었다. 과제가 많아 쩔쩔매는 앨런을 보면서 메리는 그저 그가 열심히 공부하는 모습에 뿌듯함을 느꼈다.

　메리와 남편 안토니오는 앨런이 대학 졸업할 때 졸업식에 참석했었다. 그 후로는 대학에 갈 일이 없었다. 앨런은 조지타운 대학에서 경제학 박사학위를 받았다. 메리는 너무나 감격스러워 하나님께 감사기도를 드렸다. 애너하임에 있는 아버지에게 기쁜 소식을 전했다.

　제2차 세계대전이 끝난 지 얼마 되지 않았을 때여서 앨런의 박사학위가 그에게 뜻깊은 기회를 가져다주었다. 바로 미국 연방준비제도이사회(Federal Reserve Board, FRB)에서 연락을 받았다. 앨런은 박사학위 공부를 함께한 여섯 명 중 유일한 동양인이었다. 그의 연구는 글로벌 경제 프로젝트에서 중요한 역할을 할 수 있는 가능성을 지닌 것이었다. 앨런이 연구한 '국제 금융 시스템의 불균형과 그 해결책'이라는 주제는 FRB에서 큰 관심을 받았다.

연방준비제도이사회에서는 앨런의 연구가 실제 경제 시스템에 변화를 불러올 가능성이 있을 것으로 판단하고 앨런에게 기회를 주기로 했다. 앨런은 FRB에서 일하는 최초의 동양인이 되었다. 워싱턴 D.C.에서 근무하면서 미국 전역의 모든 은행을 책임지는 중요한 직책을 맡았다. 앨런의 성공은 메리와 가족에게 큰 자부심을 가져다주었다. 고생 끝에 이뤄낸 값진 결과였다.

중위로 진급한 큰아들 헨리는 도쿄 맥아더 사령부에서 근무하고 있었다. 어느 날, 메리는 헨리로부터 한 통의 편지를 받았다. 사진도 한 장 들어 있었다. 결혼을 약속한 여자라고 했다. 얌전하고 착해 보였다. 결혼식은 부모님이 있는 미국에서 올리기로 했다고 전해왔다. 메리는 편지를 읽고 매우 흡족했다. 큰아들이 이제 성인이 되어 결혼도 하고 새로운 삶을 시작한다고 생각하니 마음이 뿌듯했다.

얼마 후, 또 한 통의 편지를 받았다. 이번에는 아들을 낳았다는 소식이었다. 헨리는 아들의 이름을 '제임스 광선 리'라고 지었다면서 중간 이름으로 엄마의 이름이며 자기 중간 이름인 '광선'을 그대로 넣었다고 했다. 그러면서 할아버지에게 한국 이름을 지어달라고 여쭤봐 달란다.

곧바로 한학을 공부하신 아버지에게 아기의 이름을 지어 달라고 부탁했다. 아버지는 '이철호'라는 한국 이름을 지어주셨다. 메리는 이름이 마음에 들었다. 며칠 후, 또 한 장의 사진이 메리의 손에 도착했다. 이번엔 갓 태어난 제임스의 사진이었다. 비록 흑백 사진이었지만, 아기의 이목구비가 또렷하게 드러났다. 무엇보다 얼굴에는 큰아들 헨리의 모습이 묻어있었다.

메리는 사진을 손에 쥐고 눈물을 흘렸다. 아기는 메리에게 큰 기쁨으로 다가왔다. 아기를 직접 안아보고 싶었지만, 그럴 수 없다는 사실이 아쉬웠다.

"세상을 다 얻은 것 같은 기분이야."

메리는 만나는 사람마다 손주 사진을 보여주며 자랑하곤 했다. 손주 제임스는 단순히 가족의 일원이 아니라 메리에게 인생의 새로운 의미와 행복을 선물한 존재였다.

*

전쟁이 끝나고 다음 해 3월, 일본인 격리수용소에서 풀려난 사람들이 오클랜드로 돌아왔다. 돌아온 일본인 건물 주인에게서 뜻밖의 제안을 받았다. 건물을 팔겠다고 했다. 마침 저축해놓은 돈이 있었기에 1만 달러를 주고 대중목욕탕 건물을 살 수 있었다. 메리는 다시 한번 사업을 확장할 수 있는 발판을 마련했다.

한편 둘째 아들 앨런은 미 국무부로 자리를 옮겼다. 앨런은 이제 미국이 아시아 국가들에 대해 원조를 제공하는 부서에서 중요한 역할을 맡게 되었다. 아시아 각국을 돌아다니며 원조에 관한 업무를 수행하는 동안, 그는 각국의 재무장관들과 자주 만났다. 그들 중 대부분은 조지타운 대학교 동문이었다. 앨런은 그들과의 만남에서 친근한 인사를 나누곤 했다.

"야, 조지. 여기서 뭐 하는 거야?"

"반갑다, 오래간만이다. 너 요새 잘나간다며?"

"네가 더 잘나가잖아. 한 나라의 재무장관을 하다니!"

앨런은 그런 대화를 나누면서도 그들의 친근함 속에서 자부심을 느꼈다. 그는 저개발 국가들을 다니며 원조의 규모를 파악하고 이를 실제로 집행하는 일을 맡고 있었다. 그가 가는 곳마다 현지인들의 융숭한 대접을 받았다. 그곳에서 받은 인정은 점차 앨런의 명성을 높였다. 특히 그의 업무는 항상 중요한 결과를 낳았다. 그는 미국 정부의 국제적인 업무에서 중요한 인물로 자리 잡았다.

앨런은 재무부의 국제부서를 이끌게 되었다. 아프리카, 유럽, 아시아 등지를 돌며 경제 발전이 필요한 국가들을 지원하는 업무를 맡게 되었다. 그가 맡은 프로젝트들은 하나하나가 국가적인 규모였다. 그는 각국의 재무장관들과 협력하며 원조를 효율적으로 집행하기 위해 노력했다.

앨런은 각국 경제 상황을 개선하고 지원하는 데 큰 역할을 했다. 일은 힘들었지만, 미국의 외교 정책에 기여했다. 앨런은 국제 사회에서 점차 더 큰 영향력을 발휘했다.

메리는 사업에 몰두하느라 딸 로린의 고등학교 생활에 신경 쓸 겨를이 없었다. 하지만 그런 메리의 눈에도 로린은 항상 착하고 묵묵히 자신의 길을 가는 아이로 성장했다. 로린의 성적이 우수하다는 이야기는 들어서 알고 있었다.

그러던 어느 날, 로린이 조용히 엄마에게 말했다.

"엄마, 나 UCLA에 가려고 해."

메리는 깜짝 놀랐다. 로린이 UCLA에 가겠다니. 그동안 챙겨주지 못한 엄마로서 미안한 마음과 자랑스러운 마음이 동시에 일어났다. 메리는 딸에게 따뜻한 미소를 지으며 말했다.

"정말 대단하구나, 로린. 네가 내 딸이라는 게 자랑스러워."

비록 대놓고 자주 칭찬해 주지는 못했지만, 메리의 마음속에는 늘 딸에 대한 자부심과 사랑이 가득했다.

제 4 부

곱슬머리
유산

제임스를 만나던 날

메리는 그날을 잊을 수 없다.

아침에 일어나 목욕탕 문을 열고 밖으로 나갔다. 여느 때처럼 빗자루로 문 앞 인도교를 깨끗이 쓸었다. 깨끗이 쓸어놓은 길에 지나가던 중국인이 가래침을 뱉고 가는 게 아닌가. 중국인은 무심코 그랬는지 몰라도 메리는 기분 잡치는 일이었다. 아침부터 재수 없다는 불쾌감이 밀려왔다. 재수 없다는 생각은 지워지지 않았다.

메리는 본능적으로 소금 한 줌을 움켜쥐고 나와 목욕탕 문 앞 인도교에 뿌렸다. 마치 나쁜 기운을 씻어내듯 소금을 뿌리고 손바닥에 붙어있는 소금 부스러기마저 두 손바닥을 탁탁 마주치며 털어냈다. 손뼉 소리가 메리에게는 마치 재수 없는 기운을 떨쳐내는 의식처럼 느껴졌다. 마음 한켠에 쌓였던 불쾌감이 조금은 씻겨 내려간 듯했다.

안토니오는 하루도 쉬지 않고 일만 하다가 덜컹 간경화라는 진단을 받았다. 복수가 차오르고 입맛도 없어 제대로 먹지 못했다. 그런 안토니오를 지켜볼 때마다 메리는 마음이 아프고 속상했다. 그동안 바쁜 일상에서 남편의 건강을 돌보지 못한 것에 대한 후회와 죄책감이 그녀를 괴롭혔다. 메리는 남편 안토니오의 건강 악화가 자신의 탓이라는 생각도 들었다.

그렇지만 사업은 계속해야 했다. 1949년, 그녀는 목욕탕을 새 버전으로 리모델링하기로 계획을 세웠다. 그것도 대대적인 수리다. 외벽을 제외한 모든 장비를 뜯어내고 욕조와 샤워 시설을 새로 설치했다. 살림집도 최신식 전기제품들로 바꾸고, 수도관은 50년을 견딘다는 구리 파이프로 교체했다. 자그마치 1만 달러를 투자한 리모델링은 끝이 나고, 메리는 비로소 기쁨과 안도감 속에서 새로 개장했다. 이제 목욕탕은 손볼 게 없이 마냥 우려먹어도 되리만치 새롭게 변모했다.

하지만 기쁨도 잠시, 1950년, 캘리포니아주 정부는 880고속도로 건설 계획을 발표했다. 설계 도면에 따르면 고속도로는 오클랜드 차이나타운과 재팬타운을 가로지르며 6th 스트리트를 따라 건설될 예정이다. 브로드웨이, 프랭클린, 웹스터, 해리스, 엘리스, 잭슨, 매디슨 그리고 레이크 사이드까지 재팬타운은 모조리 철거 대상에 포함됐다. 메리의 대중목욕탕도 철거 대상 중 하나였다. 고속도로 계획이 발표되었을 때, 메리는 마치 천둥번개가 내려친 듯한 충격을 받았다.

철거에 따른 보상금이 나온다고 했지만, 건물에 대한 보상일 뿐 리모델링 비용이나 비즈니스 권리금을 보상해준다는 말은 아니었다. 6th St 와 잭슨 스트리트에 있는 일본 사찰은 건물을 통째로 옮길 계획을 세웠지만, 대중목욕탕은 이동할 수 없는 사업이다. 재팬타운 근처에는 적당한 건물도 없었다. 새로 지을 자금도 부족했다. 결국 십여 년간의 사업을 끝내고 떠날 수밖에 없는 처지가 되고 말았다. 사업을 잃은 상실감이 메리를 깊은 절망에 빠뜨렸다.

모은 돈은 이미 목욕탕 리모델링에 다 써버렸다. 정부에서 주는 철거 보상금으로는 오클랜드 힐에 집을 장만한 게 전부였다. 메리는 괴롭고 허탈한 마음으로 의미 없는 나날을 보냈다.

그 상황에서 또 다른 시련이 찾아왔다. 한국에서 6.25 전쟁이 발발했다. 도쿄에 주둔하고 있던 미군 24보병사단이 1950년 7월, 한국으로 급파되었다. 헨리는 사단장 윌리엄 딘(William Dean) 소장과 UC 버클리 동문이란 관계로 특별 대우를 받는 통역장교로 한국전에 차출되었다는 편지를 받았다. 그때는 아들의 편지가 마지막이 될 줄은 꿈에도 몰랐다. 아들의 안전을 기도하며 기다렸지만, 편지는 더 이상 오지 않았다. 아들에 대한 막연한 걱정과 그리움이 메리에게 점점 다가왔다.

오클랜드 힐에 마련한 집에서 메리는 남편 안토니오와 함께 살았다. 딸 로린은 UCLA 대학에 진학하여 기숙사에서 지내고 있었다. 넓은 집에서 안토니오와 단 두 사람만 살기에는 공간이 너무 공허했다. 너무나 쓸쓸했다. 특히 헨리의 소식이 끊기면서 그녀의 불안은 더욱 커져만 갔다.

"헨리가 죽었다면 나도 죽어버리겠어."

메리는 종종 안토니오에게 그렇게 말하곤 했다. 하지만 안토니오의 건강도 점점 나빠지면서 외출도 못 하게 되었다. 간경화로 복수가 차오르고 부종이 가시지 않았다. 안토니오는 집과 병원을 오가는 삶으로 변했다.

그런 가운데, 일본 오사카에서 사는 며느리에게서도 편지가 끊기면서 메리의 불안은 더욱 커졌다. 며느리와 손주에 대한 소식은 그녀에게 큰 위안이었는데 그마저 끊기자 메리는 불안하고 미칠 것 같았다.

로린이 대학을 졸업하고 오클랜드 집으로 돌아왔다. 집에 오자마자 로린은 바쁜 일상에 빠져들었다. 곧바로 톤힐(Thornhill Elementary School) 초등학교 교사로 출근했다. 메리는 헨리의 소식이 알고 싶어서 로린만 독촉했다. 로린이 여러 차례 올케에게 편지를 보내고 나서야 비로서 짧은 답장을 받았다.

"헨리는 행방불명으로 생사는 알 수 없고, 제임스는 잘 자라고 있습니다."

큰아들이 전쟁에서 행방불명됐다는 소식은 메리를 캄캄한 함정에 빠뜨리고 말았다. 식음을 전폐하고 자리에 누워 한동안 아무 말도 하지 못했다. 다시 며느리에게 물어보았다. 무엇이 필요한지, 미국에 올 생각은 없는지, 제임스를 볼 수 없는지, 그러나 회신은 없었다. 매정하게도 연락은 끊겼다. 헨리의 행방불명은 메리에게 큰 충격을 안겨주었다.

그 와중에 남편 안토니오의 건강은 점점 더 나빠만 갔다. 병원에 드나들던 그가 어느 날, 이런 말을 했다.

"여보, 나 죽을 것 같아."

"죽다니, 무슨 소리예요? 아직 60도 안 됐는데."

"매일 밤 죽는 꿈만 꿔."

"마음이 허약해서 그래요. 내가 차이나타운에 잘 아는 한의사가 있는데 보약을 지어 올 테니 보약 먹고 기운 차리세요."

메리는 안토니오에게 보약을 챙겨주었다. 안토니오는 메리가 지어다 준 보약을 열심히 달여 먹었다. 조금이라도 보약 덕으로 기운을 차렸으면 했는데 그것은 희망일뿐이었다.

어느 날, 메리가 외출했다가 조금 늦게 집에 돌아오면서 불길한 예감이 들었다. 문을 열고 들어서며 "여보" 하고 불렀지만, 집은 고요하기만 했다.

"여보? 누구 집에 없어요?"

불안한 마음에 안방으로 들어갔을 때, 안토니오는 침대에서 떨어져 바닥에 엎드려 있었다. 메리는 깜짝 놀라 안토니오의 몸을 흔들며 떨리는 목소리로 불러보았으나 반응은 없었다. 꼼짝도 하지 않았다.

삶이 허망하다는 생각이 떠오를 때마다 메리는 깊은 절망에 빠졌다. "죽고 싶다"는 생각뿐이었다. 삶은 선택이 아니다. 태어나고 싶어서 태어난 사람은 아무도 없다. 아버지의 곱슬머리를 닮고 싶어서 닮은 것도 아니다. 삶은 스스로 선택하는 게 아니라 주어지는 것이다.

감당해야 할 이 모든 고통은 하나님의 뜻이라는 데 이르렀다. 죽고 싶다는 생각일망정 했던 죄를 용서해 달라고 기도했다.

곱슬머리를 한 아버지의 일생이 고생뿐이었던 것처럼 아버지를 닮은 메리 자신도 고생만 하다가 끝나는 게 아닌가 하는 생각도 들었다. 사실 곱슬머리 때문에 그동안 서러움도 많았다. 초등학교에 다닐 때 남들은 단발머리를 하면 앞머리가 가지런해서 예쁜데 메리의 앞머리는 구불구불해서 마음에 안 들었다. 형제 중에 자신만 곱슬머리여서 불만이었다. 그렇다고 곱슬머리 아버지를 원망하는 건 아니다. 다행히 자식들은 곱슬머리가 없는 것으로 위안을 삼았다.

메리는 자신의 머리가 곱슬머리인 것처럼 자신의 인생도 구불구불했다. 한 번도 쭉 뻗어나가지 못했다.

*

지루하고 답답한 한국전쟁이 휴전으로 접어들던 1953년 여름, 아무것도 하지 않은 채 시간만 흘러가는 듯한 더위 속에서 새로운 뉴스가 흘러나왔다. 전쟁 포로 교환으로 24보병 사단장이 돌아왔다는 뉴스였다. 그러나 아들 헨리의 소식은 없었다. 실낱같은 희망마저 사라진 헨리의 귀환을 기다리던 메리는 다시 절망에 빠지고 말았다.

메리에게서 심각한 우울 증세가 나타났다. 병원에 드나들면서 우울증 치료도 해 보았지만, 차도는 보이지 않았다.

둘째 아들 앨런은 어머니의 우울증을 덜어주기 위해 출장길에 함께 여행이나 하자고 했다.

"한국에 출장 가는데 기분 전환도 할 겸, 함께 가시지요."

하와이를 거쳐 일본에서 며칠을 보내기로 한 그들의 여정은 순조로웠다. 앨런은 도쿄에서의 짧은 비즈니스 시간을 마친 뒤 오사카로 향했다. 그곳에서 앨런의 주선으로 손주를 만나기로 했다.

"어머니, 제임스를 보러 가는 겁니다."

메리는 마음속에서 뭔가 움켜잡히는 느낌이 들었다. 제임스, 이름만 들어도 심장이 뛰었다. 얼마나 그리운 이름인가. 제임스는 오사카 근교의 작은 도시 감마기에서 엄마와 함께 살고 있었다. 메리는 큰며느리와 손주를 한 번도 만나본 적은 없었다.

"어디서 만나기로 했니?"

메리가 물었다. 앨런은 조금 난감한 듯했다.

"형수님이 공원에서 만나는 게 좋겠다고 했어요. 집이나 고급 식당보다는 그쪽이 더 편하다고 해서…"

메리는 잠시 어리둥절했지만, 큰며느리의 뜻을 존중해 공원에서 만날 준비를 했다. 상견례치고는 다소 생경한 방식이란 생각이 들면서도, 그날은 무언가 특별한 날이 될 것만 같은 예감이 들었다.

오사카에서 메리와 앨런은 택시를 타고 우마미 교로 공원으로 향했다. 여름 햇볕치고는 과히 따갑지 않았다. 공원으로 들어섰다. 잘 가꿔진 공원은 평온하고 아름다웠다. 호수를 따라 걷다 보니, 곳곳에 놓인 벤치에서 사람들이 여유롭게 시간을 보내고 있었다. 메리와 앨런은 호숫가의 벤치에 앉아 손주를 기다렸다.

작은 아이가 엄마의 손을 잡고 천천히 걸어오는 모습이 보였다. 메리는 숨을 죽였다. 자신도 모르게 가슴이 벅차오르면서 두근거렸다. 아비 없는 손주를 보는 순간 눈물이 핑 돌았다. 손주 제임스는 너무나도 헨리와 닮아 있었다. 웃을 때의 작은 입꼬리며 씰룩이는 표정 하나하나가 헨리를 똑 닮았다. 손주에게서 잃어버린 아들을 다시 찾은 듯한 느낌을 받았다.

손주를 부둥켜안은 메리는 자신도 모르게 울음을 터뜨렸다. 피는 못 속인다더니 정말 그랬다. 제임스의 작은 손을 잡고, 메리는 그의 머리를 쓰다듬었다. 머리를 쓰다듬다가 또 한 번 놀라지 않을 수 없었다. 제임스의 머리카락이 곱슬머리가 아닌가? 아들 헨리는 곱슬머리가 아니었는데 손주는 달랐다. 곱슬머리가 그토록 반가울 수가 없다. 손주가 귀여워 깨물어주고 싶었다.

옆에 있던 앨런이 조용히 미소 지으며 말했다.

"아이가 참 귀엽죠?"

메리는 대답 대신 제임스를 더 힘껏 끌어안았다. 복잡한 감정 속에서 언어의 장벽도 잊은 채 그녀는 손주에게 말을 걸었다. 대신 통역을 맡은 앨런의 여비서가 아이에게 물었다.

"할머니가 너를 만나서 정말 기뻐. 몇 살이냐?"

메리는 조용히 물었고, 손주는 일본어로 대답했다.

"6살이요."

"이름이 뭐냐?"

손주는 잠시 머뭇거리더니 일본 이름을 말했다.

"유타."

옆에서 듣고 있던 며느리가 일본어로 한마디 했다. 손주는 곧바로 한국어로 고쳐 말했다.

"이 철 호 제 임 스 입니다."

한자씩 또박또박 글을 읽듯 말했다. 메리는 가만히 고개를 끄덕였다.

"응, 그래, 참 잘생겼구나. 너의 할아버지가 곱슬머리였고 나도 곱슬머리인데 네가 우리 가문의 곱슬머리를 닮았네? 할아버지는 매우 훌륭한 분이었단다. 너는 네 아버지를 기억하지 못하겠지만 너의 아버지는 미국에서 태어났어도 한국말을 유창하게 했단다. 한글로 쓴 편지를 내게 보내오곤 했었어."

메리는 영어로 말했다. 손주를 옆에 앉히고 나란히 앉았다. 며느리와 앨런은 다른 벤치에 앉아 있었다. 메리는 정신을 가다듬고 며느리를 다시 보지 않을 수 없었다. 그녀는 사진에서 보았던 젊은 일본 여자의 모습 그대로였다. 며느리는 헨리의 행방불명 통지서를 받은 지 3년이 넘었다고 했다. 전쟁도 끝났고 포로 교환자 명단에도 없다면서 돌아올 것은 포기한 상태라고 했다. 메리도 같은 생각을 하고 있었다.

어느새 며느리는 재혼해 딸도 낳았다고 했다. 재혼했다는 말을 듣는 순간, 메리는 당혹스러움을 감출 수 없었다. 입이 딱 벌어지고 말았다. 해서는 안 될 말 같았지만, 자신도 모르게 속마음이 터져 나왔다.

"자식은 어떻게 하고 재혼을 해?"

메리의 말을 통역해 주던 일본인 여비서가 잠시 망설였다. 머뭇대는 통역사에게 한마디 더 했다.

"한국 풍습으로는 아들을 잘 키워야 하는 게 엄마로서 해야 할 도리인데…"

통역사는 마지못해 일본어로 메리의 말을 전달했다. 며느리는 잠시 침묵을 지키다가 입을 열었다.

"나도 기다리고 싶었지만, 먹고 살 수가 없었어요. 전후의 일본은 먹을 게 없어요. 아들 공부 시키려면 재혼하지 않고는 안 되겠더군요."

재혼했다는 며느리의 대답은 듣기 불편했지만, 손주 제임스는 예뻐 보였다. 그날, 호숫가에 앉아 이야기를 나누며 메리는 손주가 아까워서 두고 오고 싶지 않았다.

앨런은 한국으로 들어가 전쟁 복구 원조 규모를 살펴볼 것이라고 했다. 메리는 도쿄에서 비행기를 타고 미국 집으로 돌아왔다. 돌아오는 내내 손주의 모습이 지워지지 않았다.

빛과 선(光善)

세월은 속절없이 흘러갔고 어느덧 칠순에 이른 어느 날, 앨런이 동남아 출장길에 메리에게 말했다.

"어머니, 살아생전에 한 번 한국에 다녀오시죠?"

메리는 아무 대답도 하지 않았다. 몸은 예전 같지 않았고 무엇을 하든 귀찮았다. 그저 집에서 편안히 지내는 것이 좋았다. 앨런은 그런 그녀를 줄기차게 다그쳤다.

"호텔에서 묵으면 편할 텐데, 걱정하지 않아도 돼요."

메리는 짜증 섞인 목소리로 대답했다.

"아는 사람도 없는 한국에 가서 뭐 하겠냐. 피곤하기만 하겠지…"

몸이 늙고 나니 무엇 하나 움직이는 것이 싫었다. 누워있는 것처럼 편안한 건 없다고 생각했다. 그러나 앨런은 말을 멈추려 들지 않았다.

"제임스가 한국에서 대학교에 다닌다는데, 만나보지 않으실 거예요?"

메리는 제임스라는 이름에 깜짝 놀라며 고개를 들었다. 제임스!

그 이름이 그녀의 머릿속에 강하게 울렸다. 제임스가 누구냐? 그 아이가 한국에 있다는 말에 메리의 마음이 요동쳤다.

"뭐라고? 제임스가 한국에 있다고?"

"네, 맞아요. 서울에서 대학에 다니며 한국어 공부를 한대요."

앨런의 말을 듣고 메리는 아무 말도 하지 못했다. '제임스, 그 애가 한국에 있다니' 그녀는 두말할 것도 없이 손주가 보고 싶었다. 6살 때 한번 본 손주다. 제대로 말 한마디 건네지 못한 채로 떠났던 아이가 이제 대학생이 되었다니….

메리의 가슴이 갑자기 울렁였다. 그동안 해주지 못했던 말들이 그녀의 마음속에 차오르기 시작했다. 증조할아버지에 대해서 그리고 아버지 헨리에 대해서도 말해주고 싶었다.

"나도 가야겠다. 언제 떠날 거냐?"

메리는 부랴부랴 한국에 갈 준비를 서둘렀다. 앨런은 차분하게 자신의 출장 계획을 세우고 있었지만, 메리는 정신없이 한국행 준비에 한눈팔 여유가 없었다. 그녀의 마음은 손주를 만날 생각에 가득 차 있었다. 준비해야 할 일들은 끝없이 늘어났다.

손주와 다시 만나는 것도 중요했지만, 그동안 남편이 보고 싶어 했던 이복 여동생들을 만나는 계획도 세워야 했다. 메리는 한국에서 할 일이 많았다. 그동안 시간에 쫓기며 지나쳤던 이야기들을 이제는 제임스에게 꼭 해주고 싶었다.

메리는 한국으로 향하는 노스웨스트 항공기에 앨런과 함께 나란히 앉았다. 그녀는 창밖을 내다보며 한국에서의 새로운 만남을 기대했다.

　김포 공항에는 재무부 재전차관보라는 사람이 마중 나와 있었다. 그의 안내를 받아 반도 호텔에 짐을 풀었다. 앨런은 그동안 한국에 드나들며 알게 된 일들을 차분히 설명했다.

　"15년 전에 왔을 때는 정말 비참했어요. 지금도 그렇긴 하지만, 변화가 빠르게 진행되는 편이에요."

　메리는 아들의 말을 들으며 창밖을 바라보았다. 비가 내리는 서울 거리는 사람들로 북적였다. 우산을 쓴 사람들이 바쁘게 지나갔다. 서울에서의 일주일 동안 앨런과 함께 버스 투어도 하고 여기저기 구경도 다녔다. 태풍 시즌이라 바람이 불고 비는 계속해서 내렸다. 변해가는 서울을 보며 메리는 시간의 흐름을 온몸으로 느꼈다.

　드디어 앨런은 손주에게 연락해 호텔로 불러냈다. 메리는 전화를 받고 서둘러 커피숍으로 내려갔다. 호텔 아래층의 작은 커피숍 한 귀퉁이에서 앨런과 손주가 기다리고 있었다. 제임스를 처음 보는 순간 그동안 감춰두었던 눈물이 한꺼번에 밀려 나왔다. 잠시 말을 잇지 못한 채, 메리는 일어선 손주를 안았다. 흐르는 눈물을 참을 수 없었다.

　"몇 살이냐?"

　메리가 겨우 입을 열었다. 손주는 잠시 망설이다가 대답했다.

　"23살이에요."

　"이름이 뭐냐?"

　메리는 그저 이름이 궁금했다. 아이를 부를 때 이름이 무엇인지 생각해 본 적은 없었는데 지금은 손주를 부를 때 어떤 이름을 불러야 할지 알 수 없었다. 손주는 잠시 생각한 후에 말했다.

"한국에선 이철호라는 이름을 쓰고요, 일본에서의 공식 이름은 유타 쇼헤이이고요, 미국 이름은 제임스 광선 리입니다."

손주는 세 개의 이름을 읊어대며 웃었다.

"'제임스 광선 리'라는 이름은 너의 아버지가 지어준 이름이란다. 너는 '광선'이라는 이름이 무슨 뜻인지 아니? '광선'은 내 이름이야."

메리는 따뜻한 미소를 지으며 말했다. 제임스는 빙그레 미소를 지었다. 따뜻한 눈빛으로 서로를 바라보았다.

"미국에 와서 살 생각은 없니?"

메리가 다시 물었다. 손주는 잠시 생각하다가 대답했다.

"생각해 봤는데요. 영어를 못하니까 어떻게 직장을 구하겠어요? 아직은 한국말도 서툴러서 공부를 더 해야 하고요."

"그래, 공부 마치면 다시 생각해 보려무나. 그런데 일본 이름은 또 뭐냐?"

"엄마가 호적에 올려주신 이름이에요. 유타 쇼헤이라고요. 쇼헤이는 새 아버지의 성이에요."

메리는 손주의 대답에 고개를 끄덕였다. 마음에 안 들었지만, 그렇다고 표현하지는 않았다. 제임스의 얼굴에는 자연스럽게 헨리의 모습이 묻어있었다. 메리는 마치 하나님이 아들을 돌려준 듯한 느낌을 받았다. 제임스는 어린 시절의 헨리처럼, 아니 이제는 제임스로 메리에게 잃어버린 아들을 다시 찾아준 존재였다.

손주와 함께한 일주일은 꿈처럼 흘러갔다. 메리는 제임스와 보내는 매 순간이 소중했다. 그와 함께한 시간이 빠르게 지나가는 게 아쉬웠다.

돌이켜보면 메리는 한국에 돌아가서 살겠다는 생각을 한 적은 없었다. 그럴 가능성은 전혀 없었다. 아이들이 미국에 있고 삶의 터전도 미국에 있기 때문이다. 메리는 늘 그렇게 생각했다.

그런데도 메리의 마음 한구석에는 한 번쯤 한국에 돌아가서 살아볼까 하는 생각이 스치곤 했다. 남편이 죽기 전, 그녀는 속마음을 물어보았다.

"한국에 돌아가서 살까?"

메리는 남편의 이복동생들이 한국에 살고 있다는 것을 알고 있었다. 남편은 그냥 지나쳐버리는 말로 이복동생 이야기를 했었지만, 메리는 남편의 이복동생이 마음에 걸렸다. 한국전쟁이 한창이었을 때 남편은 어린 시절의 기억을 떠올리며 자주 말하곤 했다.

"우리 집도 폭격에 맞아 다 날아갔고 의붓엄마도 죽었대."

메리는 그가 어떤 마음이었는지를 짐작할 수 없었다. 하지만 남편 안토니오가 그런 사실을 알고 있다는 것은 이복 여동생들이지만 관심이 있다는 증거였다. 남편은 끝내 한국을 다시 보지 못한 채 세상을 떠났다.

남편의 죽음이 메리에게는 큰 충격이었다. 그러나 시간이 지나면서 메리는 자기가 남편 대신 그의 이복동생들을 만나보기로 했다. 남편이 한 번도 돌아가지 못한 고향 땅을 대신 밟고 그들의 삶을 조금이나마 이해하고 싶었다. 그녀는 남편이 그곳에서 겪었던 과거를 상상하며 그가 살아 있다면 어떤 이야기를 했을지, 어떤 감정을 가졌을지 생각해 보았다.

메리는 수소문 끝에 한국에서 남편의 이복동생들을 찾아갔다. 그들은 아현동 산동네에서 가난한 삶을 살고 있었다. 그들이 사는 집은 비좁고 열악했다. 하지만 메리는 그들의 상황을 이해했다. 나라가 가난했기에 누구나 어려운 상황에서 살아갈 수밖에 없었다. 메리는 그런 그들에게 자신이 할 수 있는 작은 도움이 되고 싶었다.

메리는 그들에게 3,000달러씩 건넸다.

"이 돈으로 집이라도 마련할 수 있으면 좋겠어요."

그녀는 조심스럽게 말했다. 이복동생들은 놀라움과 고마움을 감추지 못했다. 그들에게는 큰 금액이었지만, 메리는 그들이 더 나은 삶을 살 수 있기를 진심으로 바랐다.

비록 짧은 시간이었지만, 그녀는 남편의 고향에서 그를 대신해 이복동생들과 시간을 보낼 수 있었던 것에 대해 마음이 조금 놓였다. 남편이 살아 있었다면 어떤 이야기를 나눴을지, 어떤 감정을 가졌을지!

메리는 몸이 시름시름 아파서 열흘 만에 한국을 떠나야 했다. 노스웨스트(Northwest Airlines) 여객기의 맨 앞 일등석에 앉아 태평양을 건넜다. 기내에서 백인들과 나란히 앉았다. 젊은 백인 여자 스튜어디스의 서비스를 받으며 디너를 먹는 기분이 남달랐다. 비행 내내 온갖 생각이 멈추지 않았다. 고통을 겪어 본 자만이 천국을 안다. 1956년 연방법원이 '버스에서 인종 분리는 위헌'이라는 판결이 나오기 전까지 메리의 젊은 날은 버스를 타면 맨 뒷자리에 앉아야만 했다. 아무것도 먹으면 안 되던 때를 생각하며 격세지감(隔世之感)을 느꼈다.

'보복으로 이기려 하면 필패, 포용으로 대하면 필승'이란 믿음을 가르쳐주신 아버지가 고마웠다.

후기

　첫사랑은 영원하듯이 첫 이민 역시 우리의 잊을 수 없는 이민 역사의 첫사랑이다.

　소설의 무대는 미국 캘리포니아. 연대는 1905년부터 2025년 사이에 벌어진 한국인의 미국 초기 이민과 사진 신부의 새로운 세상 개척 이야기를 다룬 소설. 하와이 사탕수수밭 이민은 1902년 12월부터 1905년 5월 사이 64회에 걸쳐 약 7,400여 명이 하와이로 건너갔다. 계약기간이 끝난 후 천여 명은 본국으로 돌아왔고 천여 명은 미대륙으로 이주했다. 나머지는 하와이에 상주했다.

　미 대륙으로 건너간 천여 명의 한국인 중에 아동이 30여 명 있었다. 백광선은 그들 중의 한 소녀였고 유일하게 기록을 남긴 인물이다.

　이후 1910년~1924년 사이에 천여 명이 좀 넘는 사진 신부들이 미국에 입국했다. 하와이 사탕수수밭 노동자들과 사진 신부들은 어떻게 정착했으며, 어떤 삶을 살았는지, 그들은 어떤 인간적 대우를 받았는지, 인종차별은 얼마나 심했는지, 사실을 바탕으로 다루었다. 그들의 자녀는 어땠는지 역사적 자료에 기반해서 소설을 썼다.

일찍이 '젊은 청년 장인환 전명운'이란 책을 집필한 경험으로 초기 이민자들의 역경을 글로 쓰는데 어려움은 없었다.

소니아 신 선우(샌프란시스코 출생 1915~unknown) 박사는 사진 신부의 딸이다. 그녀의 어머니 신강애는 사진 신부로 1914년 샌프란시스코에 도착했다. 사진 신부의 딸인 소니아 신 선우는 누구보다 사진 신부에 관해서 잘 알고 있었고 관심이 많았다. 1975년 살날이 얼마 남지 않은, 아직도 생존해 있는 사진 신부 출신들을 찾아다니면서 인터뷰해서 구두 녹음 파일을 남겼다.

인터뷰 구두 녹음 파일을 단행본으로 출간한 책이 소니아 신 선우(Sonia Shinn Sunoo)의 'Korean Picture Brides': 1903-1920: a Collection of Oral Histories 영문 책이다.

이 책은 2002년에 출판되었으며 하와이와 캘리포니아 지역에 거주했던 사진 신부들을 인터뷰한 구술 기록집이다. 총 28명의 한인 1세들의 구술이 실려 있으며, 그중 사진 신부는 21명이고 나머지 인물들은 가족 이민으로 미국에 간 한인 1세들이다.

인터뷰는 1975년부터 1977년 사이에 진행되었으며 캘리포니아, 콜로라도, 워싱턴, 오리건, 뉴욕, 버지니아 그리고 워싱턴 D.C.를 오가며 소니아 신 선우 박사가 수집했다.

사진 신부들은 평생을 미국에서 살았어도 영어보다는 한국어를 사용하면서 살았다. 당연히 인터뷰는 한국어로 진행되었다. 한국어가 가능했던 2세인 소니아 신 선우 박사는 구술자와의 면담에서 한국어와 영어를 혼용해서 사용하며 인터뷰를 진행했다. 그리고 고어 같은 한국어 인터뷰를 영어책으로 출간하기 위한 영어 번역은 남편인 해롤드 선우가 담당했다.

인터뷰는 일문일답 형식이어서 대화를 듣는 형식이다. 옛날 어른들의 한국어 대화를 영어로 번역해 놓은 것을 다시 한국어로 번역하면서 해독에 차이가 있었음을 고백한다. 나는 그들의 이야기를 듣고 이 이야기는 소설로 써서 한국인들에게, 나가서 후손들에게 널리 읽혀야 한다는 사명감에 빠졌다.

'곱슬머리 소녀'는 소설이지만 역사적 연대와 실존 인물을 바탕으로 쓴 소설이다. 소설은 허구이지만 이 소설은 사실에 가까운 허구라고 할 수 있다. 초기 이민자들의 고초를 담으면서 인간의 기본 인권과 인종차별을 주제로 삼았다. 참혹했던 인종차별의 변화를 보면서 발전하는 세상, 인간이 살기 좋은 세상을 만드는 노력을 보여주고 싶었다.

선우 박사가 76세인 광선 리를 인터뷰한 때가 1977년 2월 8일이었다. 그런가 하면 캘리포니아 대학교, 로스앤젤레스 데이비드 K. 유 교수가 메리 백 리(광선 리)를 만나 인터뷰한 때는 그녀가 86세인 1987년이었다. 10년의 차이를 둔다.

광선 리의 둘째 아들 앨런 리의 소개로 유 교수와 인터뷰가 성사되었는데 당시 광선 리가 직접 쓴 65페이지짜리 오디세이를 가지고 있었다. 유 교수는 인터뷰를 통해 오디세이의 부족한 부분을 정리해서 'Quiet Odyssey'라는 책으로 출판했다.

여기서 선우 박사가 정리한 광선 리의 인터뷰와 10년 후, 유 교수가 정리한 인터뷰에는 차이가 있었다. 나는 선우 박사의 인터뷰를 중심으로 소설을 쓰기로 했다.

백광선(결혼 후에 미국식으로 남편의 성을 따라 광선 리가 되었다)은 5살 때 아버지를 따라 하와이 사탕수수밭 이민길에 올랐다. 다음 해, 캘리포니아로 이주했다. 5살부터 89세로 사망할 때까지 그녀의 경험을 구술로 남겼다.

주인공 백광선은 다섯 살 어린 나이, 세상 물정을 알기도 전에 찌든 빈곤과 온갖 인종차별, 경멸, 인간 이하의 비하 그리고 고국마저 식민지로 전락한 처지에 맞서 끝까지 자신의 정체성을 지키는 긍지와 지혜를 엿볼 수 있다. 주인공과 주변 인물들이 겪는 문화적 충격과 혼란을 겪으며 이민자의 복합적 정체성을 대표하는 상징적 인물이 소녀 백광선이다.

한국인 이민 개척자 중에서 광선의 아버지는 목사이면서 정말 위대한 분이었다. 한민족의 얼이 살아있는 분이었다. 광선의 아버지는 집에 큰 칠판을 사다 놓고, '가갸 거겨'와 같은 한글 알파벳을 가르쳤다.

"아버지는 정말 대단한 분이었다. 새벽부터 열심히 일만 하시다가 해가 저물어야 피곤한 몸을 이끌고 집에 돌아오곤 하셨다. 밥 먹을 힘조차 남아있지 않았던 그 와중에도 아버지는 우리에게 한글을 가르치셨다. 그 덕분에 광선과 형제 모두는 한글을 익히게 되었고, 기록의 중요성을 터득했고, 그 기록이 지금까지 이어져 온 것이다."

딸 광선이 아버지를 회상하면서 한 말이다.

광선의 부모님이 하신 가장 위대한 일 중 하나는 자식들에게 한국어와 한글을 가르치면서 한겨레의 얼을 심어준 일이었다.

"아버지는 항상 한국인이면서 동시에 좋은 미국인이 되어라"라고 강조하셨다.

한국인의 정신적 정체성이 '민족의 얼'이 아닌가.

소설은 인간의 보편적인 문제, 사랑, 죽음, 운명 같은 요소를 다룬다. 나는 사진 신부를 읽으면서 희망이라는 요소야말로 인간의 보편적 문제의 본질이라는 깨달음을 얻었다. 가장 상위에 속하지 않나 하는 생각을 갖게 되었다. 곱슬머리는 바로 우리의 보편적인 희망을 다룬 소설이다.

산재해 있는 이민 개척자들의 행적을 깔끔하게 시각화해 놓는 것이 내가 할 일이라고 생각했다. 이민 개척자들의 역사를 정리하고 그들이 어떻게 고달픈 삶을 이겨냈는지, 이겨낼 수 있었던 정신적 본질이 무엇이었는지를 찾아내고 싶었다.

인간의 보편적 가치인 자유, 평화, 존엄성과 같은 요소들보다 더 간곡한 것이 있는데 우리 민족에게는 독립과 희망이라는 절체절명(絶體絶命)의 가치를 추구하는 삶이 이민 개척자들의 본질이었다.

'곱슬머리 소녀'는 백광선이 살면서 직접 겪은 일들을 그때그때 기록으로 적어놓은 노트를 발견한 친손자 제임스 광선 리가 소설로 정리한 이야기이다.

광선은 1900년대의 극심한 인종차별 속에서의 삶과 학교생활을 목사인 아버지에게서 배운 대로 긍정적으로 받아들이는 지혜를 터득해 나갔다. 어려움 속에서도 고등학교를 졸업하고 이홍만이란 청년과 결혼해서 세 자녀를 두고 사업도 성공한다.

세계 제2차 대전은 그녀에게 부를 가져다주는 계기가 되었다. 하지만 큰아들이 미국군 장교로 임관해서 도쿄 맥아더 사령부에서 근무하다가 1950년 한반도에서 전쟁이 발발하자 한국전에 참전하면서 행방불명된다.

한국전에 출전하기 전에 큰아들은 일본 여자와 약혼 중이었는데 아들 제임스를 낳았다. 큰아들의 행방불명으로 제임스는 일본인 엄마와 새 아버지 밑에서 일본인으로 자란다. 손자의 이름이 셋씩이나 되는 이유이다. 이철호는 목사인 증조할아버지가 지어준 이름이고, 제임스 광선 리는 아버지가 지어준 이름. 그리고 유타 쇼헤이는 새 아버지와 살면서 일본에서 서류상으로 쓰는 이름이다.

증조할아버지가 곱슬머리였고 광선의 형제 열 명 중에 곱슬머리는 딸 광선뿐이다.

그렇다고 광선의 아이 셋 중에 곱슬머리는 없다. 하지만 엉뚱하게도 친손자 제임스가 할머니를 닮아 곱슬머리다. 광선을 놀라게 한 집안의 유전적 내력이다.